Amor Amargo

JENNIFER BROWN

Amor Amargo

Tradução: Guilherme Meyer

2ª edição
1ª reimpressão

Copyright © 2011 Jennifer Brown
Copyright © 2011 Little, Brown and Company Hachette Book Group
Little, Brown and Company é uma divisão da Hachette Book Group, Inc.

Título original: *Bitter End*

Essa edição foi publicada mediante acordo com a Little, Brown and Company, New York, New York, USA. Todos os direitos reservados.

Todos os direitos reservados pela Editora Gutenberg. Nenhuma parte desta publicação poderá ser reproduzida, seja por meios mecânicos, eletrônicos, seja via cópia xerográfica, sem a autorização prévia da Editora.

EDITORA RESPONSÁVEL
Silvia Tocci Masini

ASSISTENTES EDITORIAIS
Felipe Castilho
Carol Christo

REVISÃO
Monique D'Orazio

CAPA
Diogo Droschi
(sobre imagem de Photographee.eu)

DIAGRAMAÇÃO
Guilherme Fagundes
Andresa Vidal

Dados Internacionais de Catalogação na Publicação (CIP)
(Câmara Brasileira do Livro, SP, Brasil)

Brown, Jennifer

  Amor amargo / Jennifer Brown ; tradução Guilherme Meyer. – 2. ed.; 1. reimp. – Belo Horizonte : Editora Gutenberg, 2019.

  Título original: Bitter End.
  ISBN 978-85-8235-574-9

  1. Ficção norte-americana I. Título.

15-06364   CDD-813

Índices para catálogo sistemático:
1. Ficção : Literatura norte-americana 813

A **GUTENBERG** É UMA EDITORA DO **GRUPO AUTÊNTICA**

São Paulo
Av. Paulista, 2.073, Conjunto Nacional,
Horsa I . 23º andar . Conj. 2310-2312.
Cerqueira César . 01311-940
São Paulo . SP . Tel.: (55 11) 3034 4468

Belo Horizonte
Rua Carlos Turner, 420
Silveira . 31140-520
Belo Horizonte . MG
Tel.: (55 31) 3465 4500

www.editoragutenberg.com.br

Para Scott e Pranston

1

Persistente. É como eu descreveria, em uma palavra, Bethany, minha melhor amiga. Ou talvez *incansável*. Ou, se estivesse escrevendo um poema sobre ela, talvez *obstinada*, porque palavras como *obstinada* impressionavam a Srta. Moody, e, quando eu as usava, ela dizia que eu era uma poeta nata, o que, de certo modo, era bacana.

Não fazia diferença; todas essas palavras queriam dizer a mesma coisa – *decidida* – e Bethany era, antes de tudo, decidida.

Essa era uma das coisas que eu mais admirava nela. Sempre tinha uma ideia clara de para onde a vida estava indo ou, melhor dizendo, para onde ela estava conduzindo a vida. Dentre todas as coisas que tínhamos em comum, essa era uma das que nos diferenciavam, e era um dos motivos por que eu gostava de ser sua amiga. De certa forma, acho que tinha esperanças de que ela passasse um pouco da sua *obstinação* para mim para que, um belo dia, eu tomasse as rédeas da minha própria vida, tendo a certeza de onde eu iria parar.

Em determinadas vezes, a persistência de Bethany era um pouco difícil de ser ignorada. O fato de estarmos acabando de nos recuperar do movimento da hora do almoço, e de eu estar ocupada limpando uma montanha de bandejas mais alta que eu, ou de minha chefe, Geórgia, estar logo ao lado, pouco importava. Bethany entrou marchando no Bread Bowl com seus tênis de cano alto desamarrados, e com sua enorme bolsa batendo nos quadris, e se sentou à mesa mais suja da lanchonete.

"*Psssiu!*", ela chamou, tirando um maço de papéis da bolsa e abanando-os na minha direção. Tentei ignorá-la, mantendo os olhos grudados na bandeja que tinha nas mãos. Daí ela fez de novo, "*Psssiu!*", e então fez um ruído como se estivesse limpando a garganta.

"Acho que tem alguém engasgando ali", disse Geórgia, tirando um maço de notas de 20 da gaveta da caixa registradora e fechando-a em seguida com os quadris. "Ou, pelo barulho, há alguém botando os bofes pra fora." Para Geórgia, a persistência de Bethany também não era novidade. Ela gostava de Bethany, e costumava brincar que ela, sem dúvida alguma, seria a primeira mulher a ser eleita presidente.

Empilhei a bandeja que eu estava limpando e larguei o pano molhado em cima do balcão.

"Acho que tem uma mesa ali precisando de limpeza", falei.

"É o que parece", murmurou Geórgia. Ela foi em direção à sua sala, arrumando as notas de 20 para que ficassem todas com a frente virada para cima. "E com uma certa pessoa cuspindo em cima da mesa desse jeito, a cada minuto que passa está ficando mais suja." Em seguida, acrescentou sem olhar para trás: "E sirva para aquela freguesa algo pra beber. Talvez ajude com o problema na garganta".

"Você é um exemplo de solidariedade, Gê", respondi, pegando um copo vazio no caminho para o salão.

Dentre as minhas tarefas no Bread Bowl, limpar o salão era provavelmente a que eu menos gostava. As pessoas deixavam cada nojeira para trás depois de comer! No entanto, às vezes, como quando Bethany ficava matando tempo por ali, por exemplo, estar encarregada da limpeza não era tão ruim. Desse modo, enquanto recolhia pedaços de guardanapos rasgados e sanduíches pela metade, tentando parecer bem mais ocupada do que na verdade estava, podíamos conversar um pouco.

"Olha isso", disse Bethany, assim que coloquei uma latinha de Dr. Pepper Diet na sua frente e comecei a limpar a mesa. Com o joelho, cutucou de leve minha perna. "Banheira de hidromassagem!"

Endireitei-me, peguei o maço grampeado de papéis da sua mão e passei os olhos pela primeira folha, que, entre outras coisas, exibia uma foto granulada de uma banheira de hidromassagem para doze pessoas.

"Puxa vida", falei, lendo a lista de coisas que havia no hotel: banheira de hidromassagem, piscina coberta, sala de musculação completa. Era o paraíso. O paraíso a peso de ouro. "É incrível. Sem chance de a gente poder pagar. Você acha mesmo que temos grana pra isso?"

Virei a página e comecei a ler detalhes sobre as atrações que havia nas redondezas do hotel. Do outro lado da lanchonete, Geórgia limpou a garganta. Ergui os olhos. Ela estava empilhando cardápios de delivery ao lado da caixa registradora. De forma sugestiva, desviou o olhar para o dono do Bread Bowl, Dave, ou "Sr. Pé-no-Saco", como era chamado de forma pouco carinhosa por alguns dos cozinheiros. Nos últimos tempos, por algum motivo, Dave vivia por ali, o que deixava todo mundo de mau humor, sem falar que acabava com minhas chances de ficar babando em cima de fotos de banheiras de hidromassagem e salas de musculação com Bethany.

Devolvi os papéis para ela e voltei a recolher embalagens de sanduíche amassadas e enfiá-las em um copo vazio.

"Uau, e olha isso!", continuou Bethany, ignorando completamente tanto minha pergunta quanto o aviso pouco sutil de Geórgia. "Tem uma lareira enorme no saguão. Aposto que daria pra passar o dia todo lá sentada, tomando chocolate quente e admirando as celebridades. Imagina só, a gente pode acabar no maior amasso com algum famoso." Assim que terminou a frase, quase pulou da cadeira, batendo no meu ombro com os papéis. Um punhado de guardanapos voou para fora do copo e caiu novamente em cima da mesa. "A gente pode acabar na capa de uma revista de fofocas!" Com as mãos erguidas no ar, fez como se estivesse visualizando uma manchete: "Quem são as misteriosas beldades que partem os corações dos famosos nas montanhas?".

Eu ri.

"Tá mais para: 'Quem são as misteriosas desastradas que quebram as pernas dos famosos ao atropelá-los quando esquiam?'."

"Bom, se isso significa cair por cima de um bonitão, não me importaria de quebrar a perna dele."

"Nem vem, eu vi o bonitão quebrado primeiro", falei.

"De jeito nenhum, a ideia foi minha."

Geórgia limpou a garganta de novo. Agora, estava começando a se parecer com Bethany. Dave tinha entrado no salão e estava parado com as mãos na cintura, examinando-o minuciosamente. Entrar na lista negra de Dave era a última coisa de que eu precisava. Os momentos em que mais gostava de Dave era quando ele fingia que eu não existia, ou seja, a maior parte do tempo. Nesse aspecto, ele lembrava o papai. Estava acostumada a ser ignorada pelos homens da minha vida.

"Olha só, será que dá pra gente falar de bonitões quebrados e revistas de fofoca mais tarde? Tenho que terminar de limpar isso aqui."

Bethany suspirou.

"Trabalho, trabalho, trabalho."

"Isso aí. E se eu perder o emprego, você vai ficar tomando chocolate quente sozinha, sozinha, sozinha."

Bethany olhou na direção de Dave e soltou um resmungo de frustração.

"Tá bom. Fazer o quê? Mas vê se me liga. Quero saber o que você acha dos restaurantes. Eu e Zach temos pesquisado."

Zach. Nosso outro melhor amigo. Se tivesse que descrevê-lo em uma palavra, seria... Bom, é impossível descrevê-lo em uma só palavra. Ele era uma mistura de irmão mais velho superprotetor, tio tarado e primo mais novo irritante, tudo ao mesmo tempo. Era um show de comédia ambulante. Um gênio da música. Um amigo incrível. Para ser bem sincera, Zach era provavelmente a única razão pela qual, no colégio, Bethany e eu não éramos rebaixadas à categoria de *"nerds* demais pra serem notadas". A louca ambientalista e a poeta, uma mais insignificante que a outra. Zach, por outro lado, era o centro das atenções. Todo mundo adorava ele. Nós, no entanto, adorávamos mais, e fazia mais tempo. Sendo assim, por associação, também éramos consideradas legais.

Se fosse para escrever um poema sobre Zach, sem dúvida alguma usaria a palavra *confiante*.

Bethany se levantou e jogou o copo vazio no lixo antes de voltar para pegar suas coisas. Eu sabia que ela iria para casa, se atiraria no sofá com o notebook e ficaria olhando tudo quanto era lista de restaurantes no estado do Colorado até que eu ligasse. Desde que tínhamos bolado essa viagem, ela não pensava em outra coisa.

"Nossa!" Estalou os dedos. "Já ia me esquecendo. Adivinha a ideia que o Zach teve?"

"Nem posso imaginar...", falei, recolhendo o restante do lixo e colocando o saleiro e o pimenteiro no lugar. Bethany arrancou um fio solto da parte de baixo da sua camiseta.

"Tatuagens", falou.

"Tatuagens?", repeti.

Ela fez que sim, mordendo o lábio inferior enquanto sorria.

"Isso mesmo. Ele acha que nós três deveríamos fazer tatuagens iguais quando estivermos lá. Algo como uma montanha ou... ou sei lá... algo *sexy*."

"Você sabe o que o Zach entende por '*sexy*', não sabe?" Fiquei imaginando a gente indo embora do Colorado com mulheres seminuas, peitudas e de salto alto gravadas para sempre na pele.

Peguei o copo e fui em direção ao lixo que ficava mais longe, ao lado da porta de entrada, puxando Bethany discretamente pela manga da camiseta para que me acompanhasse.

"Bom, sei, mas..." Ela fez uma pausa enquanto eu me curvava para despejar o lixo. "Sei lá. Poderia ser divertido."

"E dolorido", lembrei. "E permanente."

"E divertido", repetiu.

A voz de Dave ressoou pela lanchonete. Ele estava chamando a atenção de alguém na cozinha, o que me fez lembrar que era melhor voltar ao trabalho antes que acabasse sobrando para mim.

"Eu te ligo", falei. "A gente pode conversar mais tarde."
Bethany tirou a chave do carro da bolsa.
"É bom ligar mesmo", falou, saindo pelas portas de vidro.

Tocando de leve o colar sob a camiseta, voltei correndo para trás do balcão e recomecei a limpar as bandejas, sonhando acordada com a viagem para o Colorado.

Bethany, Zach e eu vínhamos planejando essa viagem desde os 8 anos de idade, na época em que a mãe de Zach ainda nos chamava de os "Três Terríveis". A princípio, a ideia tinha sido minha: ir até o lugar para o qual a mamãe estava indo quando morreu e tentar descobrir o que tinha lá de tão importante, que a levou a abandonar sua família.

Mas não demorou muito para Zach e Bethany quererem participar. Em parte, porque eram meus melhores amigos e sabiam o quanto a viagem era importante para mim. Mas, acima de tudo, queriam participar porque a ideia parecia divertida. E glamorosa, como algo que acontece nos filmes. Melhores amigos caindo na estrada, cruzando o país e solucionando mistérios. Poderia ser mais digno de cinema?

Decidimos que a viagem seria um presente de formatura que daríamos a nós mesmos e, desde o último dia de aula do 2º ano, Bethany não pensava em outra coisa. Ela falava nisso o tempo todo, e chegou ao ponto de estabelecer o "Dia da Viagem", uma reunião semanal para discutirmos todos os detalhes. As reuniões deveriam ocorrer sempre aos sábados (ideia da Bethany). Seriam sediadas de forma alternada, cada semana na casa de um dos três (minha ideia). Seriam sempre regadas à pizza, videogame e um monte de piadas sujas que incluíam partes do corpo feminino (ideia de Zach). Vínhamos nos reunindo desde o início do verão e, até agora, os únicos objetivos alcançados tinham sido devorar mais ou menos quinze pizzas grandes de pepperoni e passar da nona fase de um jogo de zumbis que Zach tinha ganhado de aniversário.

Para falar a verdade, eu não estava nem aí para banheiras de hidromassagem, equipamentos de esqui e restaurantes. Só estava interessada na mamãe e em descobrir o que tinha acontecido com ela. O que, para o papai, parecia não fazer a menor diferença. Quando, após a primeira reunião, contei a ele que iria para o Colorado depois da formatura, ele resmungou algo indecifrável, sem nem sequer tirar os olhos do jornal que estava lendo à mesa do café.

"Estou indo por causa da mamãe", falei, parada à porta da cozinha, olhando, como de costume, para as suas costas.

"O que sua mãe tem a ver com isso?", perguntou.

"Sei lá", respondi. "Essa é uma das coisas que quero descobrir." Dei dois passos para a frente, parei e cruzei os braços. Quando o papai estava ali, a cozinha sempre parecia um lugar solitário. Solitário e frio. "Quero saber por que ela estava indo embora. O que tinha de tão importante no Colorado?"

Ele se levantou bruscamente, fechando o jornal com uma das mãos e pegando a caneca de café com a outra.

"Se você quer ir, por mim tudo bem. Mas fique sabendo que a grana está curta. Com a mensalidade da faculdade da sua irmã e sem uma segunda fonte de renda...", falou, colocando a caneca na pia. Mas não terminou a frase, e, antes que eu pudesse perguntar mais alguma coisa, saiu porta afora.

Desde que mamãe morreu, tinha a impressão de que papai só sabia falar em frases pela metade como aquela, ainda mais quando o assunto era ela. "Você sabe o que a sua mãe diria..." ou "Sua mãe acharia que esse seu comportamento..." ou "Se ao menos sua mãe estivesse aqui..." Quando dizia essas coisas, a expressão no seu rosto era sempre triste e resignada.

Esse era o grande mistério da minha vida. A mamãe. O papai. O que tinha acontecido entre eles e o porquê de jamais tocarmos no assunto. Às vezes, tinha a impressão de que eu era a única pessoa da casa que ligava.

A única vez que me lembro de o papai ter dito algo concreto sobre a mamãe foi quando eu tinha 8 anos. Ele tomou meia dúzia de cervejas em uma festa do bairro e depois voltou para casa e se sentou à mesa da cozinha com uma caixa de sapatos cheia de fotografias velhas à sua frente. Naquela noite, falou que a mamãe "era mais louca que uma cabra", seja lá o que isso significasse.

Quando falou isso, eu e a minha irmã caçula, Célia, sem saber ao certo se era uma piada, demos risinhos nervosos imaginando a mamãe revirando os olhos loucamente e parecendo um animal saltando em alguma cerca. Nenhuma de nós duas se lembrava dela. Éramos muito novas quando ela nos deixou.

Mas Shannin, nossa irmã mais velha, se lembrava, e ela não riu.

O papai se levantou, pegou a caixa de sapatos e a jogou no lixo, resmungando algo sobre ser um velho bobo. Mas, assim que ele saiu da cozinha, fui de fininho até o lixo, tirei a caixa, levei para o quarto e a escondi debaixo da cama. Sentia que, por algum motivo, ainda que não soubesse qual, precisava guardar aquela caixa.

Mais tarde, quando estávamos sozinhas naquela mesma noite, Shannin nos levou para seu quarto e nos contou a História Verdadeira. Contou que, certa vez, tinha acordado com o telefone tocando. Que tinha saído de fininho do quarto e ido para o corredor dar uma espiada, agachada contra a parede com a camisola esticada por cima dos joelhos. E que, em seguida, o telefone tinha tocado de novo e a voz do papai, ao atendê-lo, tinha soado pra lá de irritada.

"Dessa vez ela perdeu completamente a cabeça, Jules", papai tinha dito. "Não sei. Não sei onde se meteu."

Shannin nos contou que assim que papai desligou o telefone, a porta da frente se abriu com tudo e mamãe irrompeu falando algo sobre ir para o Colorado, para as montanhas. Papai segurou-a pelos cotovelos, dizendo que estava bêbada e implorando para que ficasse, para que "procurasse ajuda", e mamãe retrucou que já tinha "encontrado ajuda", só que não o mesmo tipo de ajuda à qual ele se referia.

E então, mais tarde, depois que mamãe saiu de casa e papai se enfiou na cozinha e o ar começou a ser tomado pelo cheiro de café, Shannin voltou para a cama. E pela manhã descobriu que, enquanto dormia, a polícia tinha aparecido à porta para contar ao papai que a mamãe tinha batido o carro contra um poste de eletricidade e tinha morrido. Assim, sem mais nem menos.

"O cérebro dela ficou espalhado pela estrada", sussurrou Shannin, enquanto Célia e eu nos sentávamos de pernas cruzadas na cama, apertando as mãos uma da outra e tremendo. "Foi o que papai falou pra tia Jules no velório. O cérebro dela ficou espalhado pela estrada, que teve de ser interditada até conseguirem uma mangueira para lavá-la. A tia Jules pôs a mão no ombro do papai e disse que sabia o quanto ele amava a mamãe, e que ele não merecia ter que ouvir uma coisa daquelas, e papai chorou e disse: 'Eu sei, e agora não consigo tirar isso da cabeça'."

Depois que Shannin nos contou a história, fui para o quarto e tranquei a porta. Peguei a caixa de sapatos, esparramei as fotos sobre a cama e as examinei com cuidado e sem fazer barulho, como se, só de olhar para elas, estivesse fazendo algo errado.

Passei horas olhando aquelas fotos. Olhava para a mamãe, toda feliz, esbelta e radiante, e tentava imaginá-la bêbada e fora de controle, como Shannin a tinha descrito. Não podia ser a mesma pessoa.

Havia dezenas de fotos. Uma da formatura do colégio. Duas de uma festa de aniversário. Uma do dia do casamento.

Eu tinha as minhas preferidas. Certas fotos que olhava de novo e de novo.

Uma foto dos dois em uma festa. O papai sentado em uma cadeira dobrável com a mamãe no colo. Ela com o cabelo bem curto, usando um colete por cima de uma camisa social. Ele com os braços em volta da barriga dela, as mãos cruzadas. Ela com as mãos pousadas sobre as dele e um largo sorriso no rosto.

Uma outra dos dois sentados um de frente para o outro no chão coberto de musgo entre duas árvores. Os dois descalços e com as pernas cruzadas, tocando os joelhos. O rosto coberto por sombras. Pareciam estar contando segredos.

E uma outra dos dois na cozinha da vovó Belle, envolvidos em um beijo. Ele a segurando nos braços e a inclinando para trás. Os braços dela soltos, pendendo dos lados. No verso da foto estava escrito: *Primeiro dia de volta. Juntos de novo!*

As fotos, uma depois da outra, contando uma história. Só que era uma história sem final, pois mamãe tinha ido embora e papai nunca nos contou por que, e, quando eu olhava para as fotos, o final que conhecíamos não fazia sentido.

A mamãe das fotos parecia tão carinhosa! Não poderia ser a mesma pessoa que nos deixou.

Quando era pequena, perguntava ao papai sobre isso. Por que ela estava indo para o Colorado? Não conhecíamos ninguém que morasse lá. Nunca tínhamos sequer pisado lá. Mas ele apenas murmurava que a mamãe "não estava bem da cabeça e não sabia aonde estava indo". Certa vez, falou algo sobre ela "se dar mal por confiar demais nos outros". Mas, enquanto falava, alguma coisa nos seus olhos me dizia que essa não era a história toda. Não era a única razão pela qual ela queria ir para o Colorado. Havia algo importante lá. Eu queria gritar para ele: *Você ouviu sobre o cérebro dela espalhado pela estrada, papai, e disse que não conseguia tirar aquilo da cabeça, mas conseguiu! Conseguiu sim!*

Afinal, Shannin me disse para parar de tocar no assunto porque pensar na mamãe deixava o papai muito chateado. Então parei. Mas não conseguia esquecer a história. Ela me perseguia. Literalmente.

Naquele ano tive pesadelos. Eles eram sempre iguais. Papai gritando com a cara enfiada em um travesseiro, mamãe no topo de uma montanha dando gargalhadas, seu rosto terno e sereno, seus cabelos esvoaçando ao vento. No sonho, ela me segurava pelos pés à beira de um penhasco.

"Essa montanha é minha", dizia, expelindo fumaça pela boca. "Não quero você aqui. Nem aqui nem em qualquer outro lugar, Alexandra."

Ela ria enquanto eu esperneava e me debatia e implorava para que me colocasse de volta no chão.

"Ora, Alexandra", zombava ela, "pare de fazer tempestade em copo d'água. Pense só, eles vão ter de interromper o trânsito enquanto procuram uma mangueira para limpar os pedaços do seu cérebro espalhados pela estrada. Não é emocionante?"

E, todas as vezes, no exato momento em que ela abria a mão e me deixava cair do topo da montanha, eu acordava.

A coisa chegou a tal ponto que me recusava a ir para cama à noite. Afinal, papai me levou a um terapeuta que falou umas coisas sobre "fechar as feridas" e "encontrar a cura" que não entendi, e sugeriu a ele que me desse algo da mamãe para que eu pudesse me sentir mais próxima dela.

Naquela noite, papai entrou no meu quarto segurando um envelope amarelo dobrado.

Ele limpou a garganta.

"Alex, minha filha, sei que não tem sido fácil para você ficar sem a sua, hã..." Seus olhos se encheram de lágrimas e ele engoliu a saliva. Depois, colocou o envelope nas minhas mãos. "Isso era da sua mãe. Comprei pra ela na nossa lua de mel... estava na sua bolsa no dia em que, hã..."

Com o envelope nas mãos, fiquei olhando para ele enquanto engolia a saliva de novo e de novo, parecendo incapaz de terminar qualquer frase que tivesse algo a ver com a mamãe. Afinal, acenou com a cabeça e eu abri o envelope. Dentro, havia um colar – uma tira fina de couro com uma argolinha na ponta, uma teia de fios sedosos e translúcidos amarrada no seu interior. Presas à delicada teia, contas minúsculas; penduradas na argolinha, duas plumas brancas tão pequenas que pareciam ter saído da cauda de um beija-flor. Bem de leve, cutuquei as contas com o dedo.

"Isso se chama 'filtro dos sonhos'", falou. "Dizem que mantém os pesadelos longe."

Ele tirou o colar do envelope, segurou-o no ar para endireitá-lo, e, em seguida, colocou-o com cuidado em volta do meu pescoço. Tinha um cheiro curiosamente familiar – perfumado e vivo, quase como uma lembrança –, e meus dedos, como que por vontade própria, foram ao seu encontro.

Naquele exato momento, aos 8 anos de idade, eu sabia. Sabia – assim como sabia que jamais tiraria o apanhador de sonhos do pescoço – que um dia iria ao Colorado, para onde a mamãe tinha tentado ir.

O terapeuta estava enganado. O colar não me ajudou a me sentir mais próxima dela. Em vez disso, como era a única coisa que sabia sobre ela, senti como se uma parte de mim estivesse faltando e que, se não a encontrasse, poderia acabar desmoronando como o papai. Senti que sempre teria um buraco no peito onde a mamãe deveria estar e que, se não o preenchesse, correria o risco de me tornar uma pessoa vazia e melancólica como ele. E que, assim como ele, acabaria me esquecendo do que ouvi sobre o cérebro dela espalhado pela estrada.

No dia seguinte, enquanto Zach, Bethany e eu brincávamos no monte de lenha que ficava nos fundos da casa de Bethany, mostrei a eles o colar e contei a história toda. A mamãe não tinha simplesmente sumido, e o papai não tinha simplesmente ficado mudo de uma hora para outra. Falei das fotos e da mamãe perdendo a cabeça e morrendo a caminho das montanhas e da ideia de ir para onde ela estava indo. E assim, sem mais nem menos, o plano da viagem tinha oficialmente começado.

Eu precisava saber que ela estava indo ao encontro de alguma coisa, e não para longe de nós. Não para longe de mim. Ela me amava. Eu precisava saber que ela me amava.

Sempre que a tia Jules ou a mãe de Bethany ou alguma outra pessoa tentava me explicar que a mamãe era um anjo que tomava conta de mim lá do céu, era difícil imaginar a cena.

Na minha cabeça, mamãe estava nas montanhas, esperando por mim.

2

"Cá entre nós, tirando aqueles chatos dos professores de Inglês, quem mais dá bola para esse negócio de objeto direto?", disse Zach, se recostando na cadeira e cruzando os braços. O palito de dentes – essa era a marca do seu novo visual – rolava de um canto ao outro da boca.

"Você", respondi, apontando para ele com o lápis. "Ou pelo menos deveria, porque se não passar nessa matéria, não se forma." Estávamos apenas na segunda semana do 3º ano, e os professores dele já estavam em dúvida quanto à sua capacidade de parar de vagabundear para conseguir as notas que precisava para se formar.

Zach deu de ombros.

"Aonde está querendo chegar?"

Olhei para ele.

"Achei que tinha deixado isso bem claro." Ele revirou os olhos. O palito de dentes, que tinha ido parar no meio da boca, balançava para cima e para baixo como se ele estivesse mexendo na outra ponta com a língua. Respirei fundo e coloquei o lápis na mesa. "Beleza. Você é que sabe. Só não venha chorar pra mim quando sua mãe proibir você de usar aquela lata-velha de novo. E também não pense que vou ficar te dando carona."

Zach ergueu uma sobrancelha.

"Então agora é assim? Sempre limpei sua barra. Salvei sua pele tantas vezes que já perdi a conta. E você me deixa na mão, sem mais nem menos. Isso machuca, amiga. Machuca."

Ri.

"É isso aí. Estou te fazendo um favor. Um dia você ainda vai me agradecer."

"Parece minha mãe falando. O que mais? Vai dizer agora que isso vai doer mais em você do que em mim?"

"Às vezes ajudar você pode doer muito, vai por mim." Limpei a garganta e comecei a escrever no seu caderno, que estava aberto sobre a mesa entre nós dois. "Tá, agora falando sério. A gente precisa começar a estudar. Aqui, olha essa frase. Qual é o objeto direto?"

Zach descruzou os braços. Ele se debruçou por cima do caderno e examinou a frase que eu tinha escrito.

"Deus do céu, você é um pé no saco", resmungou sem tirar o palito da boca. "Ainda bem que você transa. Esse aqui?"

Dei um tapa no seu braço.

"Chegou perto, mas não. E você, seu tarado, bem que gostaria que eu transasse. Tá, presta atenção, para saber qual é o objeto direto, você..."

"Alex?", chamou da porta a Srta. Moody, a professora responsável pela oficina de reforço, nos interrompendo. Fez um sinal para que eu fosse até lá.

"Já volto", falei. "Quem sabe você escreve cinco frases aleatórias e, quando eu voltar, tentamos descobrir juntos quais são os objetos diretos."

"Posso escrever qualquer coisa que eu quiser?", perguntou com um olhar malicioso.

"Coisas como 'rodar', 'pra sempre no 3º ano', 'depravado', 'de castigo para o resto da vida'? Claro. Vai firme."

Ele fez uma careta e pegou o lápis. Levantei-me e fui em direção à porta, onde a Srta. Moody continuava parada, nem dentro, nem fora da sala, falando com Amanda, uma outra aluna que também dava aulas de reforço. Srta. Moody estava de costas, apontando para trás com o polegar na direção de Zach, enquanto Amanda fazia que sim com a cabeça. Fiquei esperando, me perguntando se tinha feito algo de errado. Talvez ela tivesse escutado a gente jogando conversa fora e fosse me expulsar da oficina de reforço, o que seria um saco porque, se não desse essas aulas como atividade complementar, provavelmente acabaria tendo que fazer cerâmica ou alguma outra oficina de artes, na qual, com toda a certeza, eu seria um fracasso absoluto. Além disso, gostava de dar aulas de reforço. Ainda mais para Zach. Apesar das piadinhas sujas, era uma ótima forma de aliviar a tensão.

Srta. Moody terminou de falar com Amanda e colocou a mão no meu ombro.

"Alex", disse ela com um largo sorriso. A Srta. Moody estava sempre sorrindo, mesmo quando dava broncas. Falar com ela era como falar com uma nuvem. Ela era suave, graciosa. Cheirava à madressilva e baunilha, e suas roupas estavam sempre esvoaçando ao seu redor como fitas ao vento, dando a impressão de que ela estava se movendo mais rápido do que na realidade. Quando falava, a voz tinha um ritmo regular e harmonioso que automaticamente me fazia pensar em histórias para dormir. Ela era, de longe, minha professora preferida. Ora, ela era, de longe, a professora preferida de *todo mundo*. "Vem comigo. Tenho um aluno novo pra você."

Ela se virou e saiu andando pelo corredor que dava no seu escritório, com a blusa e a saia esvoaçando, e eu fui atrás.

"Ele acabou de ser transferido de um colégio de Pine Gate", falou sem olhar para trás. "Só precisa recuperar algumas coisas para poder acompanhar as aulas de Inglês do 3º ano direitinho. Levando em conta que você é a nossa grande escritora, achei que seria a melhor opção." Parando à porta do escritório, abriu um sorriso, depois deu um passo para o lado e fez sinal para eu entrar.

"Puxa", falei. Eu nem fazia ideia de que tinha um aluno novo no colégio. Mas então entrei no escritório e lá estava ele, em pé ao lado do arquivo da Srta. Moody, segurando um patinho de cerâmica. Ele nos viu entrando e rapidamente colocou o patinho de volta em cima do arquivo, como se estivesse com vergonha de ter sido visto com ele nas mãos.

"E aí?", falou.

"Oi." Enquanto a Srta. Moody fechava a porta, um embaraçoso silêncio se instalou entre nós. "Parece que vou te dar aulas de reforço."

"Isso é totalmente desnecessário", falou. "Mas o Sr. Dample, o técnico do time de basquete, não acha, então..." Encolheu os ombros e completou: "Sou Cole", e estendeu a mão para me cumprimentar. O aperto de mão foi ao mesmo tempo firme e confortável. E um pouco estranho. Foi como se tivéssemos fechado um negócio ou coisa parecida.

Srta. Moody se sentou atrás da mesa, e nós dois nos sentamos nas cadeiras em frente. Me sentei em cima das mãos, enquanto Cole se recostou confortavelmente na cadeira ao lado, com as pernas esticadas para frente e um pé meio de lado apoiado sobre o outro.

"Bom, mas e o Zach?", perguntei. "Ele não sabe nada de análise sintática." *Além do mais*, quase acrescentei, *a gente estava se divertindo muito*.

"Daqui em diante a Amanda vai dar aula pra ele. Ela sabe bastante sobre análise sintática. Cole, tenho certeza de que a Alex é a pessoa certa para ajudá-lo a recuperar a matéria e garantir a vaga no time de basquete que você tanto quer." Ela olhou para o relógio. "Ainda faltam alguns minutinhos para o último sinal. Por que não vão para a sala de vocês e conversam um pouco? Podem começar com as aulas amanhã."

"Sim, senhora", disse Cole com um sorriso afável. Ele tinha uma covinha, apenas uma, na bochecha esquerda. Mas até que era bonitinha. Nem me dei conta de que estava olhando fixo para ela.

"Alguma dúvida, Alex?", perguntou a Srta. Moody, me trazendo de volta à realidade. Tomei um susto.

"Oi? Não, não. Vou avisar o Zach."

Mas, quando fui avisá-lo, Zach já tinha se mudado para a sala da Amanda, deixando a minha completamente vazia para Cole e eu.

Sentei-me na mesma cadeira de antes, mas Cole foi até a janela e olhou para fora, com as mãos no parapeito. Fiquei olhando para as costas da sua jaqueta de couro, que era tão cheia de distintivos que mal se via a jaqueta propriamente dita.

"Puxa", falei afinal. "Você deve estar fazendo muita falta no seu antigo colégio."

Ele se virou.

"Por que está dizendo isso?"

Apontei para a jaqueta.

"Ao que parece, você é um astro do esporte."

Ele baixou os olhos para a parte da frente da jaqueta, na qual havia ainda mais distintivos e também algumas medalhas.

"É. Eu dava para o gasto. Mas achei que você estava se referindo ao meu jeito cativante e beleza inesquecível."

Fiquei vermelha de vergonha e baixei a cabeça, olhando para as mãos.

"Não, não foi isso que quis...", falei, me censurando mentalmente por ter feito papel de idiota.

Ele riu, foi para o outro lado da sala, virou a cadeira que Zach tinha usado antes, e se sentou de frente para o espaldar.

"Tô brincando! Não esquenta, foi só uma piada."

Dei uma olhadinha para ele, torcendo para meu rosto não estar mais tão vermelho. Ele estava olhando bem nos meus olhos, fazendo eu me sentir ainda mais envergonhada. Que saudade do Zach.

"Então", disse ele, "a Srta. Moody falou que você é escritora. Que tipo de coisas escreve?"

Fiz um gesto com a mão como quem diz "bobagem".

"Ela exagera", respondi. "Não sou lá grande coisa. Escrevo uns poemas. Uns contos. Nada de mais."

"Como nada de mais? Escrever é bem mais difícil do que driblar ou correr com uma bola."

Dei uma risada.

"Isso é porque não me viu tentando correr com uma bola. Não é uma cena bonita. Mas entendo o que está querendo dizer. Ano passado, um poema que escrevi para a aula de literatura ficou em primeiro lugar em um concurso."

"Sério? Que legal. Gostaria de ver uma hora dessas", falou.

Olhei para ele. Continuava olhando fundo nos meus olhos. Como é que fazia isso? Seu olhar me arrepiava da cabeça aos pés.

"Sério?"

Ele fez que sim.

"Sério. A Srta. Moody diz que você é ótima. Acho que você é como um astro do esporte pra ela."

"Bom, sabe como é", falei. "Deve ser por causa do meu jeito cativante e beleza inesquecível."

Ele arregalou os olhos e apontou para mim.

"Boa!" Nós dois sorrimos.

Ficamos em silêncio por alguns segundos, e eu me fiz de ocupada, arrancando pedacinhos de papel da espiral do caderno. Ele se inclinou para trás e, como quem não queria nada, começou a batucar na mesa com os polegares.

"Deve ser um saco", falei depois de um tempo. "Tipo, ter que trocar de colégio logo no último ano. E ainda por cima ter que abandonar seu time. Eu detestaria."

Ele deu de ombros.

"Não é nada de mais. Meu pai arrumou um emprego novo, e a gente se mudou pra uma casa maior. É uma chance de recomeçar." Ele olhou de novo pela janela, os olhos fixos lá fora como se, por um segundo, estivesse vendo o antigo colégio. Depois, se debruçou sobre a mesa de novo. "Além do mais, é uma chance de compartilhar meu jeito cativante e beleza inesquecível com outras pessoas. Um ato de solidariedade."

Dessa vez, fui eu quem apontei para ele, e nós dois rimos sem que eu dissesse palavra alguma. O sinal tocou. Nos levantamos e comecei a recolher os livros, que estavam espalhados por causa da aula sobre objetos diretos com Zach. Cole não tinha livros, por isso se curvou e pegou a minha mochila do chão. Segurou-a aberta enquanto eu guardava os livros.

"Obrigada", falei. "Posso dizer com toda a sinceridade que isso é algo que o Zach nunca fez." Era muito mais provável ele passar boa parte da aula tentando acertar a minha testa com bolinhas de queijo.

"Sem problema", falou. "Na mesma hora amanhã?"

Fechei a mochila e pendurei-a nos ombros, fazendo que sim com a cabeça, mas ele já estava de costas. Bateu de leve no batente da porta com a palma da mão, olhando para o mar de alunos que enchia o corredor. Acenou para alguém. Era possível que já tivesse amigos?

Abri a boca para dizer tchau, mas ele já tinha mergulhado na multidão e desaparecido. Em vez disso, arrumei a cadeira em que ele tinha se sentado e depois fui em direção à porta, arrastando os pés, torcendo para encontrar Bethany na frente da sala da oficina de música.

Mas, bem na hora em que estendia a mão para apagar a luz, ele reapareceu à porta e por pouco não esbarrou em mim. Estava quase sem ar, como se tivesse voltado correndo.

"Ei", falou. "E vê se não se esquece de trazer aquele poema, tá bom?"

"Tá bom", falei, mas, antes que conseguisse terminar de falar, ele já tinha sumido de novo.

Após apagar a luz, fiquei parada na sala escura, sorrindo, esperando o corredor esvaziar e o barulho dos carros deixando o estacionamento ecoar nos ouvidos. Ele não era Zach, mas algo em Cole me dava uma sensação gostosa.

Eu tinha um pressentimento de que essa troca de alunos me faria muito bem.

3

Tomei um gole de chá gelado e coloquei os pés sobre a cadeira em frente. Joguei a cabeça para trás, virando o rosto em direção ao sol, e inspirei fundo, depois soltei o ar em um suspiro que, de tão longo, parecia um bocejo.

Os dedos de Bethany batiam nas teclas do notebook, parando de vez em quando para apanhar a latinha de Dr. Pepper. Volta e meia soltava um "hummm" baixinho, como se o Colorado fosse o assunto mais fascinante do planeta.

"Então, escuta só", falou, bem quando eu estava quase caindo no sono. "A gente podia fazer uma vaquinha e alugar um trailer. O meu pai vai dirigindo, e a gente fica jogando cartas, vendo filme, comendo. Tipo um ônibus balada."

"Seu pai? De jeito nenhum. Nada de pais. Além disso, deve custar uma fortuna", falei, mantendo os olhos fechados. Tinha enrolado as calças do uniforme do Bread Bowl até os joelhos, e podia sentir o sol de setembro aquecendo as canelas. Depois de passar a manhã inteirinha de sábado atendendo no caixa e servindo bebidas, sentir o sol batendo na pele era delicioso. "Dinheiro não dá em árvore, sabia? Um trailer significa um monte de manhãs a mais trabalhando." Bocejei.

"Você alguma vez já dirigiu pelo Kansas?", perguntou ela, os dedos batendo nas teclas de novo. Virou o computador para mim, com a foto de uma plantação aberta na tela. "É só isso a viagem toda. É tão sem graça que, se fosse preciso, valeria a pena virar as noites trabalhando pra alugar um trailer. Imagina ter que aturar o Zach no aperto do banco traseiro de um carro por oito horas, sem nada para fazer além de olhar plantações de soja."

"Pra você é fácil falar; afinal de contas, seus pais é que estão bancando a viagem. Se eu tiver grana o suficiente pra colaborar com a gasolina da lata-velha do Zach, já me dou por satisfeita. Além do mais, você está muito enganada se acha que seria mais fácil aturá-lo em um trailer. Ou em um hotel. Ou mesmo em uma montanha gigantesca."

"Tá bom, tá bom", disse ela, com as mãos ao alto como se estivesse se rendendo. "Tem a questão da grana. Entendo. Mas mesmo assim vou dar uma pesquisada em uns trailers. Se achar algum bem baratinho, você promete pelo menos considerar?"

"Não", murmurei. O sol estava tão gostoso que não dava nem vontade de mexer os lábios.

"Muito obrigada", falou. "É espantoso o quanto você é aberta a negociações. Um dia, deveria trabalhar na ONU." Nós duas suspiramos. "Te aviso quando tiver decidido o que alugar." Beth era assim; ela sabia exatamente quando, e o quanto podia me importunar, e ainda assim conseguir o que queria.

Ela recuou a cadeira, as pernas de metal fizeram um ruído estridente ao raspar no chão do pátio. Era de tardezinha, a hora de maior sossego no Bread Bowl, e, tirando nós duas, não havia mais ninguém ali fora. Ela levantou as pernas e colocou-as sobre a mesma cadeira em que as minhas estavam apoiadas, fazendo nossos tornozelos se baterem. Abri um olho e logo voltei a fechá-lo. Ficamos assim por um tempo, com as pernas se tocando e o sol batendo nos rostos enquanto Bethany tagarelava sobre as diversas notícias e fofocas que tinha ouvido ao longo da semana.

"Nossa", falou. "Tem um garoto novo na minha aula de Educação Cívica. De cair o queixo."

"Sério?", perguntei. "Como se chama?"

"Só conheço como Gostosão. Mas acho que ouvi o professor chamá-lo de Sr. Cousin ou algo do tipo", falou. "Ele é de Pine Gate, se não me engano. Deixa eu te falar uma coisa: se todos os garotos de Pine Gate forem assim, me mudo correndo pra lá."

Abri os olhos e me virei para ela, agora completamente acordada.

"O que foi?", perguntou, olhando em volta, desconfiada. Ela ajeitou os óculos no nariz, os olhos se arregalando. "Uma abelha?"

Fiz que não.

"Cozen? Cole Cozen? Esse é o garoto novo pra quem estou dando aula de reforço."

"Tá brincando!", exclamou, abrindo um sorriso de orelha a orelha. "Você está dando aula pro Gostosão?"

Fiz que sim.

"Faz pouco tempo, tipo, umas duas semanas. Ele precisa ir bem em Inglês pra conseguir uma vaga no time de basquete."

Ela se debruçou sobre a mesa como se estivesse com receio de alguém ouvir o que ia dizer.

"Ele é burro? Sabia. Gostoso como é, tem que ter algum defeito."

Balancei a cabeça.

"Não, parece bem esperto."

"Então deve ter namorada", falou.

Encolhi os ombros.

"Sei lá. Quer dizer, acho que não. Não tocamos nesse assunto. Ele é bem legal. Mas meio formal. Tipo, me cumprimentou com um aperto de mão e chamou a Srta. Moody de 'senhora', e, se quando chego na sala ele já está lá, sempre se levanta e fica em pé até eu me sentar. Ele faz os outros garotos do colégio parecerem homens das cavernas, sabe? Em vez de se levantar, toda vez que entro em um lugar e o Zach já está lá, ele diz: 'senti pelo cheiro ruim que era você'."

Bethany riu.

"Pelo menos ele não te chama de 'Caubói-Feia', como no meu caso. Usei um par de botas country uma mísera vez no 7º ano, e ele nunca mais me deixou em paz."

Ri também, e virei os braços para pegarem um pouco de sol do outro lado.

"Bom, Cole jamais te chamaria de 'Caubói-Feia'. Ele não é um neandertal, como o Zach."

Bethany estreitou os olhos.

"Tá na cara que você está a fim do Gostosão."

Senti o rosto ficando vermelho. Às vezes, a facilidade com que Bethany e Zach conseguiam descobrir o que eu estava sentindo me dava nos nervos.

"Não, não estou. Só comentei o quanto ele é diferente do Zach. E o nome dele é Cole."

Ela pegou a latinha de Dr. Pepper, me examinando. Enquanto tomava um gole, apontou para mim, as contas de madeira da sua pulseira tilintando, e disse:

"Tá sim. Dá pra ver. Está doidinha por ele."

A essa altura, meu rosto estava quase pegando fogo.

"Faz só duas semanas que o conheci."

"Não quer dizer nada", disse Bethany, cantarolando as palavras. "A Alex está ca-i-di-nha!"

"Muito maduro da sua parte", falei, dando-lhe um leve chute no pé. Mas não consegui conter o sorriso. Não era mentira que, quando não estávamos juntos, às vezes me pegava pensando em Cole. Na sua covinha e no jeito como brincava comigo e segurava minha mochila, e em como eu ficava ao mesmo tempo nervosa e animada quando pensava em deixá-lo ler meu poema, o que até agora não tinha feito. Mas isso não queria dizer nada. "Estou dando aula pra ele, mais nada", falei, colocando os óculos escuros, fechando os olhos e jogando a cabeça para trás de novo. "Ele é legal, ponto."

"E lindo."

"Achei que você queria discutir a nossa rota até o Colorado."

"É uma linha reta. Não tem o que discutir", falou. "Tá decidido."

"Bom, então vamos conversar um pouco mais sobre o hotel." Conseguia sentir uma gota de suor escorrendo pelas costas.

"Não tem mais nada pra conversar sobre o hotel", falou. "A essa altura, já sei de cor a lista de coisas que ele oferece." Mas dava para sentir os pés de Bethany se erguendo da cadeira, e ouvir o ruído do metal arranhando o concreto à medida que se aproximava de novo do computador. "O negócio é o seguinte: chegando lá, fazemos o check-in, comemos rapidinho em algum lugar, e depois ficamos sentadas no saguão exibindo os novos looks que compramos especialmente pra viagem..."

"Não tenho grana pra comprar novos looks", falei pela milésima vez.

"Posso te emprestar", disse ela no mesmo tom, também pela milésima vez.

A porta que dava para o pátio se abriu com um rangido e Geórgia, com uma das mãos segurando uma bandeja de plástico e a outra, um pano molhado, passou com dificuldade.

"Finjam que não estou aqui, deusas do sol", disse ela, passando o pano em uma mesa. "Só tenho que dar um jeito nessas mesas porque *alguém* se esqueceu de limpá-las antes de terminar o expediente.

Sorri.

"Desculpa, Gê. É difícil encontrar boas ajudantes hoje em dia."

"Nem me fale", disse ela. "Estão todas muito ocupadas se bronzeando para chamar atenção de garotos como o que está ali dentro."

Ergui uma das pernas voluptuosamente, estiquei-a bem e fiquei admirando-a, virando o pé de um lado para o outro no ar.

"Ser linda dá um trabalho danado." Ri. "Mas como vale a pena!"

Ela bateu de leve com o pano na minha cabeça.

"Rá-rá-rá. Tô morrendo de rir." Mas dava para ver o sorriso bem-humorado no seu rosto enquanto trabalhava. Com o pano, juntou as migalhas na beirada da mesa e empurrou-as para a bandeja que tinha na outra mão. Geórgia bancava a durona, mas, no fundo, tinha o coração mole. Quando a lanchonete já estava fechada, ela ligava o rádio no máximo volume e ficávamos cantando enquanto limpávamos a cozinha. Ela dizia que eu era sua filha mais velha, e eu dizia que ela era a mãe que sempre quis. Já perdi a conta de quantas vezes tinha salvado minha pele. Mas, se havia gente por perto, fingíamos não nos aturar. Era a nossa brincadeirinha.

"Vai, pode rir à vontade", disse Geórgia. "Eu faço seu trabalho pra você, sua preguiçosa."

Bethany virou um pouco a cabeça e, com o rabo do olho, espiou na direção da janela da lanchonete, depois virou a cabeça por completo e olhou melhor.

"Alex", cochichou. "Ela não está brincando."

"O que foi?" Deixei a perna cair de volta na cadeira.

"Metade do time de basquete está ali dentro", disse Bethany. "E não é que o Gostosão está junto?"

Meu coração disparou e eu me endireitei na cadeira, a cabeça virando em um piscar de olhos para a janela. Bem ali, do outro lado da janela, estavam sentados alguns dos garotos mais lindos do colégio, e, dentre eles, bem no meio, comendo uma rosquinha, estava Cole Cozen.

"Ah, aquele ali", disse Geórgia. "Pois é, era ele mesmo que estava perguntando por você, Alex." Ela pôs a bandeja na nossa mesa e seguiu meu olhar até a janela.

"Sério? Por mim? O que ele queria?"

"Sabia que você estava a fim dele", gabou-se Bethany, virando o rosto para o notebook e usando a tela como espelho. Ajeitou os óculos no nariz e soltou os cabelos, depois refez o rabo de cavalo.

"Fica quieta!", esbravejei. "Tô nada!" Em seguida, olhei para Geórgia, que tinha pegado a bandeja e recomeçado a limpar as mesas. "O que ele queria?"

"Ah, nada de mais, só queria saber se você estava trabalhando", falou. No dia anterior, depois de mencionar que tinha um emprego, ele me perguntou onde eu trabalhava. Mas a conversa tinha soado tão casual. Não esperava que ele se lembrasse, quanto mais que aparecesse ali perguntando por mim. Geórgia passou para a próxima mesa. Fui atrás.

"E...?", insisti.

"E eu falei que você estava aqui fora com uma amiga, e aí ele pediu um *bagel* e se sentou perto da janela com os outros."

"E mais nada?"

"E mais nada. Deus do céu, garota, do jeito que você está se comportando, parece ser uma questão de vida ou morte."

"Não é", falei, sentindo o rosto ficar vermelho.

Bethany fechou o notebook e enfiou-o na sua enorme bolsa.

"Bom, pessoal, odeio acabar com a festa, mas tenho que ir. Prometi pra minha mãe que ia ficar de babá hoje à noite. Você vem junto, Alex?"

"Vou", respondi, colocando a cadeira de volta no lugar e me curvando para desenrolar as calças. Só de pensar em passar na frente de todos aqueles garotos – Cole, em especial – enquanto saíamos, minha pele já se arrepiava.

"Espera", disse Geórgia. Só de olhar para sua boca, dava para ver que estava fazendo força para não rir. Ela esticou o braço e tirou a viseira – parte do uniforme de trabalho – da minha cabeça. Depois, passou a mão por trás e tirou o elástico dos meus cabelos, deixando-os cair em madeixas onduladas por cima dos ombros. Com delicadeza, usou os dedos para penteá-los. Foi um pouquinho para trás e me examinou por um segundo, depois inspirou o ar à minha volta.

"Bom, continua cheirando à sopa de batata, mas está linda."

Sorri. Às vezes, Geórgia era mesmo a mãe dos meus sonhos. Às vezes, quando deixava de ser durona e tomava conta de mim, eu pensava que era assim que uma mãe deveria ser. Às vezes, como uma mãe, Geórgia sabia, por puro instinto, exatamente o que dizer e fazer. Às vezes, não sabia ao certo se ela fazia com que o buraco deixado pela perda da mamãe diminuísse... ou aumentasse.

Se tivesse que escrever um poema sobre Geórgia, sem dúvida alguma usaria a palavra *lenimento*, no sentido de "conforto". A Srta. Moody adoraria essa palavra.

"Tá bom. Vamos lá", falei, pegando Bethany pelo braço com as duas mãos e conduzindo-a em direção à porta. "Quando estiver passando por eles, a gente dá só um oi como quem não quer nada."

"Você que manda, 'Srta. Não-Estou-a-Fim-Dele'", murmurou ela, jogando a latinha de Dr. Pepper no lixo.

Dentro da lanchonete estava bem mais frio do que fora e, logo de cara, comecei a tremer, a pele se arrepiando toda. Cheguei até a bater os dentes algumas vezes.

Bethany e eu cruzamos o salão como se não tivéssemos notado que tinha alguém sentado ali. Odiava quando garotos da escola apareciam enquanto eu estava trabalhando. Sentia-me ridícula com aquela calça azul-marinho de cintura alta e aquela camisa polo enfiada para dentro.

Baixei a cabeça e continuei andando reto, arrastando Bethany junto.

De repente, Bethany parou e se virou, me forçando a parar também.

"Espera aí, eu te conheço", disse ela, e, antes mesmo de eu me virar, já sabia com quem estava falando. Para escapar dessa, só tinha um jeito:

teria que matá-la. Como era de se esperar, não parou por aí. "Vi você na aula de Educação Cívica. Cole, certo? A Alex estava agora mesmo falando de você."

"Oi", falei, acenando timidamente, imaginando todas as formas possíveis de me vingar de Bethany por isso. Derrubar uma árvore, quem sabe? Não reciclar minha garrafa d'água? Dizer ao Zach que ela andava se sentindo atraída por ele?

"E aí, Alex", disse ele, dando uma mordida no *bagel*. "Estava trabalhando?"

Olhei para o uniforme.

"Não, estou usando essa roupa porque adoro me vestir como uma velha."

Era para ser uma piada, mas ninguém riu. Cole, porém, deu um sorriso, a covinha surgindo bem no cantinho da boca. Pelo menos ele tinha entendido, o que fez eu me sentir um pouco melhor.

"Cara, preciso vazar", disse Steve Shunk a ninguém em especial, amassando a embalagem do sanduíche em uma das mãos. Em seguida, todos os outros garotos começaram a se mexer, empurrando as cadeiras para trás e amontoando embalagens ruidosamente.

"Pois é, a gente também tem que ir", falei, puxando Bethany pelo braço. "Vejo você na aula de reforço segunda?"

"Ahã. Estarei lá."

"Legal", falei, depois me virei e quase saí correndo para não ter que me amontoar na porta com eles.

Assim que saímos, passei o braço por cima dos ombros de Bethany.

"E agora, Caubói-Feia, qual deverá ser a sua punição?"

Ela revirou os olhos e sacudiu os ombros para se desvencilhar do meu braço.

"Tenha dó. Ter que ficar vendo vocês dois disfarçando os olhares apaixonados já é punição o suficiente."

Tentei, mas não consegui conter o riso. Talvez ela estivesse certa. Também tinha a impressão de que, nos últimos tempos, ele andava me olhando de um jeito diferente.

E assim, sem mais nem menos, mal podia esperar pela aula de segunda.

4

Antes do último período, Célia estava com Bethany e Zach, me esperando em frente ao meu armário. Respirei fundo. Este ano, com minha irmã caçula perambulando pelos corredores, sabia que não teria vida fácil. Não é que não a amasse ou coisa do tipo, mas... bom, digamos apenas que, se concedessem medalhas à pessoa mais barulhenta, maldosa e imatura do planeta, Célia não teria mais onde pendurá-las.

A vovó costumava dizer que isso se devia ao fato de Célia ter crescido sem uma mulher por perto. Também dizia que, com o papai, ela havia aprendido que, se choramingasse e batesse os pés, conseguiria o que queria. *Uma criancinha mimada, aquela ali,* dizia a vovó, apontando com o queixo na direção de Célia.

A vovó tinha razão; não era fácil lidar com Célia. Choramingava e batia os pés até não poder mais. Mas não porque o papai sempre acabasse cedendo, mas sim porque, às vezes, esse era o único jeito de chamar sua atenção. Shannin e eu tínhamos nos acostumado a não contar com ele e a resolver as coisas sozinhas. Ou, pelo menos tentar. Mas Célia achava que era uma questão de choramingar mais alto. E, em geral, acabava dando certo.

Célia era mimada. Levando em conta que havia apenas dois anos de diferença entre nós duas, era de se esperar que fôssemos mais próximas. Mas, às vezes, aguentá-la era tarefa quase impossível. Ela era grosseira e malcriada, prepotente e cínica. Comportava-se como se tudo na vida lhe pertencesse e todos tivessem a obrigação de se curvar diante dela e de lhe oferecer tudo de bandeja. Nunca sorria a não ser que quisesse algo em troca. Às vezes, sentia pena dela porque nunca parecia feliz, mas, em geral, o sentimento era passageiro, pois ela logo dizia ou fazia alguma grosseria, arruinando qualquer chance de eu ou de qualquer outra pessoa se solidarizar com ela.

Isto é, tirando Zach. Zach gostava de Célia mais ou menos como um irmão mais velho. Aos seus olhos, ela era uma garotinha indefesa que ele fazia questão de estar sempre mimando, fazendo com que Bethany e eu balançássemos a cabeça e revirássemos os olhos.

"Preciso de carona pra casa", resmungou Célia, antes mesmo de eu chegar perto do armário. "Hoje não vou à reunião da turma para preparar o Anuário."

"Tá bom", falei. "Me espera do lado de fora da oficina de reforço."

"Não dá pra você descer até o andar do 1º ano e me pegar lá? Não quero ter que subir até aqui."

"Você acabou de subir até aqui."

"Por isso mesmo. E estou cheia de livros. Não quero ter que carregar a mochila aqui pra cima. Vai estar muito pesada."

Fiz um beicinho para ela.

"Tadinha. Será que vai sobreviver?"

"Nossa, Alex", falou, jogando os cabelos por cima de um dos ombros. "Será que dá pra você ser legal pelo menos uma vez na vida?"

Abri o armário, com a porta tapando seu rosto. Olhei para Bethany e ela estava fazendo uma cara como quem diz "dá um tempo". Se Célia fosse irmã de Bethany, é provável que hoje fosse para casa a pé. Bethany não dava muita trela para seus irmãos mais novos.

"Vou te dar carona, não vou?", falei de saco cheio, pegando umas balinhas do pacote que ficava na segunda prateleira do meu armário.

"Você é insuportável."

"Tá bom, Célia", respondi, tirando a cara de trás da porta do armário para olhar feio para ela. "Se sou tão insuportável, melhor pegar carona com outra pessoa."

"Senhoritas", disse Zach, se colocando entre nós duas. "Acho que vocês estão deixando de lado o que realmente importa." Enfiou a mão no meu armário e pegou um punhado de balinhas. Entre o indicador e o polegar, segurou uma amarela. "A Alex está escondendo guloseimas da gente." Virou-se e olhou para mim com uma cara séria, mas nitidamente fingida. "Como sabem", falou, "esconder as evidências dos amigos é o primeiro sinal do vício."

Empurrei-o com os quadris.

"Sai pra lá, ladrãozinho", falei, batendo a porta do armário. "Pra sua informação, sei exatamente quantas balinhas tem no pacote." Mas não tinha dúvida de que, até o fim do dia seguinte, não haveria mais nenhuma para contar história. Zach, Bethany e eu sabíamos a senha dos cadeados dos armários uns dos outros. Tínhamos acesso liberado. Zach ia acabar com todo o pacote. Conhecendo-o como conhecia, imaginei que, só de sacanagem, provavelmente substituiria as balas por camisinhas.

Bethany e eu fomos em direção à oficina de reforço. Zach passou o braço por cima dos ombros de Célia e os dois nos seguiram.

"É o seguinte", falou com a boca cheia de balas. "Encontro você no andar do 1º ano e te acompanho até aqui em cima. Pode deixar que carrego a mochila pesada. Carrego até você nos ombros se estiver com as pernas cansadas, minha donzela", disse para Célia.

Olhei para os dois com o rabo do olho. Ela estava radiante, com a cabeça deitada no ombro de Zach. Às vezes, desconfiava que o seu teatrinho de donzela-em-perigo não era assim tão fingido quando se tratava de Zach. Às vezes, desconfiava que ela gostava dele de verdade.

"Fechado", disse. "Bom saber que pelo menos *um* de vocês sabe ser legal."

"Retire o que disse", falou ele, brandindo uma bala em frente ao rosto da Célia.

"Tá bom. Você é um idiota, e eu te odeio", disse ela, pegando a bala da sua mão.

"Agora sim", disse ele.

O primeiro dos dois sinais de que o último período estava para começar tocou e Célia soltou um "ops" baixinho, se desvencilhou do braço de Zach e saiu correndo para o andar do 1º ano. Zach parou para falar com um cara perto do bebedouro.

"Você vai ao jogo de futebol hoje à noite?", perguntei à Bethany, que, praticamente desde o dia em que nasceu, era doidinha por Randy Weston, o centroavante e astro do time. Ele, por outro lado, mal sabia que ela existia.

Ela encolheu os ombros e arrumou os óculos.

"Não posso", respondeu. "Tenho reunião do Clube do Meio-Ambiente." Bethany era uma daquelas alunas superdedicadas que passava boa parte do tempo estudando para provas de matemática, mesmo que ainda nem tivessem sido marcadas, e que, no seu "tempo livre", estava ocupada "salvando o planeta, uma garrafa plástica de cada vez". Usava camisetas de fibra de bambu e pulseiras de cânhamo e, em geral, transformava a vida dos pais em um inferno com a implacável vigilância com que controlava a separação do lixo em casa. E era esperta na medida certa para saber, de cabeça, cada espantosa e deprimente estatística a respeito de como a humanidade estava arruinando a Terra. "Mas, hoje de manhã, vi o Randy na cantina e ele estava lindo. Todo arrumadinho."

"Falou com ele?"

Ela suspirou profundamente e fez uma cara de desânimo.

"Claro que não. Além do mais, não sei se continuo tão a fim dele assim."

Fiquei pasma.

"Você gosta dele desde o jardim de infância."

Chegamos à porta do vestiário e paramos; Bethany fazia oficina de esportes como atividade complementar.

"E desde o jardim de infância ele não me dá a menor bola. Acho que está na hora de partir pra outra. Ir atrás de alguém que seja para o meu bico."

"Talvez você devesse falar pra ele o que sente. Saber ao certo se é ou não para o seu bico." Vindo de mim, parecia piada. Dentre as duas, se alguém era capaz de colocar as cartas na mesa, esse alguém era Bethany.

"Falar pra quem o que sente?", perguntou Zach, aparecendo ao nosso lado. Apoiou o cotovelo no meu ombro, um palito de dentes no canto da boca.

"Pra você", falei. "Quem mais?"

Bethany abriu um sorriso.

"É, te falar que dá pra sentir seu cheiro de sovaco de longe."

Caímos na risada, e nossos ombros se bateram enquanto Zach fingia que arrancava uma faca do peito.

"É assim, é?", falou, depois pegou a cabeça de Bethany com uma das mãos e levantou bem o outro braço. "Você pediu!", disse ele, enfiando a cara dela na axila. Ela gritou e ficou tentando se libertar, mas, quando ele soltou a sua cabeça, ela estava corada e com uma expressão alegre no rosto.

"Vai embora, nojento!", disse, empurrando-o e fugindo vestiário adentro.

"Não sem a Alex", disse Zach, me pegando pela mão e me puxando atrás dele pelo corredor. "Vamos lá", falou. "Vou te acompanhar até a oficina de reforço. A Célia quer que eu passe um pouco da minha gentileza pra você." Ele praticamente me arrastou até a oficina, o tempo todo me dando dicas básicas de "como ser legal" com uma voz ridícula de falsete, até que a Srta. Moody apareceu e o conduziu até a sala da Amanda, dizendo-lhe que deveria se dedicar à gramática com o mesmo afinco com que se dedicava às brincadeiras.

Entrei na minha sala bem na hora em que o segundo e último sinal tocou. Como de costume, Cole se levantou. Quando fazia isso, era difícil não sentir um friozinho na barriga.

"Desculpa o atraso", falei.

Ele era todo sorrisos.

"Sem problemas. Adivinha só?"

"O quê?", perguntei, colocando a mochila na cadeira e abrindo-a. Ele voltou para seu lugar.

"Tirei A na prova de redação. Noventa e sete por cento de acerto."

"Uau, incrível!", exclamei, e, antes mesmo de me dar conta do que estava fazendo, me aproximei e lhe dei um abraço apertado. "Parabéns!"

"Valeu. Fiz exatamente o que você falou pra fazer. Funcionou."

Dei uns passos para trás, meio sem ar e me sentindo um pouco estranha, mas era uma estranheza boa.

"Então", falei, me sentando na cadeira e tentando tirar da cabeça o quanto ele era cheiroso de pertinho. "Também tenho uma surpresa pra você."

Ele se sentou de frente para mim, apoiando os cotovelos na mesa. As mangas da sua jaqueta de couro rangeram.

"Ah é? O quê?"

Revirei a mochila por alguns minutos e então tirei uma folha antiga de caderno. Entreguei para ele sem dizer nada. Para falar a verdade, estava tão nervosa que não sabia o que dizer. Não costumava mostrar as coisas que escrevia para qualquer pessoa. E, além disso, Cole não era qualquer pessoa. Por algum motivo, queria impressioná-lo.

Olhou para a folha por um tempo, com a testa franzida.

"Ah", falou afinal, os olhos se iluminando. "É o seu poema! O que te rendeu um prêmio, certo?"

Fiz que sim, quase passando mal de tanto nervosismo.

"Mas você não precisa ler."

"Eu quero", falou, e leu em voz alta:

> Não consigo engolir seus olhos de aço
> Cegos para meu coração apertado
> Para meu peito em ruínas
> Para meus ombros caídos
>
> Não consigo engolir seus braços cruzados
> Minha garganta, a perna de um afogado
> A borracha de um pneu queimado
> Seu cotovelo pontudo
> Um punhal na minha cabeça
>
> Não consigo engolir sua língua gelada
> Estalando atrás dos dentes enquanto
> Você lista minhas falhas
> Só consigo chorar grãos de areia
> Um portão gasto pela chuva
> Um punhado de pregos enferrujados
> Escorrendo rosto abaixo como
> Bolinhas de gude

Quando terminou, ficou um bom tempo sem falar nada. Ficou apenas sentado, olhando para o papel. Meu rosto começou a esquentar, e senti uma pontada nas costelas, ficando cada vez mais envergonhada.

Até aquele momento, a Srta. Moody era a única pessoa a quem eu tinha mostrado o poema, e mesmo assim só depois de um bom tempo. Quando enfim deixei-a ler, ela tirou os óculos de leitura e, com o dedo médio e o polegar, esfregou as marcas deixadas na parte superior do nariz, depois me disse que sabia direitinho o que eu deveria fazer com ele. No dia seguinte, me deu um papel com as instruções de como participar de um concurso para jovens poetas organizado por um grupo literário de alguma universidade. Ela me disse que achava que eu tinha chances reais de ganhar. Dois meses depois, quando descobri que tinha tirado o primeiro lugar, fiquei louca de alegria. Mas continuei com vergonha. Aquele poema era um pedaço da minha alma. Dos meus pensamentos e emoções mais íntimas. Mostrá-lo aos outros seria como ir ao colégio só de calcinha e sutiã.

"Acho que não tinha muitos concorrentes", falei afinal, com a voz tensa e crepitante no silêncio da sala. Estendi a mão para apanhar o papel. Ele o tirou do meu alcance.

"Que papo é esse?", falou. "O poema é muito bom. *Muito* bom mesmo."

Senti um sorriso tomando forma no rosto, mas a vergonha ainda era tão grande que a boca se entortou.

"Sério?"

Ele ergueu os olhos, os lábios entreabertos.

"Sério. Sem dúvida alguma. Não que eu leia muita poesia, mas..." Olhou de novo para o papel. "Uau. Você é tipo... a Emily Dickinson ou alguém parecido."

"Rá! Obrigada", falei.

Ele ergueu os olhos de novo, e nossos olhares se encontraram. Se acreditasse um pouco mais em mim mesma, teria jurado que ele parecia... comovido.

Desviei o olhar e me ocupei em tirar o caderno da mochila e soltá-lo na mesa, louca para começar a aula e mudar de assunto.

"Então, o que quer rever hoje?"

Mas ele continuava me olhando, com a diferença de que agora lá estava a covinha, esculpida acima do canto esquerdo dos lábios.

"Tem título?", perguntou.

Pensei sobre isso, me sentindo, para o meu imenso desconforto, cada vez mais alvo dos holofotes.

"Tem", respondi. "Se chama 'O meu jeito cativante e inesquecível beleza'." Nossa piada interna.

Dessa vez, abriu um sorriso de orelha a orelha, e manteve-o por alguns segundos antes de cair na risada. Devolveu-me o poema, e eu o enfiei de volta na mochila, sentindo o desconforto e o constrangimento se dissiparem.

"Agora podemos começar?", perguntei, olhando para o relógio. "A Srta. Moody me mataria se soubesse que estou desperdiçando tempo de aula pra ficar mostrando poemas."

"Tá bom, tá bom", disse ele, pegando o livro de Inglês. Soltou-o na mesa ao lado do meu caderno e começou a virar as páginas. "Já que insiste... Pessoalmente, não acho, de forma alguma, que tenha sido desperdício de tempo."

Continuou virando as páginas do livro, mas, quando olhei para ele, vi que estava olhando bem nos meus olhos. Voltei a olhar para baixo rapidinho, ficando vermelha e tentando me convencer de que aquele olhar não significava nada. Ele estava apenas impressionado com o poema, ponto.

Mas mesmo assim. Seja lá o que estivesse por trás daquele olhar, era inegável que a sua intensidade me arrepiava dos pés à cabeça.

5

Entrei correndo na casa da Bethany sem nem bater à porta. Éramos amigas havia tanto tempo que seus pais já estavam acostumados. Quando éramos mais novas, Bethany morava na mesma rua que Zach e eu, só que do outro lado. Entrávamos na casa uma da outra com tanta liberdade que, depois de um tempo, ninguém dava mais bola. Quando, no 7º ano, Bethany se mudou para o outro lado da cidade, já estávamos tão habituadas que continuamos fazendo o mesmo.

A mãe de Bethany estava sentada no sofá, com a cabeça do filho mais novo no colo, segurando uma pinça acima de uma das orelhas dele. O garotinho gritava e se contorcia, com seus cabelos ruivos e brilhosos roçando no braço da mãe.

"Oi, Alex", disse ela ao me ver. "Será que poderia me dar uma mãozinha?"

"Claro", respondi. A essa altura, já estava atrasada. Zach provavelmente já tinha devorado a pizza inteira, e Bethany e ele já deviam estar bolando uma forma de me punir. Da última vez em que Bethany se atrasou para um Dia da Viagem, Zach a fez cantar "I'm Too Sexy" enquanto ele filmava, e depois colocou o vídeo na página dela do Facebook. Mas a mãe de Bethany era tão legal, e estava sempre tão exausta por ter que cuidar dos quatro irmãos mais novos de Bethany, todos umas pestes, que não conseguia dizer não para ela.

"Ele enfiou uma uva passa no ouvido", falou, me entregando a pinça e apontando para a orelha dele. "Dá pra ver onde está, mas não consigo alcançar porque ele não para quieto."

Hesitei.

"Você quer que *eu* pegue?"

Ela fez que sim.

"Já fiz isso um milhão de vezes. Não tem mistério, é só tomar cuidado pra não a empurrar ainda mais pra dentro. Era de se esperar que eles já tivessem aprendido a não fazer mais isso. Sossega o facho, Ryan", disse ela para o irmãozinho de Bethany, prendendo as pernas dele embaixo do braço que agora estava livre.

"Não sei se..."

Ryan começou a gritar e a espernear de novo, só que dessa vez de forma ainda mais frenética, por pouco não conseguindo se soltar.

"Ryan, para quieto!", disse a mãe de Bethany, e deu-lhe uma palmada na bunda. Ele se pôs a gritar ainda mais alto e a espernear ainda mais. "Você consegue, Alex, só precisa ser rápida."

Curvei-me e prendi a respiração, torcendo para o irmãozinho de Bethany não se soltar de repente e eu machucá-lo com a pinça. Meu rosto estava quase encostado no da mãe de Bethany, que estava cheio de rugas e parecia pra lá de cansado. Ela cheirava a macarrão com queijo. Sem pensar muito, enfiei a pinça na orelha de Ryan o mais rápido que pude e tirei a uva passa, que, graças a Deus, saiu inteira. A mãe de Bethany soltou Ryan e ele saiu correndo pela porta da frente, uivando com a mão na orelha como se eu tivesse lhe perfurado o tímpano.

Devolvi a pinça para a mãe de Bethany, e a uva passa caiu no seu colo. Ela respirou fundo e passou a mão que estava livre pelo seu cabelo loiro-acobreado.

"Garotos", falou, e depois riu. "Obrigada pela ajuda, querida."

"De nada", falei, mas, antes que pudesse dizer qualquer outra coisa, um estrondo ressoou da cozinha, seguido por uma série de latidos do cachorro de Bethany, Perry, e um grito de "Mãe!" proferido por um dos seus irmãos. A mãe de Bethany rangeu os dentes, bateu com as mãos nas coxas algumas vezes, e se levantou.

Às vezes, não sabia ao certo se trocaria a minha pra lá de pacata vidinha pela louca e agitada vida da Bethany, mesmo que me oferecessem um saco de dinheiro. Sua casa era sempre um caos, e não havia nada que seus irmãozinhos não destruíssem. Seu pai trabalhava à noite e nunca estava em casa e acordado ao mesmo tempo em que o resto da família, e Bethany era tão dedicada e obediente que, muitas vezes, acabava fazendo um papel de segunda mãe. Pensando por esse lado, ficava claro o porquê de ela querer tanto salvar o planeta: aos seus olhos, parecia uma tarefa muito mais simples do que salvar a própria casa.

Peguei a bolsa e corri para o quarto de Bethany, onde Zach e ela já estavam sentados na cama com o notebook aberto. Ao seu lado, havia uma caixa de pizza, e Zach mastigava e ria ao mesmo tempo, os olhos grudados na tela do computador.

"Foi mal pelo atraso", falei, jogando a bolsa em cima da cômoda de Bethany e pegando uma fatia de pizza. Dei uma mordida. "Estava no telefone." Assim que terminei de falar, senti o rosto ficando vermelho, e, de uma hora para outra, não tinha mais certeza se, mesmo que passasse o resto da vida mastigando, conseguiria engolir o pedaço de pizza que tinha na boca.

Essa sensação era nova, mas estava começando a experimentá-la cada vez com mais frequência, sempre que pensava em Cole ou falava com ele ou simplesmente o via. Depois que lhe mostrei o poema na segunda-feira, ele parecia estar sempre por perto, dando um "oi, Alex" como quem não queria nada ou acenando do outro lado do estacionamento ou coisa do tipo. Estava começando a ter a impressão de que não era só coincidência.

E, esta noite, ele tinha ligado para o meu celular bem na hora em que estava me preparando para sair de casa.

"E aí, Emily Dickinson?", tinha dito, e, na mesma hora, senti como se estivesse tentando respirar no topo de uma montanha. O ar ao redor parecia rarefeito.

"Sem problemas", disse Bethany, puxando de baixo da cama o fichário verde ao qual tínhamos dado o nome de Arquivo da Obsessão. Tudo o que ela encontrava sobre o Colorado ia parar ali dentro, de forma que não havia mais espaço para uma mísera folha sequer. Havia itinerários e cópias impressas de documentos, cupons, guias de viagem, e até mesmo listas antiquíssimas escritas em giz de cera que, certa vez, tínhamos feito com os nomes das celebridades que esperávamos ver (Ricky Martin e as Spice Girls estavam no topo da lista). "Ainda nem começamos."

"Mas você vai ser punida mesmo assim", disse Zach imitando uma voz de apresentador de TV.

Bethany revirou os olhos.

"Ele está com um Oreo na meia", falou.

"Eca", falei, me atirando na cama ao lado de Zach. "Se está pensando que vou comer isso, pode tirar o cavalinho da chuva."

"Parabéns, estraga-prazeres", falou para Bethany. "Tem refrigerante?"

"Na geladeira", respondeu Bethany sem se virar para ele, distraída folheando uma pilha de mapas. "Traz um pra mim?"

"Pra mim também?", acrescentei.

"Ah sim, afinal de contas, sou empregado de vocês", falou, levantando-se da cama. "Ô, tia!", gritou ao sair do quarto.

Enquanto estávamos só nós duas ali, resolvi arriscar.

"Beth?", sussurrei.

"Hum?", respondeu, coçando o queixo e examinando os mapas. "Ei, escuta só, acho que no caminho pra lá tem um museu de dinossauros ou coisa do tipo."

"Bethany!", falei de novo, desta vez mais alto. "Rápido, enquanto o Zach não está aqui." Fiz sinal para ela se sentar na cama ao meu lado.

Ela olhou para mim e fechou o fichário, e em seguida se sentou ao meu lado.

"O que foi?", perguntou, passando alguns fios de cabelo para trás da orelha e colocando o fichário no colo.

"Adivinha quem me ligou."

"Quem?"

"O Cole."

Ela arregalou os olhos.

"Sério? Cole, o Gostosão?"

Fiz que sim, sem conseguir conter o sorriso.

"O que ele queria?"

"Nada de mais. Ele tinha uma dúvida sobre um romance do Ray Bradbury que a turma dele está lendo pra aula de Inglês. Mas depois também falamos sobre outras coisas. Tipo aquela reunião que tivemos no colégio semana passada. Coisas assim."

Bethany parecia confusa.

"E por que todo esse mistério? Tem algo de mais nisso?"

Joguei o corpo para trás, deixando a cabeça cair no travesseiro, e suspirei.

"Sei lá", respondi. "Eu só... não tem nada de mais, tem?"

"Não, a menos que esteja a fim dele."

Ri e bati na sua cabeça com um travesseiro.

"Deixa de ser boba; você está careca de saber que estou um pouco a fim dele", falei.

Ela arregalou os olhos.

"Você está finalmente admitindo?"

Fazendo um enorme esforço para segurar uma risada que, por algum motivo desconhecido, queria a todo custo escapar, assenti lentamente com a cabeça.

"Sim", respondi.

"E acha que ele também está a fim de você?"

Mais uma vez, fiz que sim, me sentindo uma boba alegre com aquele sorriso estampado no rosto.

"Isso é maravilhoso", falou. "Ele é muito gato, Alex. Você devia fazer algo a respeito."

"De jeito nenhum", falei, batendo de novo na sua cabeça com o travesseiro. Alguns dos seus cabelos ficaram arrepiados, e ela teve que arrumá-los. "E não conta para o Zach. Você sabe como ele é. Amanhã, o mundo todo já estaria sabendo."

"Ah, me poupe, o Zach é a última pessoa pra quem eu contaria", disse ela. Mas, em seguida, ouvimos Zach falando com um dos irmãozinhos de Bethany no corredor. Ela abriu o fichário bem na hora em que Zach abriu a porta, um pacote de doze latinhas de Dr. Pepper nas mãos.

Ele ficou parado nos examinando.

"Tá bom, perdi alguma coisa?", falou.

Bethany e eu continuamos folheando o fichário como se fosse a coisa mais interessante que já tínhamos visto na vida.

"Pra informação de vocês", disse ele, fechando a porta com o pé e tirando umas latinhas do pacote, "enquanto estivermos lá, se pensam que vou ficar indo a esses spas de mulher, usando roupões curtinhos e colocando rodelas de pepino nos olhos, podem ir tirando o cavalinho da chuva."

Bethany e eu nos olhamos e começamos a rir.

"Mas eles oferecem massagens nesses lugares", falei.

"É", concordou Bethany. "Com muito óleo e, quem sabe, uma massagista gostosona andando em cima das suas costas. Sem roupa."

Zach atirou umas latinhas na cama e se deitou ao lado delas.

"Alex", falou, dando um tapinha na minha cabeça como se tivesse acabado de ter uma ideia brilhante. "Acho que já sei qual vai ser a sua punição!"

"Deus me livre!", falei, saindo de perto dele. "Se acha que vou andar nas suas costas com os pés descalços, e ainda por cima deixar você me ver sem roupa, pode esquecer."

"Ora essa, como não, Alex?", provocou. "Melhores amigos compartilham tudo. Está no manual de regras. Regra número 67: Melhores amigos não escondem nada uns dos outros."

Bethany e eu nos olhamos sem ele ver e rimos baixinho. Por enquanto, Zach não precisava saber que eu estava caidinha por Cole.

6

Na segunda-feira, cheguei ao colégio ainda radiante por causa do telefonema e da empolgação que Bethany tinha demonstrado por mim. De alguma forma, ter dito em voz alta que estava a fim de Cole fez com que meus sentimentos por ele parecessem mais reais. Por onde quer que andasse, me pegava olhando para os lados, esperando vê-lo para que tivéssemos a chance de acenar um para o outro. De dar um "oi", quem sabe. De trocar olhares. Tudo isso parecia meio patético e imaturo, mas era assim que tinha começado a me sentir quando Cole estava por perto, como se essa fosse a primeira vez que paquerava alguém.

No entanto, ao não dar as caras na aula de reforço no último período, ficou claro que ele tinha faltado ao colégio, o que me deixou um pouco desanimada. Na terça-feira, como ele ainda não tinha dado sinal de vida, comecei a ficar ansiosa e, na quarta, tive que me esforçar para não levar para o lado pessoal. Fiquei sentada sozinha na sala, escrevendo poemas e me perguntando por onde diabos ele andava.

Não que fosse motivo para tanto, claro. Não que estivéssemos namorando, ou que eu ao menos soubesse que meus sentimentos por ele eram recíprocos. Ficar sem vê-lo estava longe de ser o fim do mundo.

Mas, quarta à noite, ao chegar ao Bread Bowl e vê-lo sentado sozinho em uma mesa do canto, fui tomada de novo por aquela onda de paixão. Quando bati os olhos nele, tentei conter o entusiasmo. Ele acenou. Acenei de volta. Bati o ponto, fui para trás do caixa e tentei não ficar olhando para ele toda hora.

Ele estava com o romance do Ray Bradbury e, com o livro aberto na sua frente, bebericava um café, mas, toda vez que eu olhava para ele, notava que em vez de estar olhando para o livro, estava olhando para mim, e eu tinha de me esforçar para conter a empolgação.

Passado o movimento do jantar, Geórgia me autorizou a fazer uma pausa, e, como quem não queria nada, decidi ir até a mesa de Cole.

"E aí?", falei, tentando agir com naturalidade. "Por onde andava?"

Ele hesitou, olhando para o livro.

"Resolvendo uns problemas de família", falou. "Volto amanhã, prometo. Mas pra isso tenho que correr atrás do prejuízo esta noite."

"Que saco", falei. "Tem muita matéria para recuperar?"

Fez uma careta. "Muita. Você está no intervalo ou já acabou?"

"No intervalo", respondi. "Só saio lá pelas 8 horas." Minha vez de fazer careta.

"Então tem uns minutinhos?", perguntou. De novo com aquele sorriso. Fiz que sim, sentindo a pele se arrepiar. Aquele sorriso tinha algo de diferente. O carinho que ele me transmitia era uma sensação que nunca tinha experimentado antes. O papai nunca sorria, e só o que Célia fazia era franzir as sobrancelhas. Beth e Zach sorriam para mim toda hora, mas seus sorrisos não provocavam essa sensação. Seus sorrisos eram como risadas. O sorriso de Cole era como uma carícia. E parecia ter sido feito sob medida para mim.

Por certos momentos, fez-se um silêncio constrangedor entre nós, durante os quais, acima de tudo, fiquei pensando no suor que sentia escorrendo pelas costas. De repente, tive medo de que, se olhasse embaixo dos braços, veria enormes rodelas úmidas e morreria de vergonha ali mesmo. Limpei a garganta. Os dedos foram ao encontro do apanhador de sonhos e tatearam as contas.

Por fim, ele fechou o livro e se levantou.

"Vem comigo", disse. "Quero te mostrar uma coisa."

Ao passar por mim, remexendo no bolso da jaqueta à procura da chave do carro, sua mão roçou de leve na minha. Fui atrás dele em direção ao estacionamento.

Conduziu-me até um antigo *muscle car* azul – um que já tinha visto no estacionamento do colégio sem dar muita bola – e abriu o porta-malas.

"Você me mostrou o poema", falou, olhando de soslaio enquanto caminhava, "então, agora é a minha vez de mostrar uma coisa."

Enfiou o braço no porta-malas e tirou um violão dentro de uma capa.

"Senta", falou, apontando para o meio-fio. Sentei-me, cruzando os braços em volta dos joelhos.

"Você toca violão?", perguntei.

"Um pouquinho", falou. Colocou a capa na calçada atrás de mim, abriu, tirou um violão novinho em folha e se sentou ao meu lado, apoiando-o no colo. "Aprendi a tocar sozinho, então precisa me dar um desconto. É só um hobby."

"Belo hobby", falei, passando os dedos pelas cordas. Dava para sentir o calor do seu ombro no meu. "Não sei tocar nenhum instrumento."

"Mas sabe escrever letras incríveis", falou. "Olha só."

Apoiou o violão contra o peito e começou a tocar. Os dedos percorriam as cordas como se fosse a coisa mais fácil do mundo. Como se qualquer um pudesse fazer o mesmo. Após alguns acordes, com os lábios fechados, começou a entoar uma melodia, e, logo depois, se pôs a cantar com uma voz doce:

"Não consigo engolir teus olhos de aço..."

Fiquei pasma. O poema. Estava cantando as palavras do meu poema. Não fazia a menor ideia do que pensar. Ainda me sentia desconfortável ouvindo-as em voz alta, e, além disso, Cole parecia muito vulnerável sentado na calçada cantando e tocando violão. Ouvindo-as em voz alta, era difícil não reviver certas cenas, como a noite em que o buraco que deveria ser preenchido pela mamãe me engoliu de tal forma que a única coisa que eu podia fazer era escrever. Era um momento tão genuíno – tão desprovido de disfarces – que era quase íntimo demais para suportar. Baixei a cabeça, apoiando a testa nos joelhos, e fiquei escutando, os olhos bem apertados. Assim que terminou de cantar, virei a cabeça de lado para vê-lo, apoiando a bochecha nos joelhos onde a testa tinha estado há pouco.

"Isso... foi incrível", falei. "Não acredito que decorou o poema."

Dedilhou algumas cordas ao acaso.

"Algumas palavras são diferentes", falou. "Mas tentei me lembrar da maioria. Foi a primeira coisa em que pensei quando li o poema – puxa, isso daria uma ótima música."

Estendi uma das mãos e toquei de modo incerto nas cordas.

"Sempre tive vontade de tocar algum instrumento."

"Sério?" Ele se endireitou para ficar em uma posição melhor. "Quem sabe te ensino uma hora dessas. Não é tão difícil." Colocou a mão sobre a minha e a conduziu pelas cordas com mais decisão. Senti a vibração começar na ponta dos dedos e percorrer todo o corpo. Escondidos nos tênis, até os dedos dos pés se encolheram.

De repente, ouvi umas batidas na janela da frente da lanchonete. Lá estava Geórgia, mexendo nas persianas. Olhando na minha direção, ergueu as sobrancelhas.

"Droga", falei. "Preciso voltar."

Cole se levantou, segurando o violão pelo braço.

"Sem problemas", falou.

Em seguida, mais um daqueles silêncios embaraçosos. No que dizia respeito a mim, o silêncio estava preenchido pelas vibrações das cordas do violão, que eu ainda podia sentir nos dedos dos pés encolhidos.

Bem na hora em que comecei a caminhar em direção à porta, ele estendeu a mão e tocou no meu pulso, bem rápido e de leve, como se tivesse receio de que minha pele pudesse queimá-lo.

"Então, quem sabe posso te ensinar uma música nesse fim de semana?"

Em um primeiro momento, fiquei confusa. Por acaso tínhamos alguma aula ou coisa parecida marcada para o fim de semana? E então, em um piscar de olhos, a ficha caiu. Ele estava me convidando para sair.

"Vou trabalhar na sexta, mas no sábado estou livre."

Sorriu. "Tá bom. A gente pode ir até o lago ou coisa do tipo. Leva algo pra comer. Vou te ensinar a tocar 'Yesterday', dos Beatles. Foi a primeira música que aprendi. É bem fácil."

"Tá bom, legal. A gente se encontra lá?"

"Não", respondeu. "Pego você em casa." Ficamos ali parados olhando um para o outro sem dizer nada, até que Geórgia bateu na janela de novo.

Desta vez, nós dois viramos a cabeça. Geórgia ergueu ainda mais as sobrancelhas. Cole riu.

"Acho que agora preciso ir", falei. "Vejo você na aula de reforço amanhã?"

"Sim", respondeu, guardando o violão no porta-malas. "Prometo estar com a matéria na ponta da língua."

Apontei para ele. "Assim espero!"

"Até logo, Emily Dickinson."

Obriguei-me a dar meia-volta e abrir a porta da lanchonete.

Fiquei olhando-o fechar o porta-malas, entrar no carro e ir embora. Depois, fui toda saltitante e risonha na direção de Geórgia, que agora estava fechando as persianas da janela dos fundos do salão.

"Longo intervalo", falou, sem olhar para mim.

"Ele me chamou pra sair", falei, colocando as mãos em um dos ombros de Geórgia. "Sábado a gente vai para o lago."

"Uuu-lá-lá, o lago", disse Geórgia em um tom de brincadeira. "Só pode terminar em confusão."

"Ah, me poupe", falei, me aproximando das persianas onde ela estava. Fechei-as bem mais depressa do que ela. "Sou uma garota comportada. Confusão não faz parte do meu vocabulário." Pisquei os olhos várias vezes seguidas, bancando a inocente.

Geórgia se virou para ir embora, me batendo de leve com uma toalha que tinha na mão.

"Ó Senhor, me poupe de ouvir esse tipo de baboseira."

Sem conseguir conter a empolgação, estendi os braços e abracei Geórgia.

Se tivesse que resumir esse dia em uma palavra? *Finalmente*.

7

Célia me seguia enquanto eu praticamente corria pela sala de estar, recolhendo meias encardidas e toalhas molhadas e jogando-as em um cesto de roupa suja. Arrumei as almofadas do nosso horroroso sofá e usei um cobertor que estava amontoado em um canto há quase uma semana para cobri-lo.

Pelo estado da sala, estava na cara que a família que morava naquela casa tinha entregado os pontos. Via de regra, não teria ligado para isso. Era deprimente, mas já estava pra lá de acostumada. Mas, como Cole ia passar ali para me pegar, de repente passei a ter vergonha de tudo o que compunha minha vida.

As cortinas estavam cheias de pó, o tecido que revestia o sofá parecia cheio de furos e manchas, o carpete era imundo e pisoteado. Havia copos, pratos e roupas sujas por todos os lados. Havia frascos de esmalte permanentemente colados na mesinha de centro, a qual, sabe-se lá por quê, tinha uma das pontas toda grudenta. Não conseguia me lembrar da última vez em que tinha visto alguém passar aspirador. Era espantoso se dar conta de que era possível se acostumar a qualquer tipo de vida.

"Então, quando é que vai ter tempo?", perguntou Célia pela milésima vez. "Precisamos planejar isso direito. Não é sempre que a Shannin vem nos visitar."

Quanto a isso ela tinha razão. Shannin quase nunca dava o ar da graça. O papai ficaria pasmo quando a visse, ainda mais porque ela vinha para nos ajudar com a grande festa surpresa que estávamos preparando para o aniversário dele, não que ele fosse lá muito afeito a comemorações. Uma surpresa dessas precisava ser planejada com meses de antecedência, ou pelo menos era assim que Célia pensava. O aniversário era só em abril, e estávamos no comecinho de outubro. Para mim, seis meses era mais do que o suficiente para organizar tudo. Para Célia, não chegava nem perto. Para Shannin, o importante era satisfazer as vontades de Célia, o que era fácil de dizer quando se estava a centenas de quilômetros de distância. Shannin não tinha que conviver com as constantes aporrinhações de Célia.

"Além do mais", continuou Célia, "você prometeu pra Shannin que ia fazer a sua parte, Alex."

"Eu vou, tá bom? Mas não hoje", respondi. "Ainda temos tempo de sobra." Ela suspirou e se jogou no sofá, derrubando o cobertor. "Cuidado", falei, me curvando e pegando-o do chão. Estendi-o de novo por cima do sofá para esconder as manchas.

"Afinal de contas, o que esse garoto tem de mais?", perguntou Célia. "Você está se comportando como se ele fosse um príncipe ou coisa do tipo. Vi ele na biblioteca outro dia. Não achei grandes coisas."

"Claro que não", falei. "Porque se gostasse de um garoto que eu gosto, era capaz da Terra começar a girar no sentido contrário ou coisa parecida. Gosto dele e ponto final, tá bom? E quero que ele goste de mim também. Por isso não quero esse lugar tão..."

"Tão parecido com a nossa casa? Talvez eu devesse pedir pra mãe do Zach vir aqui substituir a mamãe. Aí quem sabe você não teria mais tanta vergonha da nossa família."

Olhei para ela. Célia nunca tinha visto motivo algum para dar importância ao que tinha acontecido com a mamãe. Ela encarava a situação da mesma forma que Shannin – a mamãe tinha morrido e ponto, e a vida do papai era do jeito que era e ponto, e nada disso tinha qualquer relação com ela. Célia e Shannin não pareciam ligar quando alguma criança perguntava o porquê de o papai nunca falar nada ou quando algum adulto queria saber onde estava a mamãe. Não pareciam se incomodar com o fato de não saberem responder a qualquer pergunta sobre a mamãe porque essas perguntas jamais nos tinham sido respondidas.

"Não é nada disso", falei irritada. "Só quero que a casa fique apresentável. Você está é com ciúmes, só isso." Em geral, Célia era a única que recebia visitas de garotos. Pelo menos uma vez na vida, era legal saber que alguém vinha me ver. Alguém melhor do que qualquer um dos garotos nojentos com os quais ela saía.

A campainha tocou. Célia fingiu uma cara de surpresa e se levantou do sofá enquanto eu corria para a cozinha com uma pilha de louça.

"É bem isso mesmo, estou com ciúmes porque você vai sair com um cara que continua usando a jaqueta de couro do antigo colégio no novo pra todo mundo ver o quanto ele é incrível." Ela estendeu a mão para abrir a porta bem na hora em que entrei na cozinha e coloquei a louça na pia.

Fiquei parada junto ao balcão da cozinha e respirei fundo algumas vezes, tentando acalmar os nervos. Uma das mãos foi ao encontro do apanhador de sonhos pendurado sob a camiseta.

Não tinha vergonha da minha família; só queria impressionar Cole. De certo modo, me sentia igual a quando tinha lhe mostrado o poema – nervosa e com receio de revelar quem eu realmente era. Com receio de ele não gostar do que via.

Ouvi a porta da frente se abrir e Célia falar alguma coisa. Sem perder tempo, passei os dedos pelos cabelos e fui para a sala.

Em vez de Cole, dei de cara com Zach sentado no sofá, um pé em cima da mesinha de centro, o controle remoto na mão. Célia estava sentada ao lado dele, tagarelando sobre algo sem importância. Quando entrei na sala, Zach sequer ergueu os olhos. Fui até o sofá e dei-lhe um tapa na perna.

"Acabei de limpar a mesinha", falei. "Tira o pé daí."

"Não é o pé, é o tênis", falou sem desgrudar os olhos da TV.

"Rá-rá-rá", falei. "Muito engraçado." Empurrei o pé dele de cima da mesinha.

Afinal, olhou para mim.

"O que foi? Desde quando se importa tanto com onde coloco o pé?"

"Desde quando o príncipe de Pine Gate combinou de passar aqui?", disse Célia.

Zach parou de mudar de canal e largou o controle remoto no colo.

"Quem? Aquele carinha novo que está tendo aula com você?" Enfiou a mão no bolso da calça e tirou um palito de dentes meio torto, endireitou-o e colocou na boca.

Fiz que sim. "A gente vai sair hoje à noite."

Zach balançou a cabeça.

"Ele é meu colega de Educação Física. Meio otário. Acha que é durão. Fala mais do que deve."

Peguei o cesto de roupa suja do chão e o apoiei contra os quadris.

"Vindo de você, só pode ser uma piada." Fui em direção ao porão. "Bethany acha ele gostosão", gritei sem olhar para trás. "Ela está contente por mim."

"Pra Bethany, todo mundo é gostosão", gritou Zach enquanto eu descia as escadas. Coloquei o cesto de roupa no chão ao lado da máquina de lavar. Bem na hora em que comecei a subir as escadas, a campainha tocou de novo.

"Eu atendo!", gritei, e saí correndo escada acima. Não precisava ter corrido – Célia e Zach estavam distraídos vendo um programa de TV e nem sequer tinham ameaçado se levantar para abrir a porta.

"Deve ser o Cole", falei, recuperando o fôlego.

"Calma, coração", cantarolou Zach em voz de falsete. Célia riu.

Abri a porta e lá estava ele, usando uma camiseta preta e uma calça jeans, a camiseta justinha, exibindo os músculos. Parecia tão forte e confiante ali parado. Como se pudesse me proteger de qualquer coisa.

"Oi", falei, tentando não soar caidinha e ofegante e como quem tinha acabado de ficar admirando o peitoral dele. "Entra."

Cole entrou. Podia jurar que, quando olhou para o sofá, seu sorriso diminuiu um pouquinho. *Puxa vida*, pensei, examinando a sala empoeirada, *ainda está uma bagunça aqui*. Mas, logo em seguida, o sorriso voltou a se abrir.

"E aí?", falou, se dirigindo a quem estava no sofá. Célia acenou com os dedos sem sequer erguer os olhos, mas Zach se levantou e veio até nós.

"E aí?", disse Zach, parando ao meu lado e apoiando o cotovelo no meu ombro, como sempre fazia. Antes, isso nunca tinha me incomodado, mas, desta vez, de uma hora para outra, tive vontade de empurrá-lo para longe. Era como se eu fosse... sua propriedade. Zach era meu melhor amigo, mas, às vezes, precisava lembrá-lo de que não era meu dono. "Você está na minha turma de Educação Física?"

Os olhos de Cole se detiveram no cotovelo de Zach.

"É, acho que estou."

Fui um pouco para o lado, me desvencilhando do cotovelo de Zach.

"Esse é o Zach", falei. "Ele mora na casa ao lado. Somos amigos desde que usávamos fraldas", acrescentei, e, logo em seguida, senti o rosto ficar vermelho. Deus do céu, quem é que menciona fraldas no primeiro encontro?

"Ah, então você é tipo um irmão?", perguntou Cole.

Zach estreitou os olhos, mastigou o palito de dentes por um momento, depois falou:

"Pode-se dizer que sim." Sua voz era intensa o bastante para fazer Célia se virar e olhar na nossa direção, curiosa.

Cerrei a mandíbula e olhei para Zach. Ele estava se comportando feito um idiota, mas não estava olhando para mim. Seus olhos estavam fixos nos de Cole, e, de uma hora para outra, o clima na sala ficou pra lá de tenso.

Para falar a verdade, era estranho. Zach tinha lá sua opinião sobre as pessoas, mas, em geral, era o tipo de cara que sempre se dava bem com todo mundo. Era evidente que não gostava nem um pouco de Cole, e fiquei me perguntando o que poderia ter acontecido entre os dois na aula de Educação Física.

Tentei relevar o comportamento de Zach – talvez estivesse apenas de mau humor –, mas era o fim da picada que descontasse justamente em Cole.

"Legal", disse Cole afinal, e, assim, sem mais nem menos, a tensão se dissipou. Em seguida, se virou para mim. "Tá pronta?"

"Tô", respondi, pegando a chave e o celular. "Prontíssima."

Nós nos viramos em direção à porta, a mão de Cole na parte de baixo das minhas costas, lançando uma descarga elétrica por todo o meu corpo.

"Ei, pensei que tínhamos compromisso hoje à noite", disse Zach atrás de nós. "Hoje é sábado." E assim, em um piscar de olhos, o entusiasmo deu lugar à irritação. Quaisquer que fossem os motivos de Zach, o que estava fazendo era sacanagem. Do jeito que falava, parecia que tínhamos um encontro romântico ou coisa do tipo.

"Não", falei. "Já avisei a Bethany. Mandei uma mensagem pra ela hoje de manhã. Ela tinha ficado de te ligar. Vamos nos reunir mais tarde."

"Você que sabe", disse Zach. "Mas está careca de saber como ela fica quando você falta a um Dia da Viagem. Além disso, na reunião de hoje vamos decidir quem vai dormir com quem." Quando falou a palavra "dormir", abriu um sorrisinho malicioso, e tive vontade de lhe dar um tabefe na cara. Ele ia me pagar por essa, ah, se ia.

"Tá bom", falei, rangendo os dentes e olhando para ele com cara de poucos amigos enquanto abria a porta. "Até mais tarde."

Zach encolheu os ombros e tirou o palito da boca.

"Legal. Divirtam-se, crianças."

Cole se virou e lançou um olhar para Zach.

"Vejo você na aula de Educação Física."

Zach ergueu o queixo de leve mas não respondeu, e Cole e eu saímos de uma vez e fechamos a porta.

"Nossa", disse Cole, assim que pisamos na varanda da frente. "Ele é sempre assim tão protetor?"

Pensei um pouco e, para falar a verdade, sim. Até onde me lembrava, no que dizia respeito a Bethany e eu, Zach sempre tinha sido tão, mas tão protetor que às vezes chegava a dar nos nervos. E a forma como ele tinha provocado Cole na sala agora há pouco, seja lá qual fosse o motivo, não só tinha dado nos nervos como era impossível de engolir.

"É", respondi, descendo da varanda. "Desculpa. Vou falar com ele. Ele vai baixar a bola."

Fomos em direção ao carro de Cole.

"Ele é intenso", falou, abrindo a porta para mim. "Seus pais deixaram mesmo você ir viajar com ele?"

Só o que ouvi foi a palavra "pais", e senti o rosto esquentando. Ainda estava longe de estar pronta para tocar nesse assunto com ele. Não dava para dizer apenas "minha mãe morreu", e ponto final. Todo mundo sempre queria saber como, e eu odiava responder a essa pergunta. Ela era complicada demais. Na maioria das vezes, eu inventava alguma história. Mas não queria mentir para ele. Assim como também não queria dizer, no nosso primeiro encontro, que a mamãe "era mais louca que uma cabra". Queria que o encontro fosse divertido.

Forcei uma risadinha.

"Não esquenta, ele não é sempre assim", respondi. "Bethany e eu jamais sonharíamos em ir sem ele."

A ideia de Zach não nos acompanhar na viagem não tinha pé nem cabeça. Zach sempre esteve ao meu lado. Ele sabia das fotos embaixo da cama. Tinha me visto chorar quando Bethany passou aquele sábado em St. Louis fazendo compras com a mãe dela. Tinha testemunhado de perto a vergonha que senti quando tive de me sentar à mesa com ele e com sua mãe durante o "Almoço do Dia das Mães" do 6º ano. Quando eu falava para alguém que a mamãe tinha morrido de câncer, ele confirmava, e me deixava à vontade para fazer de conta que ela havia sido a melhor mãe do mundo. Ele sabia o quanto a viagem significava para mim. Além do mais, sem Zach, não seríamos os Três Terríveis. E, apesar de todos os seus defeitos, ele sabia como tornar as coisas divertidas.

"É uma viagem especial. Pra nós três."

"Bom, nesse caso", falou, enquanto eu me sentava no banco do passageiro. Colocou as mãos no teto do carro e baixou os olhos para mim, com o corpo tapando todo o espaço da porta, e com o rosto encoberto por uma sombra. "Até pediria desculpas por não deixar você ir à casa do seu amigo hoje à noite, mas acho que sou meio egoísta. Quero você só pra mim, Emily Dickinson."

Fez uma pausa e se abaixou ao meu lado. Enfim, pude ver a expressão no seu rosto, que era terna e carinhosa, idêntica à que exibia todos os dias nas aulas de reforço. Não fazia ideia do que Zach tinha contra ele, mas, no momento, não estava nem aí. Esse até podia ser nosso primeiro encontro, mas fazia semanas que estava dando aulas para ele. Conhecia-o muito melhor do que Zach. Eu sabia o quanto ele era legal. Seja lá o que tivesse acontecido entre os dois, Zach estava enganado a respeito dele.

"Não tive chance de te falar", disse Cole, passando o dedo pelo meu antebraço. Senti arrepios, mas eram quentes e formigavam. "Você está linda."

Sorri.

"Você também."

Ficou me olhando por mais um longo minuto e depois se levantou e fechou minha porta. Sentada no seu carro, que cheirava à água-de-colônia e couro, olhando ele dar a volta até a porta do motorista, não pude deixar de sentir um friozinho de empolgação na barriga. Cole era tão maravilhoso!

Mais tarde, seria obrigada a ter uma conversa séria com Zach. Seus problemas pessoais com Cole *não* estragariam meu lance com ele.

8

Cole me convidou para um segundo encontro antes mesmo de o primeiro ter terminado.

"Escuta", ele tinha dito, sentado ao meu lado em cima da mesa do quiosque, os dois com os olhares perdidos na mata escura que separava o lago da área de piquenique. O barulho da água ao longe, que de tempos em tempos batia nas pedras da margem, tinha a intensidade certa para abafar o ronco dos carros que passavam na estrada atrás do parque. Ele estava inclinado para trás com naturalidade, com as mãos apoiadas na mesa, as pernas esticadas e os pés cruzados sobre o banco. Se eu me inclinasse um pouquinho também, dava para sentir seu antebraço nas minhas costas. A sensação me enchia de energia e nervosismo ao mesmo tempo, como se eu pudesse me levantar em um pulo, sair correndo mata adentro, mergulhar de cabeça no lago e nadar por quilômetros em um só fôlego.

"Você viu que saiu o novo *A casa dos horrores*?"

"Vi", respondi. "Parece assustador. Tô louca pra ver." Inclinei-me um pouquinho para trás, senti seu antebraço, depois fui para frente de novo, passando as mãos nas canelas, com a pele toda arrepiada.

"Tá com frio?", perguntou. Fiz que sim, e ele tirou a jaqueta de couro e colocou-a sobre os meus ombros.

Baixei a cabeça, encostando o nariz na jaqueta com cuidado para não dar na vista. Assim como ele, cheirava à água-de-colônia, couro, alguma outra coisa meio terrosa e adocicada, e era quentinha. Minhas pernas se arrepiaram ainda mais.

"Chegou a ver o segundo?", perguntei. "Aquele em que uma garota morta pra lá de nojenta pula do armário? Quase tive um treco."

Ele riu.

"Sim, aquela cena foi demais! E aquela outra do cara com o machado no celeiro?"

Fiz que sim com a cabeça.

"Nojentíssima."

Rimos, e senti sua mão deslizar na mesa até minhas costas, chegando mais perto. Para sentir seu braço, mal precisava me inclinar mais para trás.

Ele já estava bem ali. Agora, ainda que eu estivesse aquecida pela jaqueta, os arrepios, antes restritos às pernas, tinham se espalhado pelo corpo todo.

"Então, quer ir ver comigo semana que vem?", me perguntou, e, quando fiz que sim, aproximou o braço ainda mais perto das minhas costas.

"Mas só pra avisar. Pode ser que eu passe o filme todo tapando os olhos", falei.

Deu-me um leve empurrãozinho com o braço.

"Medrosa."

Ficamos ali por um tempo, sentados, ouvindo o barulho da água por entre as árvores, e Cole falou sobre Pine Gate e eu reclamei das minhas irmãs. Passei os braços por dentro das mangas da jaqueta, examinando os distintivos.

"Quer dizer que você também jogava futebol americano no outro colégio?", perguntei.

Ele fez que sim, passando uma folha de árvore pela coxa, para cima e para baixo.

"Jogava. E beisebol também. Quase todos os esportes. Pratico esportes desde os 6 anos de idade."

"Seis? Uau, você deve ter um ótimo preparo físico."

Encolheu ombros, jogando a folha no chão.

"Nada fora do normal, acho. Pra ser bem sincero, não estou mais a fim de jogar nada. Tô de saco cheio."

"Então por que não para? É só não tentar entrar pra time nenhum."

Ele deu uma risada e saiu de cima da mesa, se curvando e alongando as pernas, uma de cada vez. A parte do meu corpo ao lado da qual ele esteve sentado ficou desprotegida do vento.

"Já estou dando graças a Deus que, por causa da mudança, não vou precisar jogar futebol americano este ano. Se não tentasse entrar para o time de basquete, meu pai me mataria", falou.

"Por quê?", perguntei. "É a sua vida, não a dele. Se você não quiser, ele não pode te obrigar." Fiquei tentando imaginar como seria ter pais que se importassem tanto que chegassem ao ponto de obrigar os filhos a fazerem o que não queriam. Será que eu detestaria? Ou será que ficaria feliz pela atenção?

Cole chutou o pé da mesa de leve algumas vezes, e, então, de uma hora para outra, se animou.

"Ei, espera aí", falou. Foi correndo até o carro e ficou procurando alguma coisa no banco traseiro. Voltou correndo para o quiosque segurando uma velha bola de futebol americano. "Pensa rápido", falou, arremessando-a para mim. Por pouco, consegui agarrá-la antes que me acertasse. "Vem, vou te ensinar uma jogada", falou, pegando minha mão que estava livre e me puxando de cima da mesa.

Não consegui conter o riso.

"Não consigo jogar futebol americano", falei, cambaleando atrás dele pela grama.

"Claro que consegue", falou. "Presta atenção." Pegou-me pelos ombros e me virou de costas para ele. "Tá, agora dobra um pouco os joelhos, virando o tronco em direção ao chão e jogando a bunda pra trás e, no três, você passa a bola pra mim por entre as suas pernas e depois sai correndo o mais rápido que puder. Vamos combinar que a área depois da bomba d'água é a *end zone*, então, um pouco antes de chegar lá, comece a olhar pra trás. Vou lançar pra você marcar o *touchdown*."

Ri, balançando a cabeça.

"Não consigo fazer tudo isso..."

Ele empurrou meus ombros para baixo, para que eu dobrasse os joelhos e começasse a me posicionar.

"Claro que consegue. Não pensa, só faz."

Coloquei-me em posição. Cole gritou:

"Trinta e sete... noventa e dois... três!"

Não pensei em nada. Passei a bola para trás pelo meio das pernas e saí em disparada pelo gramado, o tempo todo rindo. O ar em volta, que até pouco tempo me dava arrepios, agora deslizava pela pele, me enchendo de energia. Assim que comecei a me aproximar da bomba d'água, virei o rosto. Cole esticou o braço para trás e lançou a bola na minha direção.

Era difícil enxergá-la no escuro, e, por pouco, não tropecei tentando correr e olhar para trás ao mesmo tempo, com os olhos semicerrados na direção do céu. De repente, lá estava ela, vindo bem ao encontro do meu peito. Estendi os braços, acho que até fechei os olhos por um segundo e, sabe-se lá como, agarrei-a.

Dei um grito, parando um pouco só para ter certeza de que a bola estava mesmo nas minhas mãos, me virei e corri até passar da bomba d'água.

"*Touchdown*!", gritei, e depois fiz uma dancinha toda desengonçada, jogando a bola no chão e depois apontando os dedos para cima e rebolando. "E ela marca!"

Cole quase rolava de tanto rir.

"Lança de volta."

Curvei-me e peguei a bola, depois arremessei com toda força na sua direção, tentando me lembrar das instruções do professor de Educação

Física no 1º ano: dedos na costura, pulso solto. A bola voou alto, quase passando por cima de Cole. Ele teve que pular para alcançá-la, arrancando-a dos braços da noite como um caçador que captura um vagalume.

"Uau!" Seus olhos se iluminaram. "Linda, escreve poesia e ainda por cima sabe lançar uma bola. Ela é perfeita!"

Joguei os cabelos para trás.

"Isso é porque ainda não me viu jogando na defesa", brinquei, depois me coloquei em posição de sumô, abrindo os braços e fazendo cara de brava.

"Tá falando sério?", perguntou Cole.

"Pode vir, boneca", falei com uma voz grave, tentando não rir.

"Você que pediu, querida", disse ele, e começou a correr na minha direção, narrando a jogada como se fosse um locutor esportivo: "Cozen acha uma brecha na defesa. Ele alcança a linha de cinquenta jardas, a de quarenta, a de trinta... parece que ninguém mais vai conseguir detê-lo...".

Assumi minha própria voz de locutor.

"Mas o que é isso? Eis que surge um defensor na linha de dez jardas... não há chance de Cozen conseguir passar..."

Parti com tudo para cima dele, os braços abertos, mas, um pouco antes de alcançá-lo, Cole jogou a bola para trás. Ela caiu na grama. Ele deu dois longos passos à frente, me agarrou pela cintura, e me levou para o chão, virando o corpo para que caíssemos de lado, com seu ombro absorvendo a queda.

"Ei", protestei, "era pra eu derrubar você!"

"Você não tinha a menor chance", disse ele.

Viramos de barriga para cima, rindo e recuperando o fôlego. Um de seus braços continuava em volta da minha cintura, e era gostoso senti-lo sob o corpo.

Depois de um tempo, ele virou a cabeça para mim, e as folhas da grama espetaram sua bochecha.

"Você é uma caixinha de surpresas", falou.

Encolhi os ombros.

"Vai por mim, não fazia ideia de que conseguiria lançar uma bola de futebol americano daquele jeito. No 1º ano, não sabia nem se ia conseguir passar em Educação Física."

Ele levantou as costas do chão, tirando o braço de baixo do meu corpo e se sentando com as pernas cruzadas. Arrancou um fiapo de grama e ficou brincando com ela.

"Não foi só isso que quis dizer", falou. "Você escreve, planeja viagens de formatura, prepara um café de dar água na boca, e não tem medo de ficar no caminho de alguém que está se aproximando a toda velocidade e que é o dobro do seu tamanho. Você é mesmo incrível."

Eu esperava sentir o rosto ficando vermelho. Ou me sentir desconfortável. Ou constrangida. Mas não foi o que aconteceu. Senti-me bem à vontade, deitada na grama olhando para Cole e para as estrelas ao fundo. Algo nele me passava uma sensação de segurança.

"Obrigada", falei, e, pela primeira vez, senti que não precisava dizer nada além disso.

Ele jogou a folha de grama para o lado e arrancou outra, passando os dedos por ela.

"Por que não deu um título para o poema?", perguntou.

Apoiei-me em um dos cotovelos e, com a barriga encostando no joelho de Cole, arranquei meu próprio fiapo de grama.

"Sei lá", respondi. "Acho que nem cheguei a pensar nisso."

"Que título você daria agora?", perguntou.

Pensei um pouco. Arranquei outra grama e fiz uma bolinha entre os dedos. Depois de um tempo, respondi:

"'Um poema sem nome', talvez. Poderia ser meio simbólico. Tipo, o relacionamento descrito no poema acabou. Não existe mais. Não tem mais nome. Sei lá. É meio clichê." Franzi o nariz.

"É sobre uma experiência pessoal?", perguntou. "Tipo, o fim de um namoro ou coisa parecida?"

Por uma fração de segundo, pensei em acabar com o sofrimento de uma vez e contar para ele sobre a mamãe. E não a versão expurgada – aquela segundo a qual ela morreu e virou um anjinho, que fica no céu tomando conta de mim e esperando pelo dia em que nos encontraremos de novo –, mas sim a verdadeira. A feia e constrangedora. Mas o momento passou, e apenas balancei a cabeça.

"Não, eu só escrevi mesmo", respondi.

"Gostei dele. Sabe que título eu daria?" Ele jogou outra folha de grama para o lado, se inclinou para trás com as mãos apoiadas no chão e esticou as pernas para a frente. "'Amor amargo'. Porque, mesmo que o relacionamento tenha acabado, talvez o amor continue existindo, só que não é mais o mesmo, é como se fosse um..." Parou de falar e abriu um sorrisinho maroto.

"Amor amargo", completei, fazendo um sinal de aprovação com a cabeça. "Humm."

Com o dedo, me cutucou nas costelas.

"'Humm' o quê? Pode parar, você tem que admitir que é um bom título."

"Não tenho certeza", falei, rindo e me encolhendo para me proteger do seu dedo. "Vamos fazer o seguinte. Se um dia a sua música fizer sucesso, ganhar um Grammy ou algo parecido, deixo você escolher o título."

"Fechado", disse ele. "Ei, falando nisso. Fiquei de te ensinar a tocar uma música hoje à noite, não fiquei?"

Meu rosto se iluminou.

"Ficou!"

Ele se levantou e pegou minha mão para me ajudar, depois continuou segurando-a pelo caminho todo até o carro, com a maior naturalidade do mundo, como se já tivéssemos feito isso um milhão de vezes.

"Entra", falou. "Conheço o lugar ideal para uma aula de violão."

9

Entramos no carro de Cole e fomos embora, saindo do estacionamento do quiosque no qual estávamos e cruzando o parque, passando por todos os outros quiosques, nos quais outros carros, quase invisíveis na escuridão, estavam estacionados. Em alguns dos quiosques, as pessoas estavam fazendo fogueiras, como se implorassem para que os seguranças do parque aparecessem e expulsassem todo mundo. Em tese, o parque fechava pouco antes do anoitecer, mas todos faziam de conta que essa norma não existia – inclusive os seguranças, contanto que não houvesse risco de alguém botar fogo na mata.

Seguimos pela esburacada Estrada do Lago, passamos pela praia, na qual se podia nadar, já fechada a essa hora, e pelo píer, onde havia barcos para alugar. Em seguida, entramos em uma estradinha coberta de grama que dava em um portão de ferro. Cole estacionou em frente ao portão, desligou o carro e enfiou a mão embaixo do painel para abrir o porta-malas.

"Aqui?", perguntei.

Fez que sim.

"Quer dizer, não *aqui*, aqui. Ali, passando o portão. No vertedouro da barragem." Apontou para o portão. Uma placa enferrujada vermelha e branca pendurada no meio: PERIGO: NÃO ENTRE. RISCO DE AFOGAMENTO.

A placa era desnecessária. Todo mundo sabia o quanto era perigoso ficar no topo do vertedouro. Utilizado para escoar o excesso de água e impedir que o lago transbordasse, suas comportas podiam se abrir a qualquer momento, liberando um fluxo de água que escoava pela rampa de concreto de quase dez metros até o reservatório.

Dizia a lenda que, certa vez, nos anos 1970, uma garota bêbada tinha pulado o portão e, ao se aproximar da borda do vertedouro, tinha despencado lá de cima, descendo pela rampa de concreto de cabeça para baixo e se afogando no reservatório. Segundo Shannin, a história não passava de uma lenda urbana, o que, como ninguém parecia saber quem era a tal "garota bêbada", fazia sentido. A única coisa que as pessoas sabiam é que ela ficou chorando e gritando por ajuda, e que seus amigos não puderam fazer nada a não ser assistir a tudo do topo do vertedouro e gritar seu nome.

Os únicos garotos que se atreviam a pular o portão do vertedouro eram os que não tinham medo da morte. Um mísero passo em falso e a pessoa ou cairia para um lado, onde ficava a rampa de concreto, ou para o outro, onde ficava o próprio lago. Ou, se as comportas se abrissem, a pessoa, querendo ou não, seria simplesmente carregada pelo fluxo de água até o reservatório.

E, se um segurança do parque pegasse alguém por ali, estaria ferrado.

"Cole, não acho que...", comecei a falar, mas ele já tinha saído do carro e estava fechando o porta-malas, o violão em uma das mãos. Ele veio até minha porta e abriu-a.

"Vem", falou, a mão estendida. Quando hesitei, ele se abaixou e olhou nos meus olhos. "Não vou deixar nada acontecer com você." Passou o dedo pelo meu rosto, e eu me arrepiei toda. "Além do mais, não chove há semanas. Não tem a menor chance de as comportas se abrirem. Medrosa."

Ele piscou para mim, e, de repente, fui tomada por uma onda de ousadia. *É para isso que vivemos, não é?*, falei para mim mesma. Para nos arriscar. Para encarar nossos medos. Não para ser como o papai – uma pessoa vazia que voa de um lado para o outro ao sabor do vento, sem lugar algum para pousar. Vivemos para ficar no caminho de alguém vindo a toda velocidade. Para ficar no topo de um vertedouro. Para pular portões com placas de perigo. Peguei na mão dele e saí do carro.

"Quem você está chamando de medrosa?", brinquei, fechando a porta com os quadris e correndo em direção ao portão. Em um piscar de olhos, já estava montada em cima dele, olhando para Cole. "Por que a demora?", perguntei, e passei a perna que faltava por cima, usando a grade para me impulsionar e pular para o outro lado, mal acreditando que tinha acabado de fazer aquilo. Esfreguei as mãos uma na outra para limpá-las e as coloquei na cintura. "E aí, está esperando o quê?"

Cole abriu um sorriso tão largo que a covinha virou uma prega profunda.

"Pega aqui", falou, e colocou o violão no topo do portão, onde ficou equilibrado por um segundo até começar a pender de leve para o lado em que eu estava. Estiquei o braço para alcançá-lo, depois o puxei para baixo. Cole escalou o portão ainda mais rápido do que eu e aterrissou a centímetros de mim, nossos rostos tão perto um do outro que os narizes quase se tocavam. "Vamos lá", disse ele, deslizando a mão pela minha para pegar o violão. Sentia como se estivesse anestesiada e, ao mesmo tempo, como se uma descarga elétrica percorresse meu corpo.

Passamos pela grama alta, desviando dos galhos baixos das árvores que nos separavam da borda de concreto no topo do vertedouro. Quando nos aproximamos dela, prendi a respiração, as mãos apertadas contra a barriga, o coração a ponto de sair pela boca.

Olhando de cima, o concreto parecia não ter fim; era uma rampa pra lá de íngreme que dava em um reservatório de água esverdeada, coberta de musgo. Naquele momento, tive certeza de que pelo menos uma coisa sobre a tal lenda urbana era verdade – um passo em falso e seria morte na certa, e ninguém poderia fazer nada a não ser gritar nosso nome e chorar.

Cole levantou a perna por cima de uma caixa de isopor podre que estava no meio do caminho, e colocou um pé na borda. Ele notou que eu continuava perto das árvores, sem mexer nem sequer um fio de cabelo, e riu.

"Olhos abertos ou fechados?", perguntou, levantando o pé para dar mais um passo.

"Cole, acho que não é uma..."

"Fechados?", interrompeu. "Tá bom, mas assim parece meio perigoso." Fechou os olhos e colocou no chão o pé que estava levantado, dando um passo à frente.

"Cole, pelo amor de Deus, você pode..." Deu mais um passo, com os braços estendidos para os lados, o violão balançando de forma dramática sobra a rampa do vertedouro, enquanto ele caminhava pela borda. Meu coração batia tão forte que os olhos se encheram de lágrimas. "Abertos!", gritei. "Abertos!"

Ele parou e se matou de rir. Colocou o violão no chão e voltou para onde eu estava. Estendeu as mãos.

"Não esquenta", falou. "Eu estava olhando. Vem."

Olhando fundo nos meus, seus olhos passavam ao mesmo tempo uma sensação de perigo e segurança. Minhas mãos tremiam ao tirá-las da barriga e, com a maior delicadeza, pousá-las nas suas. Ele deslizou as mãos até a altura dos meus cotovelos e me conduziu com o maior cuidado pela grama. Ele andava de costas, guiando minhas pernas trêmulas e pés relutantes por cima da caixa de isopor abandonada até a borda de concreto. Mal conseguia acreditar que era eu fazendo isso.

"Viu só?", perguntou baixinho, me puxando para o meio da borda do vertedouro. "Sã e salva, Emily Dickinson."

Soltou meus braços, e nos viramos para admirar a vista ali de cima. Soltei uma lufada de ar que nem notei que estava prendendo. Sentia-me nauseada, como se estivesse prestes a vomitar. Mas, ao mesmo tempo, me sentia revigorada, como se estivesse acordando de verdade pela primeira vez. Como se estivesse viva de verdade pela primeira vez. Como se Cole tivesse me resgatado do silêncio melancólico em que estava acostumada a viver. Ali no alto, não havia cérebros espalhados por lugar algum. Ali no alto, havia só... a vida, pura e simples.

Ficamos assim por um bom tempo, chamando atenção um do outro para certas coisas – um ninho de falcão em uma árvore lá embaixo, a fumaça subindo de um dos quiosques – enquanto os faróis dos carros que passavam pela estrada varriam sobre nós. Afinal, Cole se sentou, as pernas penduradas na borda do vertedouro, e abriu a capa do violão. Ele foi um pouco para trás, depois deu umas batidinhas com a mão no concreto entre as suas pernas.

"Senta aqui", falou, e eu obedeci, me abaixando trêmula e me sentando no lugar que ele tinha indicado, recostando o corpo contra o seu e sentindo o concreto sob nós, ainda aquecido devido ao calor do sol que absorveu ao longo do dia.

Ele colocou o violão no meu colo, passando a alça com cuidado pelos meus ombros, depois pegou as minhas mãos e as posicionou sobre as cordas. Podia sentir a sua respiração na minha nuca, seus braços apertados contra os meus, suas pernas em volta das minhas. Devagar, conduziu minhas mãos pelo braço do violão, cantando baixinho e sussurrando nomes de acordes ao pé do meu ouvido.

Ficamos ali sentados desse jeito por horas, com as estrelas brilhando sobre nossa cabeça. Só os dois, sozinhos em um lugar tão assustador e ao mesmo tempo tão maravilhoso.

A sensação de estar ali era tão nova e tão contraditória que não sabia como defini-la. Só sabia que a amava. E queria que nunca passasse.

10

Esparramei-me no sofá, de cabeça para baixo, com as pernas por cima do encosto, e a cabeça pendurada para fora do assento. Podia sentir o sangue todinho correndo para a cabeça. Quando falava, soava como se estivesse gripada.

"A gente podia fazer *rafting* nas corredeiras", falei. "Cuidado, Beth!" Um ruído de explosão foi seguido de um gemido frustrado. Zach teve um ataque de risos. "Você caiu como um patinho", falou, apertando os botões do controle do videogame como um maluco.

"Isso, vai rindo, trouxa", disse Bethany. Houve outra explosão, e dessa vez foi Bethany quem riu, batendo em Zach com o ombro e fazendo o sofá sair do lugar, de modo que o topo da minha cabeça roçou de leve no chão.

No último fim de semana, enquanto estava no lago com Cole, Bethany e Zach tinham se reunido na casa de Zach. Em algum momento entre a hora em que Bethany ganhou de Zach no videogame e a hora em que Zach devorou um prato inteiro de biscoitos com gotas de chocolate, a mãe de Zach tinha comentado com eles que, se estávamos planejando ir ao Colorado em julho, ou seja, no verão, seria difícil conseguirmos esquiar.

"Não sei como não pensei nisso antes", disse Bethany, se jogando para trás no sofá. "Por ser nas montanhas, devo ter imaginado que desse para esquiar em qualquer estação do ano."

"Não esquenta", disse Zach, conectando um controle enquanto Bethany e eu beliscávamos os *tacos* que eu tinha preparado para o Dia da Viagem dessa noite. Era minha vez de ser a anfitriã, mas não tinha grana para pedir pizza. Não se eu pretendia mesmo chegar ao Colorado e ter algum dinheiro para gastar lá. "A gente deixa pra ir no inverno."

"Tá esquecendo da faculdade?", disse Bethany, ajeitando os óculos no nariz.

"Tá esquecendo das férias de inverno?", retrucou Zach, jogando um controle para ela.

Ele ofereceu um controle para mim. Fiz que não com a cabeça, e ele foi para trás e sentou no sofá no meio de nós duas, um controle no colo. Eu tinha colocado o prato de *tacos* na mesinha de centro e virado de cabeça para baixo no sofá, ficando com os pés ao lado da cabeça de Zach e a cabeça ao lado dos seus pés. Eles continuaram jogando e se provocando enquanto eu me perdia pensando em Cole.

Na última semana, o clima entre nós nas aulas de reforço tinha sido tenso, mas no bom sentido. Era difícil me concentrar na posição correta do verbos e substantivos quando, na verdade, sentada de frente para ele e olhando nos seus olhos, só conseguia pensar em ficar a sós com ele de novo. Em sentir seus braços nas minhas costas, roçando no meu corpo, fazendo minhas pernas se arrepiarem. Em sentar no topo do mundo, sentindo o vento no rosto enquanto os dedos deslizavam pelas cordas do violão.

Neste sábado, em tese, tínhamos combinado de ir ao cinema ver A *casa dos horrores*, mas, depois que Bethany entrou como uma louca na aula de Literatura, segunda de manhã, quase tendo um chilique com a história da viagem, sabia que seria impossível faltar à reunião pela segunda semana seguida. Desmarquei o encontro com Cole, preparei os *tacos*, e respirei fundo enquanto tentava pensar no que poderíamos fazer no verão em vez de esquiar.

"Quem sabe a gente podia... fazer uma trilha pelas montanhas", falei.

"Mas isso é a primeira coisa que vamos fazer, não é?", perguntou Zach.

"Isso não conta, é o óbvio. E dá pra fazer uma trilha pelas montanhas em dezembro, só pra você... rá-RÁ! Toma essa, arranquei seu braço fora!"

"Droga!", resmungou Bethany, dando-lhe um soco no ombro. "É, acho que uma trilha só já está de bom tamanho."

"A gente podia andar a cavalo", sugeri.

"Dá pra andar a cavalo em dezem... droga!"

"Toma essa, trouxa!", vibrou Bethany.

"Toma essa, trouxa", disse Zach, imitando-a. "Caubói-Feia", falou para ela, apelando para o velho apelido dos tempos do 7º ano. Dali em diante, o nível da conversa só tendia a piorar, e comecei a perder a paciência. Era para isso que tinha desmarcado um encontro?

"Palhaço!", retrucou Bethany.

"Que tal um passeio de bicicleta?", perguntei irritada, mas eles continuaram batendo boca, como se eu nem estivesse ali.

"Abobada!", devolveu Zach.

Tentei de novo. "Acho que dá pra fazer *mountain bike* no 'pico Pikes'."

"Otário!", exclamou Bethany.

"Pessoal", falei, mas eles continuaram se xingando e se empurrando. "Pessoal", falei de novo. O cabo de um dos controles bateu em um *taco* e derrubou-o no chão, perto da minha cabeça. "Chega! Pelo amor de Deus!", gritei.

O sofá parou de mexer.

"Estou tentando fazer algo de produtivo", falei em um tom áspero. Podia sentir a cabeça latejando. "Vocês parecem duas criancinhas."

Houve um momento de silêncio – a única coisa que se ouvia era a música sinistra de fundo do videogame – e então, de uma hora para outra, Bethany e Zach caíram na gargalhada.

"Ela tem razão", disse Bethany, "você está se comportando como um legítimo babaca!" Ela caiu na risada, e os dois voltaram a se empurrar.

A campainha tocou, e eu fiz um esforço para tentar sair daquela posição e poder atender a porta. Mas tinha passado muito tempo de cabeça para baixo, e Zach era rápido demais. Ele jogou o controle no colo de Bethany e montou em cima da minha barriga, ficando de frente para o encosto do sofá onde estavam as minhas pernas.

"Criancinha, é? Vou te mostrar quem é a criancinha." Ele passou um braço em volta das minhas pernas, me impedindo de movê-las, e, careca de saber que era a coisa que eu mais odiava no mundo, começou a fazer cócegas nos meus pés.

"Para!", implorei em meio às risadas, me contorcendo e batendo com as mãos nas suas costas, tentando fazê-lo me soltar. A coisa degringolou de vez quando Bethany foi ao meu socorro, se atirando contra Zach de novo e de novo na tentativa de tirá-lo de cima de mim. Debati-me com todas as forças, rindo até começar a ver manchas diante dos olhos, como se fosse desmaiar, e continuei batendo nas suas costas. Mal conseguia respirar.

Zach aguentou firme, como sempre fazia. Se eu dissesse "Não, para!", ele diria "Não para? Bom, já que insiste..." Se implorasse "Sai de cima", ele responderia "Tá bom, Alex, se prefere que eu fique por baixo."

Ele era insuportável, mas pelo menos eu já não estava mais brava.

Célia veio marchando da cozinha, mastigando alguma coisa.

"Tem alguém na porta", falou em um tom de recriminação.

"Não consigo me levantar", falei, entre uma risada e outra. "Esse idiota não sai de cima de mim!" Bati nas suas costas com toda força. Célia revirou os olhos e estendeu a mão para abrir a porta.

"Idiota, é?", disse Zach, e começou a fazer cócegas nos meus pés de novo, provocando um novo ataque de risos.

Não vi quem tinha entrado pela porta até Zach, de uma hora para outra, parar com as cócegas. Bati nas suas costas mais algumas vezes e então abri os olhos. Cole estava parado junto à porta, olhando em nossa direção. Ele estava com as mãos enfiadas nos bolsos da calça jeans, os ombros caídos.

Senti o fluxo de sangue em direção à cabeça aumentar ainda mais, e, em um piscar de olhos, o clima na sala ficou pra lá de sério. Coloquei as mãos nas costas de Zach e lhe dei um empurrão.

"Sai... de cima", falei, rangendo os dentes.

Ele ergueu o corpo, ficando de joelhos em cima do sofá, e eu dei de cabeça no chão, as pernas se debatendo enquanto tentava me levantar, puxando a camiseta para baixo e passando a mão pelos cabelos. Bethany continuava ajoelhada ao lado de Zach. Ela riu baixinho e o empurrou com o ombro.

"Oi", falei, tentando deixar de lado a tontura que sentia por ter ficado tanto tempo de cabeça para baixo. Dei a volta no sofá e fui na sua direção. "Não esperava ver você. A gente estava planejando a viagem." Antes mesmo de terminar a frase, já sabia como soava. Era óbvio que não estávamos planejando a viagem coisíssima nenhuma. Ele podia ver isso com os próprios olhos.

"Não esquenta", disse ele sorrindo. "Só pensei em dar uma passadinha."

Célia foi para o sofá, se sentou no lugar em que eu estava até pouco tempo e pegou um *taco*. "Também quero jogar", falou para Zach.

Zach foi até o videogame, se abaixou e conectou mais um controle. Ele não abriu a boca, mas estava com cara de poucos amigos.

"Oi, Cole", disse Bethany, se virando de frente para a TV e se sentando direito para jogar. "*Taco*? Se quiser, também pode jogar."

Zach lançou um olhar para Bethany, e ela encolheu os ombros como se dissesse: "o que espera que eu faça?". Acho que não era para eu ter visto essa cena, e fiquei me perguntando o que Bethany sabia que eu não sabia.

"Não, valeu", disse Cole. "Já estou de saída." Estendeu a mão e, com a ponta dos dedos, tocou no dorso da minha. "Posso falar com você rapidinho? A sós?"

"Pode", falei. "Claro."

Passei por ele e peguei o casaco que estava no cabide ao lado da porta.

"Já volto, pessoal", falei, depois abri a porta e saí, puxando Cole atrás de mim. Eles já tinham começado a se xingar de novo. Acho que nem me ouviram.

Do lado de fora, o ar estava um pouco mais fresco do que o normal para aquela época do ano. Mais uma noite de céu limpo em que o orvalho se formava cedo e se prendia aos tornozelos quando caminhávamos pela grama. Virei-me para ficar de frente para Cole, mas, bem na hora, uma explosão de risos ressoou do interior da casa. Olhando-o ali parado na varanda da frente, era fácil adivinhar o que estava pensando – ainda não parecia que estávamos a sós.

Desci da varanda, puxando Cole pela mão, cruzei a entrada da casa, depois virei à esquerda na calçada, em direção ao parquinho em que Zach, Bethany e eu costumávamos brincar quando éramos pequenos.

Cole e eu não trocamos uma palavra. Apenas caminhamos. Minha cabeça continuava latejando, e estava envergonhada e sem saber ao certo o que Cole pensava. Dava para ouvir o ruído dos tênis arrastando na calçada enquanto seguíamos adiante, as risadas ficando para trás.

Chegando ao parquinho, o som dos passos mudou assim que começamos a caminhar sobre o cascalho fino. Fui arrastando os pés pelas pedrinhas até um dos brinquedos, subi uma escada e comecei a engatinhar para o interior de um túnel que ficava no topo. Na metade do caminho, parei e dei uma olhadinha para Cole, fazendo sinal para que se juntasse a mim.

Quando estávamos no ensino fundamental, como não tínhamos idade para ir a algum lugar de fato isolado, o túnel era o esconderijo ao qual Zach, Bethany e eu recorríamos quando queríamos ficar a sós.

Parei bem no meio do túnel, na parte mais escura, e me sentei, com as costas curvadas contra a lateral. Cole engatinhou atrás de mim e, quando me alcançou, ficou parado de joelhos, meio sem saber o que fazer.

"Oi", sussurrei naquela escuridão que conhecia tão bem, mal conseguindo distinguir a expressão no seu rosto.

"E aí", disse ele, a voz sem entonação.

"Você queria ficar a sós", falei, forçando uma risadinha aspirada, tentando quebrar o gelo. Mordi o lábio inferior, apreensiva.

Uns segundos depois, ele soltou uma risada, e deu para sentir pelo balanço do túnel que estava se sentando, apoiando as costas na lateral oposta para ficarmos de frente um para outro.

"Bota a sós nisso", concordou.

Ficamos em silêncio por um tempinho, enquanto eu repassava na cabeça a cena com a qual Cole tinha se deparado ao entrar na minha casa. Eu sabia que tinha sido só uma brincadeira inocente, mas como será que Cole tinha se sentido? Como será que eu teria me sentido se tivesse entrado na sua casa e me deparado com uma garota montada em cima dele, fazendo cócegas?

"Não fica bravo", falei. "Zach estava só brincando. Ele é assim mesmo. Não tinha nada de mais."

Cole inspirou fundo. Quando soltou o ar, senti os cabelos se moverem de leve, batendo no ombro.

"Não estou bravo", falou. Mas sua voz continuava sem entonação, e alguma coisa no ar me dizia que ele estava irritado. "Eu só..." Ele se calou e mudou de posição. O túnel balançou.

Esperei. Não continuou.

"Eles estavam se comportando como crianças", falei, revirando os olhos e me sentindo constrangida. "Eu pedi pra eles... Deveria ter saído com você essa noite." Estiquei o braço e toquei na sua perna com a ponta de um dedo. Na escuridão, ele colocou o dedo sobre o meu, segurando-o contra a perna.

"Eu só preciso saber", continuou afinal, "se você sente algo a mais por ele."

Ri.

"Pelo Zach? Claro que não."

Ele tirou o dedo de cima do meu, e começou a acariciá-lo.

"É que... gosto de você de verdade, Alex. Mas não admito dividi-la com mais ninguém." Algo na sua voz me dizia que não estava exagerando nem um pouquinho.

Segurei sua mão entre as minhas, colocando a palma de uma delas sobre a palma da sua.

"E nem precisa", falei. "Gosto só de você. De mais ninguém."

Senti outro leve sopro de ar.

"Ele está a fim de você, sabia?"

Balancei a cabeça, ainda que ele não pudesse enxergar. Só de pensar na ideia de Zach estar "a fim" de mim, já tinha vontade de rir. Seria o mesmo que Bethany "estar a fim" de mim.

"Bobagem", falei. "É que você não entende a nossa relação."

"Não", falou. "Pelo jeito, não. Mas o que você não entende é que, toda vez que o vejo, tenho vontade de explodir, porque ele está sempre com as mãos em você."

Apertei a mão contra a sua ainda mais forte.

"Então vou pedir pra ele parar."

Dessa vez, deu um lento e profundo suspiro.

"Minha Alex", sussurrou, entrelaçando os dedos nos meus, as palmas das nossas mãos ainda encostadas. "Minha pequena Emily Dickinson."

Ficamos assim por um bom tempo, falando de poesia e futebol americano e vertedouros e filmes e aulas de Inglês. Qualquer coisa, menos Bethany e Zach.

Quando voltamos à minha casa e Cole foi embora, Bethany e Zach já não estavam mais ali. Dava para ouvi-los conversando, sentados nos degraus da varanda da casa de Zach. Cruzei o gramado até lá, o rosto franzido de irritação.

"Ah, como vai meu amigo Cole?", perguntou Zach. "Tão quente que por pouco você não derreteu?"

"Cala a boca", falei.

"Ui", disse Zach. "Alguém está sensível. Não me obrigue a te fazer cócegas de novo."

"Para", falei. "Você tem que parar com isso. Ainda mais quando o Cole estiver por perto, tá bom?"

Zach arregalou os olhos. Ele olhou para Bethany e, em seguida, caiu na risada.

"Tá falando sério?"

Por algum motivo, sua risada me deixou ainda mais irritada.

"Sim, tô falando bem sério", respondi. "Ele entrou na minha casa e viu outro cara montado em cima de mim. Acha mesmo que dá pra culpá-lo por não ter gostado?"

O rosto de Zach se contorceu de raiva. Ele era do tipo que raramente perdia a cabeça, mas, quando perdia, a coisa às vezes ficava feia.

"Hã... pra falar a verdade, dá sim. Esse cara te conhece há o quê? Uns cinco minutos? Vocês saíram quantas vezes? Uma?" Ele se levantou e remexeu no bolso da calça jeans, tirando o tubinho de plástico em que guardava os palitos de dente. Abriu a tampa e tirou um palito, gesticulando com ele. "Foi pra isso que ele passou aqui? Para nos pegar com a boca na botija?"

"Não", falei, cruzando os braços. "Ele passou aqui pra dar um oi. Não que eu te deva qualquer explicação. Você é meu melhor amigo, não meu pai."

"Na mosca. Seu melhor amigo. Então ele que aprenda a lidar com isso."

"Não, você tem que parar de se comportar como se eu fosse sua namorada."

Zach estreitou os olhos e colocou o palito na boca. Mastigou-o com raiva e depois se virou para Bethany.

"Dá uma força aqui."

Bethany não sabia onde enfiar a cara. Limpou a garganta, passou a língua pelos lábios, cutucou com o bico de um dos tênis um buraco que tinha no degrau de concreto e depois encolheu os ombros.

"Por um lado, a Alex está certa. É só... não fazer cócegas nela quando Cole estiver por perto. Não é pedir muito." Ela ergueu os olhos para mim. "Mas, por outro, a verdade é que você meio que nos abandonou", disse ela. "De novo."

Coloquei as mãos na cintura. Tinha um milhão de coisas que queria dizer. *Não, não abandonei vocês coisa nenhuma. Além do mais, não estavam fazendo nada além de jogar videogame. Por que precisamos nos reunir todo santo fim de semana? E, mais uma coisa, fiquem sabendo que estão me fazendo escolher entre vocês e o Cole, algo que eu jamais faria com qualquer um de vocês.*

E, quando pensava nesses termos, eles é que pareciam estar sendo injustos.

"Sábado que vem temos um monte de coisas pra resolver", disse ela, recuando os pés para aproximar os joelhos do peito, as solas dos tênis fazendo um ruído áspero no concreto.

"Tô fora", falei. "Sábado que vem vou sair com o Cole. Vão ter que jogar videogame sem mim."

Virei-me e fui embora, mal ouvindo Zach resmungar às minhas costas ou os dois cochicharem enquanto eu cruzava o gramado, louca de raiva.

Duas horas depois, quando estava me preparando para ir para cama, os dois continuavam lá. E eu continuava brava. Não podia acreditar que, depois de tanto tempo sendo os Três Terríveis, agora estávamos divididos: eles formando uma dupla, e eu sozinha.

Pelo menos eu tinha Cole.

11

No fim das contas, ia acabar não perdendo nada de qualquer jeito. O avô de Bethany tinha levado um tombo ao sair da banheira, e ela e a família toda estavam no hospital esperando os médicos tratarem do corte na testa, das duas costelas quebradas e do pulso destroncado.

Zach ia a um jogo de futebol com uma garota chamada Hannah, que era sua colega na oficina de teatro.

Cole apareceu para me buscar bem na hora em que Zach estava saindo para buscar Hannah, um olhando fixo para o outro como vira-latas se preparando para brigar.

"Vamos lá", falei baixinho para Cole, puxando-o pelo cotovelo para distraí-lo. Zach e eu tínhamos feito as pazes, e não queria que ele pensasse que eu estava encorajando Cole a ficar encarando-o.

Ao entrar no carro, Cole balançou a cabeça e riu.

"Seu amigo não vai mesmo com a minha cara", falou. "Na aula de Educação Física, quando fazemos levantamento de peso, não deixo ele me ajudar com as últimas repetições. Tenho medo que solte a barra no meu pescoço e me estrangule."

"Isso passa", falei, olhando o carro de Zach sair da entrada da sua casa e depois partir a toda velocidade. "Ele tem um encontro hoje à noite", acrescentei, esperando que isso deixasse Cole mais tranquilo quanto a Zach e eu. Só não falei que, segundo Zach, Hannah era pra lá de escandalosa e tinha uma voz fanha de dar nos nervos, e ele só estava saindo com ela para agradar à mãe, que era amiga da mãe dela.

Cole engatou a marcha à ré e começou a sair da entrada da minha casa. Mas, depois de alguns metros, parou de repente.

"Tenho uma coisa muito importante pra te perguntar", falou.

Baixei a cabeça e tentei me preparar para o que estava por vir. Seria este o momento em que me perguntaria se eu sentia algo a mais por Zach... de novo? Ou o momento em que me perguntaria o porquê de a minha casa ser uma bagunça? Ou, talvez, o momento em que me perguntaria o porquê de nunca falar sobre minha família ou o porquê de os meus pais nunca estarem por perto. Respirei fundo.

"Manda."

"Você gosta de manteiga na pipoca?"

"Quanto mais, melhor", respondi, sentindo uma onda de alívio.

Ele bateu com o punho no volante, depois gritou, com as janelas do carro fechadas:

"Não falei, ela é perfeita!"

Rindo, saímos da entrada da minha casa e partimos em direção ao cinema, falando, dentre todos os assuntos possíveis, sobre os diferentes sabores de pipoca e tentando decidir se os M&M's podiam ser considerados a guloseima ideal para se comer no cinema.

O estacionamento estava lotado, por isso tivemos que estacionar bem nos fundos.

"Espera", ordenou ele, bem na hora em que eu estava estendendo a mão para pegar na maçaneta. "Não se mexe."

Deixei a mão cair de volta no colo. Ele desligou o carro e saiu, depois correu até a minha porta. Abriu-a com um movimento gracioso, sorrindo e se curvando de leve.

"Senhorita", disse, imitando um cavalheiro à moda antiga e me fazendo rir. Ofereceu-me a mão e, com a maior delicadeza, me ajudou a sair do carro, fechando a porta com a outra.

Fiz uma reverência, entrando na brincadeira.

"Oh, muito grata, cavalheiro", falei. Mas, quando ergui a cabeça, vi que ele não estava mais sorrindo. Seu rosto tinha assumido uma expressão pra lá de séria.

Ele chegou mais perto, colocando as mãos na minha cintura, que, sob o seu toque, estava a ponto de pegar fogo.

"Você está linda essa noite", falou, me puxando para perto até nossas barrigas se tocarem.

Podia sentir o meu rosto esquentando.

"Obrigada", falei. "Você também não está nada mal." Fiquei esperando ele dizer mais alguma coisa, mas, em vez disso, para minha surpresa, pousou as mãos na parte de trás da minha cabeça, os dedos entre os meus cabelos, e me beijou. Foi um beijo suave, lento, fácil. Um daqueles primeiros beijos em que nenhum dos dois tenta nada de muito ousado e que, de tão gostoso, parece que os dedos do pé estão se derretendo, mas você não para de se perguntar se está com mau hálito e sente o estômago tão embrulhado que, antes mesmo de se dar conta do que está acontecendo, o beijo já terminou.

Mas, quando me soltou, não sabia nem se seria capaz de caminhar até o cinema, que parecia ficar a milhares de quilômetros de distância. Estava com as pernas bambas, e não conseguia acreditar no que tinha acabado de acontecer.

"A senhorita me acompanha?", perguntou afinal, ainda bancando o cavalheiro, e eu fiz que sim, apertando os lábios para espalhar o gloss.

Ele passou o braço em volta dos meus ombros e fomos em direção ao cinema, nossos quadris se batendo de leve e eu pensando que outros dias bons talvez viessem pela frente, mas não havia a menor chance de qualquer um ser tão bom quanto este.

Faltava um bom tempo para a sessão começar e, quando entramos com o balde de pipocas e os refrigerantes, a sala estava quase vazia. Uma parte de mim torcia com todas as forças para mais ninguém aparecer, embora soubesse, pelo movimento no estacionamento, que a sala provavelmente ficaria lotada antes mesmo de os trailers começarem.

Mesmo com a sala cheia, talvez ele me beijasse de novo. Só de pensar, ficava tão nervosa que perdia o apetite. Beberiquei o refrigerante.

"Pode escolher os lugares", disse ele, gesticulando com o refrigerante.

Fui até os lugares do meio na fileira central e me sentei.

"Perfeito", falei, colocando o refrigerante no porta-copos.

Ele se sentou ao meu lado.

"Estou surpreso. Tinha certeza de que você era do tipo que gosta de sentar na primeira fila." Piscou para mim, acomodando o balde de pipocas no colo e pegando a mão cheia.

"Primeira fila? Por quê?"

Encolheu os ombros.

"Sei lá. Você parece ser o tipo de garota que gosta de estar perto da ação."

Balancei a cabeça.

"Que nada. Sentar na primeira fila me dá dor de cabeça. E você? Gosta de sentar na primeira fila?"

Enfiou as pipocas na boca, mastigou por um tempinho, depois respondeu:

"Sempre."

"Podemos trocar de lugar", falei. "Sério mesmo. Não é sempre que me dá dor de cabeça. Além do mais, ver esse filme de perto pode ser bem intenso."

"Deixa pra lá", disse ele. "Se minha garota gosta da fileira do meio, longe do perigo, então é aqui que vamos ficar."

"Tem certeza?", perguntei, mas, antes que ele pudesse responder, um grupo de garotas entrou na sala, dando risadinhas. Nós dois olhamos na direção delas.

Poderia ter sido coisa da minha cabeça, mas eu jurava que, por uma fração de segundo, Cole parou de mastigar. Mas foi tão rápido e sútil que, mesmo enquanto pensava nisso, comecei a me perguntar se não tinha sido só impressão.

No entanto, uma coisa não foi nada sutil: bem na hora em que nos viu, uma das garotas parou de rir. Na verdade, parou até de andar, estendendo as mãos para as amigas como se tivesse visto um fantasma.

Todas elas hesitaram e olharam na direção de Cole, e, em seguida, uma outra delas falou baixinho: "Vem, Maria", e puxou-a de leve pela camiseta. Afinal, ela parou de olhar para ele e, seguindo as amigas, subiu as escadas até uma fileira atrás de nós. Depois de alguns segundos, as risadinhas recomeçaram, mas, quando olhei para trás, a tal garota continuava apenas olhando fixo na direção de Cole, sem expressão.

Tentei examinar a expressão no rosto de Cole, mas estava escuro, e ele tinha voltado a mastigar as pipocas. A luz da tela tremeluzia na sua testa.

"Conhece elas?", perguntei, tentando soar alegre e despreocupada. Não queria soar como uma namorada ciumenta. Mas era óbvio que havia *algo* entre os dois.

"Conheço", respondeu, tomando um gole de refrigerante. "Elas são do meu antigo colégio. Mas não são exatamente amigas."

Olhei de novo para a garota, que agora estava distraída com as amigas. Estavam conversando, bem alto por sinal, e passando um saquinho de balas pra lá e pra cá.

"Deu pra notar. Quando bateu os olhos em você, uma delas parecia prestes a dar no pé."

Ele expeliu o ar pelo nariz ruidosamente.

"Não é o que você está pensando. Ela é um ano mais nova. Nossos pais são amigos. Quer dizer, eram. Desde que nos mudamos, nunca mais se viram. O que é bom, porque a Maria não bate bem da cabeça. Os pais a obrigam a fazer terapia, tipo, umas três vezes por semana. É pirada."

Olhei para trás de novo. Era verdade que a garota parecia meio aérea, mesmo sentada conversando com as amigas. De tempos em tempos, seus olhos ficavam vazios e sem brilho, e ela baixava a cabeça e ficava fitando o próprio colo, uma expressão pra lá de distante no rosto. E então alguém a cutucava, e quase dava para ver o momento exato em que voltava a si, antes de começar a rir de novo. Mas era um riso falso. Forçado. Cole estava certo. A garota não batia bem da cabeça.

Virei-me para a frente de novo e mergulhei a mão no balde de pipocas.

"Afinal de contas, por que sua família se mudou de Pine Gate? É tão pertinho daqui."

Ele encolheu os ombros.

"Vai saber. Meus pais decidiram se mudar e pronto. Queriam uma casa maior e acharam uma aqui."

"Faltando um ano pra você se formar? Digo, sendo tão pertinho, não valia a pena continuar no mesmo colégio?"

Ele engoliu as pipocas e olhou para mim.

"Tá tentando se livrar de mim?", perguntou, com a voz suave, mas meio contrariada. Sorriu, e seus lábios brilharam na luz azulada. "Já enjoou, é?" Ele se virou para tela de novo, balançando a cabeça como se estivesse desapontado. "Droga. Já estraguei tudo com a garota mais linda do colégio."

Dei uma risada e depois estendi a mão e peguei no seu queixo, trazendo o seu rosto para perto do meu.

"Estou feliz que trocou de colégio", sussurrei.

"Que bom", ele sussurrou de volta, e me beijou.

Depois disso, ficou muito mais fácil ignorar as garotas de Pine Gate atrás de nós. Cole e eu ficamos de mãos dadas brincando de responder às perguntas sobre cinema que apareciam na tela enquanto a sala enchia.

Um tempo depois, um casal entrou e se sentou bem à nossa frente.

Cole se inclinou para a frente na mesma hora.

"Ô, cara", falou. "A minha namorada não consegue enxergar nada com você aí. Será que dá pra se sentar em outro lugar?"

No exato instante em que meus ouvidos captaram a palavra "namorada", passei a não dar mais a menor bola para o fato de conseguir ou não ver alguma coisa. Eu, que nunca na vida tive um namorado de verdade, era, sabe-se lá como, namorada de Cole. Esse cara que, até o segundo encontro, nem sequer tinha tentado me beijar. Que era lindo e inteligente e talentoso e um astro dos esportes. Esse cara que me dava aulas de violão e que estava preocupado, sem que eu tivesse aberto a boca, que um estranho qualquer pudesse estar bloqueando minha visão. Esse que não parecia fazer nada além de prestar atenção em mim e se esforçar ao máximo para garantir que eu me sentisse importante.

O garoto à nossa frente balançou a cabeça.

"Não tem outro lugar, cara."

Cole se inclinou para a frente de novo.

"Olha só, acho que talvez vocês devessem ir lá para o fundo, só isso."

O cara balançou a cabeça e se virou para a tela de novo, deixando claro que, pelo menos para ele, a conversa estava encerrada. A garota que estava com ele se virou e olhou para Cole:

"Por que não troca de lugar com ela?", perguntou. "Se é um problema assim tão sério."

Coloquei a mão no braço de Cole.

"Deixa, não é nada de mais", falei. "É só ir um pouco para o lado que consigo enxergar." Sorri, tentando tranquilizá-lo. "Já volto."

Levantei-me e, depois de me espremer para passar pelas pessoas e atravessar a fileira, saí da sala e fui em direção ao banheiro feminino.

Antes mesmo de entrar, ouvi umas risadas que soavam familiares. Empurrei a porta com alguma hesitação e lá estavam elas, as garotas de Pine Gate em frente ao espelho, arrumando os cabelos e retocando o gloss. Maria estava lavando as mãos.

Passei por elas me espremendo e entrei em uma cabine, tentando fingir que não estava ali. Mas as risadas tinham dado lugar a ocasionais acessos de risinhos dissimulados, seguidos de longos períodos de intensos cochichos.

Quando terminei, fui até uma pia que ficava bem no final do balcão, perto da parede. Agora, as garotas de Pine Gate não abriam a boca, e podia senti-las olhando para mim enquanto lavava as mãos.

Afinal, uma delas – cheia de sardas e com cabelos encaracolados – quebrou o silêncio:

"Você está saindo com o Cole Cozen?", perguntou. Olhei para ela enquanto puxava duas folhas de papel-toalha para secar as mãos. Todas elas estavam me olhando. Todas, menos Maria. Ela estava olhando para o chão.

"Sim", respondi, tentando soar desafiadora. "Sou a namorada dele." Foi estranho pronunciar essas palavras, ainda mais porque fazia só cinco minutos que eu tinha ficado sabendo que era namorada dele, mas, assim que o fiz, não consegui conter um sorriso de superioridade.

Elas olharam sério umas para as outras.

"Há quanto tempo conhece ele?", perguntou a sardenta.

Encolhi os ombros.

"Há um tempinho", respondi com cautela. Se Maria era pirada como Cole tinha dito – e, levando em conta a forma como ela estava se comportando, eu não tinha a menor dúvida de que ele tinha razão –, havia uma boa chance de suas amigas também não baterem muito bem da cabeça. Com o canto de um dos olhos, captei um movimento. Maria estendeu a mão e puxou a sardenta pela manga da camiseta, e todas elas voltaram a cochichar.

Joguei o papel-toalha no lixo e fui em direção à porta, o que significava que tinha de passar pelo grupinho delas de novo. Quando o fiz, revirando os olhos, quase pude sentir uma queda na temperatura. Excesso de inveja?

Quando voltei ao meu lugar, a sala estava mais escura e os trailers tinham acabado de começar.

"Desculpa", falei baixinho. "Fui encurralada pelas suas amigas de Pine Gate. Você está coberto de razão sobre...", comecei a dizer, mas, ao perceber que o cara da frente não estava mais ali, parei no meio. Apontei para o lugar vazio à minha frente. "Pra onde eles foram?"

Cole sorriu.

"Consegui convencê-los a trocar de lugar. Agora você consegue enxergar direitinho."

É isso, pensei. *Essa é parte dos relacionamentos que eu sempre soube que existia. A parte romântica. A parte da alma gêmea. É isso que vi naquelas fotos dos meus pais – felicidade, amor, sacrifício. Coisas verdadeiras. Aqui está. Bem nas minhas mãos.*

"Tenho uma ideia melhor", falei, pegando sua mão. "Vem comigo."

Pegamos os refrigerantes e o balde de pipocas, e conduzi-o até a primeira fila, que estava vazia.

"Mas a sua dor de cabeça!", sussurrou, se sentando ao meu lado sem fazer barulho.

Balancei a cabeça.

"Dane-se. É aqui que está toda a ação."

12

"Estou começando a entrar em pânico de verdade", disse Bethany, com a voz ofegante ao telefone. Bethany vinha malhando desde o primeiro Dia da Viagem, pois, segundo ela, se pretendia sair à procura de bonitões, não podia chegar lá toda flácida. Dava para ouvir o ruído da esteira ao fundo. "Tipo, ao menos preciso saber se vocês preferem ir no verão ou no inverno."

"Eu sei", falei, mais ou menos pela bilionésima vez.

"Tenho que pensar na faculdade, sabe?"

"Eu sei", falei de novo.

"Porque, se decidirem ir no inverno, talvez eu não possa ir." Ouvi um bipe, e o barulho dos passos ficou mais alto. Estava correndo.

"Eu sei."

"Mas, no verão, a chance de ver celebridades é bem menor", resmungou. "E acho que o Zach quer muito ir no inverno."

"O Zach quer ir no inverno na esperança de que alguma coelhinha da *Playboy* que não saiba esquiar direito caia no seu colo. Tenho certeza de que, pra convencê-lo a fazer *rafting* nas corredeiras, basta uma palavra: biquínis."

Bethany riu, e então ouvi mais bipes, e o barulho dos passos ficou ainda mais alto e mais frequente.

"Preciso... desligar", falou, puxando ar. "Será que... podemos nos encontrar... antes de sábado?"

"Claro", respondi. "E se fôssemos ao Shubb's amanhã, depois da aula?"

"Fechado", respondeu. "Vou mandar uma... mensagem pro... Zach." Ouvi mais bipes. "Droga", resmungou Bethany, e desligou.

O dia seguinte, assim como quase todos os dias desde que Cole e eu tínhamos oficializado o namoro, passou devagar. Era como se, durante o dia inteiro, o tempo se arrastasse na maior lentidão, e, assim que começava o último período, apertasse o passo. Cole vinha tirando ótimas notas em Inglês, por isso passávamos boa parte das aulas de reforço jogando futebol de mesa com uma bolinha de papel, lendo meus poemas antigos e tentando transformá-los em músicas, ou nos beijando no cantinho entre o armário e a parede, onde a Srta. Moody não conseguiria nos ver caso abrisse a porta. Às vezes, quando não tinha que trabalhar, íamos até o vertedouro depois da aula, e ele tocava violão enquanto eu atirava pedrinhas na água.

Mas, hoje, ao contrário dos outros dias, Cole não parecia estar muito para brincadeiras. Ele entrou cabisbaixo e, na mesma hora, começou a reclamar do Sr. Heldorf, seu professor de História.

"O cara é um otário", resmungou. "Ele me deu um C porque faltei à aula no dia em que ele passou uns exercícios idiotas e depois ele não me deixou recuperar. Babaca."

Como sempre fazia, estendi os braços por cima da mesa para tentar pegar nas mãos dele, mas Cole as recolheu e as colocou no colo, emburrado.

"Esse cara não serve nem pra ensinar alguém a limpar a bunda", continuou.

Um pouco depois, seu celular começou a tocar, e ele enfiou a mão no bolso da jaqueta para pegá-lo. Olhou para a tela, revirou os olhos, e colocou-o na orelha.

"O que é?", perguntou irritado. Houve uma pausa, durante a qual o seu rosto foi ficando cada vez mais vermelho. "Não me importa o que vai fazer com isso. Não é problema meu. Não. Não. Escuta aqui, não me liga por causa desse tipo de bobagem, tá bom? Faz o que bem entender, só me deixa em paz. Liga pra alguém que se importa."

Ele fechou o celular com um estalo e o colocou de volta no bolso da jaqueta. Na mesma hora, começou a tocar de novo, mas ele nem deu bola.

Endireitei-me na cadeira. Era a primeira vez que o via assim. Seu estado de ânimo era tão sombrio que quase dava para vê-lo emanando dele. Em geral, ficava alegre e animado só de estar perto de mim. Mas hoje não. Com ele desse jeito, eu não sabia muito bem como reagir. Tentei sorrir, torcendo para que ajudasse.

Ele revirou os olhos e balançou a cabeça.

"Era minha mãe. Ela está sempre com algum problema que precisa ser resolvido. Toda hora me ligando ou querendo que eu vá com ela em algum lugar ou sabe-se lá o quê. É aporrinhação que não acaba mais."

"Ela queria que você a acompanhasse a algum lugar?", perguntei, tentando pegar de novo nas suas mãos. Quando o toquei, ele pareceu voltar a si e me ver pela primeira vez.

Ele as pegou e as apertou.

"Não. Uma outra bobagem. Escuta, é melhor nem perdermos tempo com isso." Ele se levantou. "Vou ver se consigo falar com o Sr. Heldorf rapidinho. Vejo você depois." Curvou-se e me deu um beijo na orelha.

"Tá bom", falei. "Mas só vou chegar em casa um pouco mais tarde. Vou com a Bethany e o Zach ao Shubb's depois da aula. Para conversar sobre a viagem, claro."

Ele parou, esfregando a testa com três dedos de uma das mãos.

"Claro", falou em um tom irônico. E foi embora.

Olhei para o relógio. Ainda faltavam vinte minutos para terminar o último período. Juntei minhas coisas e fui ao escritório da Srta. Moody.

"A mãe do Cole ligou. Ele teve que ir", falei. "Tudo bem se eu for pra biblioteca?"

Ela conferiu a hora e fez que sim.

"Vejo você amanhã."

Mas não fui para a biblioteca. Em vez disso, fui até o armário de Bethany e fiquei esperando o sinal tocar, me perguntando o que a mãe de Cole tinha dito ao telefone e o porquê de ele ter ficado tão nervoso. E o porquê de ter me dado a sensação de que estava bravo comigo.

Decidimos ir até o Shubb's na lata-velha de Zach. Ele estava pra lá de animado, nos contando do seu encontro com Hannah, e de como os juízes do jogo de futebol tinham ameaçado expulsá-los do estádio se Hannah não parasse de gritar. E de como, depois do jogo, ela quase tinha metido Zach em uma briga com um cara mais velho, mais alto e mais forte no estacionamento do El Manuel's.

"E depois, escuta essa", disse ele, rindo. "Ela falou pra sua mãe que não tinha sentido química alguma entre nós e que não queria sair comigo outra vez. Dá pra acreditar? Tomei um fora da Hannah Boca-Grande! *Isso* sim é vergonhoso, mesmo pra mim. E olha que já tomei fora de muitas garotas."

Chegamos ao Shubb's e nos sentamos à uma mesa em um canto.

"Duas porções de palitinhos de pão com queijo", Zach falou para a garçonete, "e uma jarra de Coca-Cola". Bateu no peito. "Aproveitem, senhoritas. É por minha conta."

"Valeu", murmurou Bethany, remexendo na sua enorme bolsa e tirando o Arquivo da Obsessão. "Tá, pessoal..."

"Vocês não entenderam", disse Zach, passando um braço em volta do pescoço de cada uma de nós. "Não estava falando da comida. Estava falando de mim." Puxou nossa cabeça, fazendo-nos encostar a cara no seu peito.

"Para", gritei, tirando o seu braço do pescoço e lhe dando um leve soco no peito. Bethany ficou presa por mais um tempo, rindo, mas enchendo o braço dele de tabefes.

"Vai sonhando", disse ela afinal, se contorcendo toda e conseguindo se soltar. "Agora, falando sério, Zach. Não temos tempo a perder. Precisamos decidir o que queremos fazer."

"É o que estava tentando te mostrar", disse ele, passando o braço pelo seu pescoço e puxando-a de novo.

As bebidas chegaram, e Bethany aproveitou o momento para tentar voltar ao que interessava.

"Estou achando que seria melhor ir no verão", falou, abrindo o fichário e folheando-o até chegar em uma aba intitulada AO AR LIVRE.

"Também acho que no verão seria melhor. No outono, estou pensando em fazer um curso em uma escola técnica", falei, e, assim que o fiz, fiquei surpresa ao perceber que falava sério. Até agora, tudo na vida tinha girado em torno dessa viagem ao Colorado. Tudo. Em momento algum tinha parado para pensar no que aconteceria depois. Shannin tinha conseguido uma bolsa e ido fazer faculdade em outra cidade. Bethany pretendia fazer o mesmo. Zach ia fazer um curso para ser ator. E eu ia... Até agora, nunca tinha completado essa frase. Toda vez que alguém me perguntava sobre isso, eu encolhia os ombros. Era como se nunca tivesse me passado pela cabeça que, depois de ir para o Colorado e descobrir a razão pela qual a mamãe estava tão decidida a ir para lá, teria de retomar minha própria vida. Ou finalmente começá-la. Uma das duas coisas.

"Desde quando?", perguntou Bethany, tomando um gole de Coca.

Encolhi os ombros.

"Desde... sei lá... desde agora, acho."

"É isso que o Cole vai fazer?", perguntou, e, ainda que ela não quisesse insinuar nada com isso, tive a impressão de que estava me acusando de alguma coisa.

"Não sei", respondi secamente. "Nunca tocamos no assunto."

Bethany encolheu os ombros.

"Legal", disse ela.

A garçonete trouxe os palitinhos, e comemos em silêncio. Um pouco depois, Zach começou a contar mais uma de suas histórias – algo sobre Célia tê-lo convidado para se sentar com ela e com as amigas do 1º ano, na hora do almoço. Como era de se esperar, ele tinha aceitado. Zach era a pessoa mais segura de si mesma que eu já tinha conhecido. Se estava a fim, se sentava em uma mesa com o pessoal do 1º ano na maior tranquilidade. Tirando ele, todos os outros alunos prefeririam morrer a uma coisa dessas. Incluindo o próprio pessoal do 1º ano.

"Algumas daquelas pirralhas estão bem crescidinhas", disse ele, um fio de queijo pendurado no lábio inferior. "Como é que nenhuma de vocês duas era assim no 1º ano?"

"Porque nenhuma de nós duas pedia pros pais comprarem sutiãs com enchimento", respondeu Bethany. Ela bateu com a palma da mão no fichário aberto. "Tá bom, então estamos de acordo quanto..."

"Deus do céu", murmurou Zach, e colocou o pãozinho que estava comendo na mesa. "Só pode ser brincadeira."

Bethany e eu erguemos a cabeça e seguimos o seu olhar, que estava voltado para a janela da frente do Shubb's. Do lado de fora, fechando a porta do carro, estava Cole.

"Você convidou o Cole?", perguntou Bethany. Mais uma vez, pelo tom de voz, tive a impressão de que me acusava de alguma coisa, ainda que não soubesse ao certo de quê.

Balancei a cabeça.

"Não, ele só deve está querendo dar um oi."

"Oba", disse Zach em um tom áspero.

Lancei um olhar para ele. Abriu um largo sorriso, carregado de ironia.

"Já volto", falei, me levantando da mesa.

Quando cheguei perto das máquinas de *pinball*, Cole já estava ali dentro, espichando o pescoço à minha procura. Aproximei-me sem que ele visse e o agarrei pela cintura.

"Ei!", falei. "O que está fazendo aqui?"

Em um primeiro momento ele tomou um susto, mas, ao se virar para mim, sorriu e passou os braços por entre os meus, me enlaçando pela cintura.

"Procurando você", respondeu. "A conversa com o Sr. Heldorf foi mais rápida do que esperava."

"Ele vai mudar sua nota?"

Balançou a cabeça.

"Não. Mas não tem problema. Não me impede de fazer o teste para o time de basquete." Ele me puxou mais para perto. "Humm, que abraço gostoso. Mas não quero atrapalhar vocês. Só queria te ver um pouquinho."

Ele tinha voltado a ser o Cole que eu conhecia – alegre e carinhoso.

"Não está atrapalhando nada", falei. Zach ia ter de se acostumar, e Bethany sequer daria bola, contanto que continuássemos organizando a viagem.

Peguei-o pela mão e o conduzi até nossa mesa – que, por ficar em um canto, tinha apenas um banco em "L" –, depois me sentei ao lado de Bethany, obrigando Zach a ir para a outra ponta do banco. Ele estava com cara de poucos amigos, mas eu não dei a mínima. Não queria me sentar ao seu lado. Só Deus sabia o que ele faria para provocar Cole e começar uma briga.

"Ei, se não é o meu grande amigo Cole! O que está pegando, campeão?", perguntou Zach em um tom de voz exagerado.

"Nada de mais", respondeu Cole, curto e grosso. "Não aguentei ficar longe da Alex, só isso."

"Posso apostar", disse Zach.

Lancei um olhar sério na direção de Zach, desafiando-o a falar mais alguma coisa. Ele deve ter entendido a mensagem, pois parou por aí.

"Então, Beth", disse, deixando Cole de lado. "O que ficou decidido?"

"Que é melhor irmos no verão", respondeu ela. "De acordo?"

"De acordo", respondi.

"Não", respondeu Zach. "Não estou de acordo. Quero esquiar."

"Talvez dê pra fazer esqui aquático", falei. "Beth? Algum lago por perto?"

"Deixa eu ver", murmurou ela, folheando o fichário. "Não tenho certeza..."

"Sem esqui, sem viagem", disse Zach. Ele bateu o pé embaixo da mesa. "E tenho dito."

"Há sempre a possibilidade de você ir amarrado ao para-choque traseiro do trailer usando um par de patins", sugeri.

Bethany riu.

"É, ouvi dizer que é quase a mesma coisa que esquiar nas montanhas."

"Rá-rá, vocês são tão engraçadinhas", disse Zach. "Pra informação de vocês, sou um mestre nos patins. Eu botaria pra quebrar."

"Desde quando é um mestre nos patins?", perguntei, enquanto, ao mesmo tempo, Bethany dizia:

"Nunca vi você andar de patins em toda a minha vida." E então começamos a falar todos ao mesmo tempo. Zach jogou um pedaço de pão nos meus cabelos. Bethany colocou um guardanapo no refrigerante de Zach. O de sempre.

"Agora me lembrei de uma coisa", disse Cole, e todo mundo ficou em silêncio. "Costumava ter umas antigas pistas de esqui lá para aqueles lados onde foram construídos tobogãs que podem ser usados tanto no verão quanto no inverno. O meu tio Ben me levou uma vez quando eu era garoto. Foi o máximo."

Nós três nos entreolhamos.

"Parece divertido", disse Bethany.

Fiz que sim.

"Com certeza."

"Sabe do que mais, campeão", disse Zach, "até que não é uma má ideia. Pensando bem, Alex, acho que você devia ficar com esse cara."

Senti Cole enrijecer ao meu lado, mas tentei não reagir. Zach estava apenas... sendo Zach. E, depois de alguns segundos, senti-o relaxar. Quem sabe, pensei. Quem sabe ainda consigo fazer esses dois se darem bem.

"A intenção é essa", falei, me aconchegando sob o braço de Cole.

"E esse trailer", disse Cole. "É para quantas pessoas?"

Bethany ergueu a cabeça na mesma hora.

"Hã... na verdade, ainda não escolhemos o trailer", disse baixinho.

Cole assentiu com a cabeça.

"O que você tem em mente?", perguntei, me virando para tentar ver o seu rosto, mas eu estava sentada muito para baixo no banco.

Ele encolheu os ombros.

"Nada não. Só perguntei por curiosidade. Mas... Bethany, você se importaria de me passar os detalhes que já estão decididos? Até que uma viagenzinha no verão não cairia mal."

"Não, imagina", respondeu Bethany, dobrando o cantinho de um pedaço de papel para cima e para baixo com o polegar. "Entrego a você na próxima vez que nos vermos."

Quando saímos do Shubb's, eu não conseguia parar de sorrir de tanta alegria. A ideia de Cole ir com a gente para o Colorado me deixou ainda mais animada com a viagem. Como se ele fosse a única coisa que estivesse faltando.

E mais: parecia que todos estavam enfim se dando bem. Quem poderia imaginar que, no fim das contas, tudo daria certo.

13

Como sempre, Cole estava me esperando em uma das mesas ao fundo da lanchonete. Desde que tínhamos ido ao cinema, todas as noites em que eu trabalhava, Cole aparecia, pedia um café, se sentava em uma das mesas ao fundo, e fazia seus deveres de casa enquanto me esperava. Ele passava horas ali sentado. Às vezes, só ficava me olhando. De tempos em tempos, quando eu tirava os olhos da caixa registradora e olhava na sua direção, ele piscava ou me mandava um beijo. Era a coisa mais romântica que eu já tinha visto na vida.

"Ele não tem amigos?", perguntou Geórgia em uma noite em que, na hora de fechar, Cole se levantou e saiu devagarzinho rumo ao estacionamento, onde me esperaria junto ao carro até que eu acabasse a limpeza.

"Tem, mas eles nem sempre estão juntos. Ele é novo no colégio, lembra? Os outros já se conhecem faz anos. Além do mais, assim que os treinos de basquete começarem, é bem provável que ele não possa mais me esperar aqui. Eu acho romântico."

Geórgia concordou com a cabeça.

"E um pouco assustador", acrescentou.

Joguei um clipe de papel nela.

"Não tem nada de assustador."

Ela encolheu os ombros e se abaixou para pegar o clipe. "Só digo uma coisa, se alguém ficasse toda santa noite, a noite todinha, sentado olhando para mim, eu ficaria um pouco assustada."

"É bonitinho", falei.

"De uns tempos pra cá, quase não tenho mais visto aqueles seus amigos por aqui."

"Pois é", falei. "Temos andado ocupados." Mas, para falar a verdade, eu era a única que andava ocupada demais para vê-los. Bethany e Zach continuavam se encontrando como sempre, enquanto eu me via forçada a dispensá-los cada vez com mais frequência, torcendo para que me entendessem e sabendo que dificilmente o fariam. Cole me mantinha ocupada depois do expediente nos dias em que eu trabalhava, a tarde toda nos dias em que não trabalhava, e quase todos os fins de semana. Ele tinha até começado a me encontrar em frente ao meu armário durante o intervalo entre a maioria das aulas, o que significava que Bethany e Zach e eu não tínhamos nem mais esse tempinho para pôr a conversa em dia. E, embora não tivesse certeza, tinha a nítida impressão de que estavam evitando aparecer no Bread Bowl porque sabiam que Cole estaria lá.

Ver o carro de Bethany parado em frente à casa de Zach tinha virado rotina. Eles sempre me mandavam mensagens me chamando para ir lá, mas nunca era uma boa hora. Eu me sentia dividida, mas a verdade era que queria ficar com Cole. No fundo, era a única amiga que ele tinha, e não podia me queixar de um cara tão incrível estar me dando tanta atenção. Além disso, embora ainda não tivéssemos dito "te amo" um ao outro, eu tinha começado a suspeitar de que estava me apaixonando por Cole. E, quando nos apaixonávamos por alguém, não era natural que essa pessoa se tornasse também nossa melhor amiga?

Após Cole ter participado, no Shubb's, da conversa sobre a viagem, achei que nós quatro começaríamos a passar mais tempo juntos. E, em um primeiro momento, fiz de tudo para que isso acontecesse. No entanto, sempre que nos encontrávamos, a mera presença de Cole parecia o suficiente para irritar Zach, e Bethany, se sentindo no meio de um fogo cruzado, saía de fininho, apreensiva com a situação. Após algumas tentativas frustradas, eles começaram a ficar em frente ao meu armário só até Cole aparecer. Depois, nem davam mais as caras.

"Bom", disse Geórgia, "sinto falta daquele garoto bonitinho. Ele está sempre tão animado quando vem aqui."

"Zach? É, animado até demais, eu diria." Sorri só de pensar em todas as palhaçadas que Zach tinha feito ao longo dos anos, só para arrancar risadas de mim e Bethany. Para dizer a verdade, também sentia falta dele. Fiz uma anotação mental de passar na sua casa para pôr a conversa em dia.

"Acho legal que você tenha amigos tão próximos", disse Geórgia, fechando o cofre. Ela se endireitou na cadeira e depois se espreguiçou, espichando os braços para trás. "Terminamos, mocinha", disse, em meio a um bocejo. "Dirija com cuidado! E diga ao Zach para aparecer qualquer hora dessas."

"Tá bom, Gê, digo sim", falei, batendo o ponto e tirando o avental.

Saí da lanchonete e olhei para o estacionamento. Cole estava saindo do carro. Corri em sua direção e o abracei, aspirando seu perfume.

"Humm, que cheirinho bom", falei. "Adoraria não ter que ir embora."

Ele se afastou um pouco para olhar nos meus olhos.

"Então não vai", falou. "Entra. Tenho uma coisa pra você."

"Tá bom", falei. "Mas rapidinho. Depois você tem que me trazer de volta pra eu pegar meu carro. Preciso passar na casa do Zach hoje à noite."

Cole abriu a porta do motorista e eu entrei, passando para o banco do passageiro. Ele entrou logo atrás e deu a partida.

"Por que tem que passar na casa do Zach?", perguntou.

Enrolei o avental e o joguei junto com a viseira no banco de trás.

"Só pra dar um oi", falei. "Tô com saudades dele."

Cole soltou um murmúrio indecifrável e ligou o rádio. Rodamos alguns quilômetros, cantarolando enquanto eu soltava os cabelos e pendurava o braço para fora da janela, tentando tirar o cheiro de fermento e sopa de batata que sempre ficava impregnado em mim depois de um dia de trabalho.

Um pouco depois, Cole entrou em um estacionamento, parou e desligou o carro. Eu espiei pela janela. Estávamos no parque McElhaney, onde, quando éramos mais novos, Zach jogava beisebol enquanto Bethany e eu fofocávamos, sentadas nos balanços de pneu, sobre os garotos dos quais estávamos a fim.

Cole saiu do carro e correu em direção ao parquinho. Parou em frente à cerquinha de madeira que ficava ao redor e ficou chutando-a de leve, o olhar perdido em um ponto além dos brinquedos. Curiosa, fui atrás dele.

"O gira-gira!", exclamei ao alcançá-lo, e fui logo passando por cima da cerquinha e correndo em direção ao brinquedo. Pulei em cima da plataforma de metal enferrujada e me posicionei no centro, bem onde Bethany e eu ficávamos quando queríamos brincar com mais emoção. "Empurra aqui, Cole!"

Ele ergueu os olhos. Fiz sinal chamando-o. Passou por cima da cerca e caminhou devagar na minha direção. Eu estava parada com o corpo bem ereto, as mãos na cintura.

"Se liga. Sem as mãos", falei.

Ele entortou a boca para um lado e se curvou, agarrando as barras de metal e dando um vigoroso empurrão. Dei um grito, os músculos das pernas e costas se contraindo à medida que tentava manter o equilíbrio. O mundo começou a girar cada vez mais rápido, até que tudo ao redor não passava de um borrão, bem como eu me lembrava. Bethany e eu costumávamos nos revezar, vendo quem era a primeira a ficar com medo e se agarrar nas barras. Eu sempre ganhava.

Ri, me endireitando e erguendo os braços em um "V" em direção ao céu.

"Tá vendo? Sou a mestra do gira-gira!", gritei.

"Ah é?". Ouvi Cole dizer de algum lugar no entorno. "Quanta velocidade acha que aguenta, 'mestra do gira-gira'?"

"O máximo que você conseguir, queridinho!" Ri e, na mesma hora, senti a plataforma se mover com tudo sob os meus pés. "Uau!", gritei, flexionando os joelhos e esticando os braços para a frente para me equilibrar melhor. "Agora sim!"

Cole empurrou o gira-gira de novo. E de novo. Dava para ouvir os grunhidos que soltava, de tanta força que estava fazendo. E o mundo girava cada vez mais rápido, até tudo ao redor não passar de uma vertiginosa escuridão. Já não conseguia mais distinguir as luzes do estacionamento, muito menos saber onde eu estava em relação a ele.

Cole grunhiu e empurrou o gira-gira de novo, ainda mais forte. Meus pés escorregaram alguns centímetros para trás, em direção à borda da plataforma. Meus braços, à medida que procurava usá-los para manter o equilíbrio, desenhavam círculos no ar. Tentei olhar para baixo, encontrar as barras de apoio, mas estava desorientada demais. O mundo começou a balançar para cima e para baixo, como se eu estivesse num navio em meio a uma tempestade.

"Cole", falei, as mãos tateando o ar à procura das barras. "Para. Está rápido demais."

Mas Cole apenas grunhiu e empurrou o gira-gira mais uma vez. Assim como antes, pés escorregaram para trás e os braços se agitaram freneticamente em todas as direções.

"Para!", falei, desta vez mais alto. "É sério, está rápido demais!"

Mas, se Cole me ouvia, não estava dando bola. Meus pés continuavam escorregando, e eu sabia que, em pouco tempo, não teriam mais onde se apoiar.

"Cole, para!", gritei, o vento arrancando lágrimas dos meus olhos e espalhando-as pelo rosto. "Eu vou cair!"

Senti uma das barras bater nos quadris. Agora, estava sendo jogada de um lado para o outro. Tentei agarrar a barra com as mãos, mas, de tão desorientada, não conseguia achá-la, ainda que tivesse há pouco me chocado contra ela.

"Cole", choraminguei. "Para." Mas era tarde demais. As solas dos tênis deslizavam pelo metal escorregadio da plataforma, e eu sabia que, se não quisesse me machucar feio, precisava tomar alguma providência.

Atirei-me de joelhos na plataforma e tateei o ar até achar uma barra, e, assim que o fiz, abracei-a com toda força e joguei as pernas para trás.

Na mesma hora em que o bico de um dos tênis tocou as lascas de madeira que cobriam o chão do parque, finquei-o com tudo entre elas, soltando um grito de dor quando, com o tranco, os braços se chocaram contra a barra. O gira-gira diminui de velocidade, e minhas pernas bateram nas de Cole.

"Você caiu, 'mestra do gira-gira'", provocou ele, um tom áspero na voz. O gira-gira tinha parado, mas Cole não fez menção alguma de me ajudar a levantar. Apoiei os joelhos no chão e afrouxei os braços ao redor da barra, encostando a testa no metal frio enquanto recuperava o fôlego.

"Não tem graça, Cole", falei brava.

Ele riu.

"Deixa de ser chorona, Alex", falou, me cutucando com o joelho. Em seguida, estalou a língua com desprezo. "Teria graça se fosse o Zach empurrando?"

Apoiei os cotovelos na plataforma do gira-gira e enxuguei os olhos.

"Não", vociferei, olhando para ele com raiva. "Eu gritei para você parar. Por que não parou?" Tive de me segurar para não fazer a próxima pergunta: *Você queria me machucar?*

"Ah, deixa disso, Alex", respondeu. Senti o gira-gira se mexer quando Cole se sentou na plataforma ao meu lado. Passou o braço por entre as barras e, com a mão, tirou os cabelos da frente do meu rosto. Pegou no meu queixo e o ergueu de leve, me fazendo olhar para ele.

"Não ia deixar você se machucar."

Encarei-o.

Mas, quanto mais estreitava os olhos para ele, mais carinhosa a sua expressão ficava. Passou um dedo pela minha bochecha.

"Te amo."

Naquele momento, era como se mais nada importasse. Em uma fração de segundo, toda a minha raiva evaporou com o calor do seu toque. Ele me olhava com uma intensidade que eu jamais tinha visto antes, como se estivesse admirando algo precioso, algo que escapasse ao seu entendimento. Seus olhos, cheios de ternura, brilhavam na escuridão. Se o meu coração já não estivesse batendo acelerado, teria começado a fazê-lo naquele instante. Até então, ele jamais havia dito que me amava.

Até então, ninguém jamais havia dito que me amava.

Lembrei-me de certa vez, quando era pequena, em que tinha perguntado ao papai se, com a mamãe e ele, tinha sido "amor à primeira vista". Estávamos na garagem, e eu o estava ajudando a consertar o carro. Ele estava tentando girar uma peça com a ajuda de uma toalha, e, quando lhe fiz a pergunta, parou e fitou o vazio por um segundo. Logo em seguida, voltou a si e resmungou: "Alex, não tenho tempo para... me alcança aquela chave inglesa", e voltou a enfiar a cabeça sob o capô do carro. Conversa encerrada.

Então, mais tarde, enquanto lavávamos a louça, perguntei a Shannin se ela acreditava em amor à primeira vista, e ela me olhou bem nos olhos e respondeu: "Não. Porque você só ama de verdade sua alma gêmea, e como sua alma gêmea é a sua outra metade... você com certeza já a viu antes, entende? No céu".

Pensei bastante sobre o que ela disse, tentando entender. A ideia de se conhecer no céu, como se o céu fosse uma espécie de festa de colégio ou coisa parecida, era para lá de estranha. A explicação de Shannin sobre amor à primeira vista e almas gêmeas não fazia sentido algum para mim.

Até agora.

Em um piscar de olhos, não importava mais que ele não tivesse parado de empurrar o gira-gira. Não importava que ele estivesse bravo por causa de Zach. Não importava que tivesse me assustado e me chamado de chorona. Ele me amava. Agora, pelo menos disso eu tinha certeza. E eu o amava também.

Por alguns angustiantes minutos, não sabia ao certo se seria capaz de lhe responder. Podia sentir o perfume da sua água-de-colônia. Podia ver os músculos da sua mandíbula se movendo de ansiedade, de expectativa. Podia sentir o calor da sua mão no meu queixo. *Me belisca*, tinha vontade de dizer para ele. *Quero ter certeza de que não estou sonhando. Me acorda agora antes que isso vá mais longe.*

Mas, em vez disso, a mão de Cole foi ao encontro da minha e, com a ajuda dela, me levantei do chão, sem tirar os olhos dos seus nem por um segundo. Em seguida, ele foi um pouco para trás e eu me sentei no seu colo, sentindo um formigamento e pensando que... bom, pensando que momentos como aquele não aconteciam na vida real. Não com garotas comuns como eu.

"Tenho uma coisa pra você", disse ele. Enfiou a mão no bolso e tirou um ursinho de pelúcia, branco e fofinho, vestindo uma camiseta vermelha que dizia I ♥ YOU. Ele entregou-o para mim. "É nosso aniversário de um mês", falou.

"É uma gracinha", sussurrei, enfim conseguindo abrir a boca. Apertei o ursinho contra o queixo. "Também te amo", falei, passando os braços em volta do seu pescoço. Uma frase que eu jamais tinha dito antes, nem para o papai nem para Célia nem para Shannin. Nem para a tia Jules. Nem mesmo para Zach ou Bethany.

"Não vai pra casa do Zach hoje à noite", sussurrou ao pé do meu ouvido.

"De jeito nenhum", sussurrei de volta. "É nosso aniversário."

"Feliz aniversário, 'mestra do gira-gira'", disse Cole.

"Feliz aniversário", respondi.

Beijamo-nos, enquanto os pés de Cole empurravam as lascas de madeira, pondo o gira-gira em movimento, nossos corpos descrevendo círculos na escuridão. E, ainda que não fosse a primeira vez que nos beijávamos, este beijo, de alguma forma, não era como os outros. Havia algo de diferente nele. Ele passou uma mecha do meu cabelo para trás da orelha e, depois, nos beijamos de novo, o ursinho apertado entre nossas mãos. Naquele momento, tive certeza de que era isso que havia procurado a vida toda. E eu queria que fosse perfeito. Intocável. Nada de fogueiras, nada de gargalhadas, nada de ir embora para as montanhas.

O que Cole e eu tínhamos seria como as fotos felizes na caixa de sapatos embaixo da minha cama. Com a diferença de que, no nosso caso, seria ainda melhor.

14

Célia e eu estávamos sentadas à mesa da cozinha, papéis espalhados na nossa frente, o telefone no centro da mesa, ligado no viva-voz. O papai estava trabalhando, e nós tínhamos feito Shannin faltar à aula de Sociologia que tinha à tarde para que pudéssemos conversar sobre a festa dele.

"Eu vou ficar responsável por encomendar o bolo", falei. "Um bolo de chocolate com 'Feliz 50 anos, Michael' escrito em cima, certo?"

"Certo", soou a voz de Shannin pelo alto-falante. "E você, Célia, vai ligar para as vovós, certo?"

"Já liguei", disse Célia, se debruçando sobre o telefone. "E a tia Jules está sabendo. Ela também vai ligar para algumas pessoas."

"E a comida?", perguntei, massageando as têmporas. Fazia uma hora que estávamos nessa lengalenga, e eu já estava de saco cheio. Eu tinha festas mais importante para pensar a respeito. Como a que aconteceria no lago hoje, por exemplo, e que eu tinha pedido folga do trabalho para poder ir. "Como vamos trazer a comida pra cá sem o papai ficar sabendo?"

"Ainda estou pensando nisso", disse Shannin. "Mas tenho quase certeza de que se a Célia pedir para as vovós, elas cuidam disso. A vovó Shirley adora esse tipo de desafio."

"Vou pedir", disse Célia.

Folheei uns papéis.

"Bom, sendo assim, acho que já está tudo decidido."

"É", disse Shannin pelo telefone. "Acho que já resolvemos tudo. E com bastante antecedência. Melhor que isso, impossível."

Olhei para Célia como quem diz "Não falei?", e ela me lançou um olhar de pouquíssimos amigos. Ela se debruçou sobre o telefone.

"Tem certeza de que não quer repassar tudo mais uma vez, só pra garantir?"

"Não, se eu sair agora acho que ainda dá tempo de pegar a última aula", respondeu Shannin. "Tá tudo sob controle, Cé. A gente conversa sobre isso mais uma vez antes de eu chegar aí para o aniversário, tá bom? Agora pode relaxar um pouquinho."

"Ótimo", falei, antes que Célia pudesse dizer alguma coisa. "A gente se fala mais tarde, Shannin. Tchau!"

Célia me lançou um olhar ofendido e pegou o fone antes de Shannin desligar. Enquanto ela se despedia de Shannin, eu recolhi os papéis, levei-os para o quarto, e escondi-os na gaveta da escrivaninha, embaixo da papelada sobre o Colorado.

Senti uma pontada de remorso. Fazia semanas desde o nosso último Dia da Viagem, aquele em que Cole havia dado de cara com Zach me fazendo cócegas. Eu sabia que Bethany e Zach estavam levando para o lado pessoal, mas não era de propósito nem nada do tipo. Era só que, entre trabalhar e fazer deveres de casa e deixar Célia satisfeita com o andamento da festa do papai, mal sobrava tempo para qualquer outra coisa. Além disso, Cole tinha entrado para o time de basquete e passava quase todas as tardes treinando. Eu mal tinha tempo para falar com ele, e não era justo que esperassem que eu dispensasse o meu namorado só para falar com meus amigos, era? Eu não tinha culpa que Zach, sabia-se lá por que cargas d'água, odiava Cole. Para ser bem sincera, era por culpa dele que não nos falávamos mais.

Além disso, Cole era tão maravilhoso. Sempre tão romântico. Sempre me ligando "só para dizer que te amo". Sempre me dando presentes – um bichinho de pelúcia, uma rosa, uma pulseira com pingentes. Sempre me esperando na lanchonete, junto ao meu carro, em frente ao meu armário. Sempre.

Guardei os papéis do aniversário direitinho e fechei a gaveta, sacudindo o sentimento de culpa. Eu veria Zach e Bethany na festa do lago. Poderíamos conversar lá. Talvez eu até conseguisse fazer Zach e Cole se darem bem. Talvez eles se tornassem amigos. Eu sabia que era pouco provável, mas tinha de continuar tentando.

Devagarzinho, meus dedos foram ao encontro do pescoço e começaram a percorrer, de um lado para o outro, a extensão do colar, enquanto uma ideia se formava na minha cabeça. Sim, era exatamente isso que eu faria esta noite. Reuniria todo mundo para que nós quatro ficássemos amigos, assim não me sentiria mais tão dividida.

Duas horas depois, estava de banho tomado, vestida e parada na varanda da frente da casa de Zach. A mãe dele atendeu a porta.

"Puxa, há quanto tempo!", disse ela, me abraçando e ao mesmo tempo me puxando para dentro. "Por onde tem andado ultimamente, senhorita Alexandra? Zach falou que você tem um novo namorado."

Fiz que sim e acompanhei-a até a sala de estar, que estava iluminada, cheia de vida, limpinha e com um leve aroma de pinheiro e limão. Bem diferente da porcaria de sala da minha casa. De certo modo, o que Célia tinha falado naquele dia em que eu estava fazendo faxina não era assim tão absurdo – não me importaria de pegar a mãe de Zach emprestada por um tempinho. Nem que fosse só para deixar nossa sala com esse cheirinho.

"O Zach está aí?"

"Senta, senta, está sim", respondeu. A mãe de Zach sempre teve essa mania de misturar as frases. Ela era conhecida por dizer coisas como: *Ora, sim – você quer algo para beber? – mandei mesmo trocar o carpete daqui – quem sabe um refrigerante? – obrigada por ter reparado, gostou?* Às vezes era difícil acompanhá-la, e Zach não tinha muita paciência com essa sua mania de embaralhar as frases; mas, aos meus olhos, ela sempre parecia uma mãe maravilhosa, perfeita. Na minha opinião, Zach era para lá de sortudo e nem se dava conta. "Tá se arrumando para uma festa – não estava esperando você – senta – ele não disse que você vinha."

"Pois é", falei, me acomodando no sofá. "Ele não estava sabendo. Mas já que vamos à mesma festa, pensei em passar aqui e ver se ele topa ir junto comigo."

Ela abriu um largo sorriso.

"Tenho certeza de que ele adoraria – se quer saber – vou ali chamá-lo – acho que vocês são loucos de fazer uma festa ao ar livre em novembro!" Ela me deu um leve tapinha no joelho e foi até o pé das escadas e gritou: "Zach, a Alex está aqui!".

Ouvi passos no andar de cima, e uma porta se abrindo. Os passos ficavam mais altos e mais rápidos, à medida que Zach descia as escadas, o cabelo ainda molhado e grudado à testa. Fez uma cara esquisita quando me viu.

"Bem que senti um cheiro estranho", falou.

Levantei-me, enfiando as mãos nos bolsos de trás.

"E aí, você está indo para o lago, não tá? Pensei em passar aqui e ver se não quer ir comigo."

Ele ergueu o queixo e coçou o pescoço, deixando marcas vermelhas na pele úmida. A mãe saiu de fininho, tocando no meu braço quando passou por mim.

"Hã... tá bom", falou afinal. "Eu tinha combinado de ir com a Bethany, mas posso ligar pra ela."

"Não", falei. "Melhor ainda. Assim podemos ir todos juntos."

Como se tivesse sido combinado, duas batidas soaram na porta da frente e ela se abriu. Bethany entrou. Ela me viu e por pouco não se deteve, uma expressão de surpresa no rosto.

"Alex", falou. "Você vai com a gente?"

"Na verdade, estava agora mesmo sugerindo que fôssemos todos juntos", falei.

Ela ajeitou os óculos sobre o nariz e puxou a alça da enorme bolsa mais para cima do ombro. Como de costume, estava transbordando de papéis, cadernos, jornais. Só Deus sabia o que havia ali dentro. Uma biblioteca inteira, quem sabe. "Tá bom, pode ser."

"Deixa eu pegar meus tênis", disse Zach, e subiu as escadas correndo.

"A gente vai esperar ali fora", gritei, e eu e Bethany saímos, cruzando o pátio da casa de Zach e parando em frente à minha.

"Nossa, parece que não te vejo há séculos", falei, pisando na grama ao lado de Bethany. "Você fez luzes." Levantei umas mechas do seu cabelo e as deixei cair novamente por cima dos ombros. "Ficaram ótimas em você."

"Valeu", disse ela. "Adorei a sua blusa de lã." Olhei para baixo, e nós duas começamos a rir.

"Hã, será que é porque roubei de você?"

"Pode ser", respondeu, rindo. "E como vão as coisas? Com você, quero dizer."

Parei, segurando-a pelo pulso.

"Nem te contei. Cole falou que me ama."

Ela arregalou os olhos. "Falou?"

Fiz que sim, um sorriso estampado no rosto.

"Uau", disse ela, olhando para nossos pés. "Hã... parabéns, eu acho. Uau."

Demos mais alguns passos em silêncio, sua enorme bolsa foi batendo nos meus quadris.

"Sabe", disse Bethany afinal, "o Zach não gosta mesmo do Cole."

"Eu sei." Mais alguns passos. Parei de novo. "Por que não?"

Ela encolheu os ombros.

"Não sei bem. Mas acho que outro dia aconteceu alguma coisa entre os dois no vestiário."

"Sério? O Cole não falou nada. O que aconteceu?"

Bethany encolheu os ombros de novo. "Tem certeza sobre esse cara, Alex?", perguntou. "Porque, pelo que Zach fala, ele parece ser um tremendo idiota, sabe?"

Fiquei um pouco desanimada. Zach continuava odiando Cole, o que significava que a possibilidade de fazer com que todos ficassem amigos esta noite era ainda menor do que tinha pensado.

"Tenho, Beth. Certeza absoluta. Não sei o que o Zach tem contra ele, mas o Cole é o máximo. Eu amo ele."

Continuamos caminhando. Bethany parecia estar pensando seriamente no que eu tinha dito.

Enquanto andávamos pelo gramado, Cole chegou e parou o carro na entrada da minha casa. Acenei e continuei andando, mas, depois de alguns passos, percebi que Bethany havia parado.

"Hã", falou quando me virei para ela. "O Cole vai junto?" Não consegui decifrar a expressão no seu rosto. Era só surpresa, ou havia algo mais? *Pelo que o Zach fala, ele parece ser um tremendo idiota.* Será que Zach também estava voltando Bethany contra Cole?

"Vai", respondi. "Pensei que sabia disso. Pensei que seria legal se fôssemos todos juntos. Seria uma chance de conhecerem ele um pouco melhor."

Zach tinha aparecido e estava ao lado de Bethany. A expressão dele, ao contrário da de Bethany, era bem fácil de ser decifrada.

"Eu já conheci o suficiente", Zach disse baixinho. "Não, obrigado."

"Por favor, Zach", implorei, enquanto Cole saía do carro, a expressão dele uma combinação perfeita entre a de Bethany e a de Zach: surpresa misturada com desprezo. Cole não tinha dito nada sobre ter brigado com Zach no vestiário, mas, só de olhar para o seu rosto, dava para notar que algo tinha acontecido entre os dois. Perguntei-me se, de onde estava, ele podia nos ouvir. "Você não deu a menor chance pra ele. Ele é um cara legal, juro."

Eles se entreolharam, indecisos. Bethany parecia, de fato, dividida.

"Por favor", acrescentei. "Estou com saudades de vocês."

Bethany inspirou fundo e mordeu o lábio.

"Tá bom", falou, soltando o ar de uma só vez. "Por que não? Um cara lindo desse jeito não pode ser tão ruim, certo?" Ela sorriu.

Abracei-a.

"Obrigada. Sabia que podia contar com você, Beth." Olhei para Zach, uma expressão de súplica no meu rosto.

Ele desviou os olhos de mim para Bethany, depois coçou a nuca, claramente se sentindo desconfortável, e suspirou.

"Por que diabos não?", falou. "Vamos lá."

"Obrigada, obrigada, obrigada", falei, louca de alegria, abraçando-o também. "Prometo que não vai se arrepender."

Mas, quando demos os braços um para o outro e começamos a andar em direção ao carro de Cole, poderia jurar que vi o seu rosto assumir uma expressão nada amigável.

15

Por quase todo o caminho, ninguém disse uma palavra.

Antes disso, enquanto ainda não tínhamos entrado no carro, eu tinha ido ao encontro de Cole, ficado na ponta dos pés, e o beijado de leve, mas ele não tinha feito qualquer menção de retribuir o beijo. O tom para o resto da noite tinha sido dado, isso era óbvio. Aos meus olhos, tudo parecia muito ridículo.

"Oi, amor", falei. "Eles vão com a gente, tá bom?"

Devagar, baixou os olhos para mim, e, de tão chocada com a severidade contida neles, dei um passo para trás. Mas ele engoliu a saliva e a sua expressão ficou um pouco menos fechada.

"Claro", respondeu, um sorriso nitidamente forçado se abrindo no rosto. "Quanto mais gente, melhor."

Ele passou por trás de mim e abriu a porta do passageiro, se curvou e levantou a alavanca para reclinar o banco, e depois foi para o lado, abrindo o braço em um gesto teatral.

"Os amigos da Alex são meus amigos também", falou.

Apreensiva, Bethany olhou para Zach, mas os olhos de Zach estavam cravados nos de Cole. Afinal, ela lhe deu um puxão na manga da camiseta.

"Vamos", disse baixinho, e se enfiou no banco de trás. Enquanto se preparava para entrar no carro, Zach não tirava os olhos de Cole, e eu o conhecia o suficiente para saber, antes mesmo de ele ameaçar abrir a boca, que estava prestes a dizer alguma coisa. Quando o fez, o tom da sua voz era puro escárnio.

"Como vai essa força, campeão? Está todo inchadinho, hein?", disse ele ao ficar cara a cara com Cole. Ele deu-lhe um tapinha no ombro, tirou um palito de dentes sabe-se lá de onde, colocou-o na boca, e se enfiou no banco de trás ao lado de Bethany.

Cole se virou e olhou para mim. Encolhi os ombros sem saber o que fazer.

"São meus amigos", falei baixinho. "Ele está tentando deixar o clima menos tenso." Mas, convenhamos, nem eu acreditava nisso.

"Vamos lá", disse Cole, dando a volta e entrando no carro.

Enquanto rodávamos pelas ruas em silêncio, fiquei tentando pensar em algo para dizer, que desse início a uma conversa; mas, toda vez que me preparava para abrir a boca, via o maxilar cerrado de Cole ou ouvia Bethany limpar apreensivamente a garganta e perdia a coragem.

Afinal, quando estávamos entrando na estrada do Lago, ouvi Bethany remexendo na bolsa.

"Ah, já ia me esquecendo", disse ela. Tirou um maço de papéis e os passou para à frente, por cima do banco dianteiro. "As informações da viagem que você pediu, Cole."

"Ótimo", disse eu, apanhando as folhas. Mostrei-os para ele. "As coisas da viagem que você pediu", cantarolei.

"Ahã, maravilha", disse Cole, a voz áspera como eu nunca tinha ouvido antes. "Vejam só. A porcaria dos papéis que pedi há semanas. Muito obrigado pela rapidez, Bethany." Ele baixou o vidro, tirou-os da minha mão e os atirou pela janela.

Fiquei pasma. Virei-me e olhei para fora pelo vidro de trás. As páginas voavam, se espalhando pelas ervas daninhas que ficavam à beira da estrada. Bethany e eu nos entreolhamos. Ela parecia tão chocada quanto eu. Tinha os olhos arregalados atrás das lentes dos óculos, a testa franzida, a boca aberta. Zach parecia a ponto de explodir, os punhos cerrados sobre o colo.

"Por que diabos fez isso?", falei, mas, de tão chocada, tinha perdido a voz, e as palavras soaram como chiados insignificantes em meio ao ruído do vento que lufava pela janela aberta de Cole.

"Bom, na verdade, campeão", disse Zach, "você era de longe a prioridade número um na lista dela, mas ela estava tão intimidada com o quanto você é maravilhoso, que não conseguia juntar coragem nem para chegar perto."

"Zach! Não piora as coisas", vociferei, mas Cole pôs a mão na minha perna, cravando os dedos ao redor do meu joelho.

"Quieta, Alex, deixa as suas amiguinhas desabafarem. Não tem problema. Por favor, garotas, continuem."

"Para, Cole", falei. Tirei a sua mão da minha perna, sentindo vincos nos pontos em que seus dedos tinham acabado de apertá-la. Ouvi Zach rir no banco de trás, e depois Bethany mandá-lo ficar quieto. "Pessoal", implorei, me sentindo impotente, mas não sabia como continuar a frase. Sem sombra de dúvida, minha ideia de reunir todo mundo tinha sido um desastre. Encolhi-me no banco e fechei os olhos. Tudo estava dando errado.

"Mil desculpas", disse Bethany, a voz carregada de sarcasmo. "Vai ver é porque essa foi a primeira chance que tive para entregá-los. Não via a Alex desde que ela começou a namorar com você." Percebi um tom de censura na sua voz. "Além do mais, a gente quer que essa viagem seja *divertida*." Ela deixou a acusação pairando no ar.

"Ah, mas espera aí, Bethany", disse Zach em um tom amigável e descaradamente fingido. "A viagem não vai ser a mesma sem nosso grande amigo Cole. Diversão é com ele mesmo."

"Zach", implorei. "Para. Pelo amor de Deus, pessoal..."

Cole entrou no estacionamento do quiosque no qual a festa estava acontecendo. Ele fez um ruído estranho com a garganta e parou em uma vaga embaixo de uma árvore. A noite tinha começado a cair, e eu não conseguia ver direito quem estava por ali, mas parecia que metade do colégio já tinha chegado. De uma hora para outra, a última coisa que eu queria era estar em meio a todas aquelas pessoas. Não estava com cabeça para festa.

Cole desligou o carro e se virou para trás.

"Façam-me o favor. Pode ser que a Alex seja burra demais para perceber qual é a de vocês, mas eu não sou. Você" – ele apontou para Zach – "só quer levar minha namorada pra cama, e você" – apontou para Bethany – "está tão desesperada que nem consegue ver isso. Está na cara que você gosta desse babaca. Mas ele nunca vai te dar a menor bola, porque só tem olhos para a Alex. Por que não viajam sozinhos, só os dois? Quem sabe assim ele decide aceitar você como prêmio de consolação."

Ele se virou para frente com uma cara de satisfação. O carro estava mergulhado em um silêncio absoluto, todos nós espantados demais para abrir a boca. Meus ouvidos zuniam. Cole não sabia nada sobre o relacionamento entre nós três. Como se atrevia a dizer aquelas coisas? Como se atrevia a me chamar de burra?

"Alex", murmurou Bethany afinal, e olhou para mim com os olhos marejados, o queixo tremendo.

Abri a boca para falar alguma coisa, mas, com toda a sinceridade, não fazia ideia do que dizer. Estava furiosa com Cole, furiosa com Zach, furiosa comigo mesma, e morta de vergonha. Não havia nada a ser dito.

Cole abriu a sua porta e saiu. Ele reclinou o banco do motorista e se curvou para olhar para o banco de trás.

"Dá o fora do meu carro, irmão mais velho", disse ele em uma voz que mais parecia um rugido. "E leva a sua fã número um junto." Ele se virou, deu a volta no carro e abriu a minha porta com tudo.

Zach se inclinou para frente, com seu rosto ficando a centímetros do meu.

"Tem razão, Alex, ele é muito legal. Bela escolha de namorado, de verdade."

Bethany enxugou as lágrimas e começou a sair do carro.

"A gente pega carona de volta com outra pessoa", disse ela.

Os dois saíram do carro, e eu fiquei olhando para eles enquanto caminhavam em direção ao quiosque, o braço de Zach por cima dos ombros de Bethany; a cabeça de Bethany deitada no ombro dele.

Repassando a cena na cabeça, me senti no fundo do poço. Tentei descobrir onde é que tudo tinha dado errado. Era quase impossível de acreditar que, apenas vinte minutos antes, eu tinha andado de braços dados com os dois como fazíamos desde pequenos, convencida de que essa noite seria perfeita e de que eles passariam a gostar de Cole tanto quanto eu. Como Cole tinha sido capaz de atirar os papéis pela janela? Como tinha sido capaz de tratar Bethany daquele jeito? Tudo bem que não gostasse deles, mas sabia o quanto eram importantes para mim. Como tinha sido capaz de fazer aquilo?

Eu podia ter dito alguma coisa. Eu devia ter dito alguma coisa. Eles eram meus melhores amigos. Bethany só estava tentando ajudar. Que tipo de melhor amiga era eu? Não devia tê-lo deixado falar com eles daquele jeito. Nem *comigo*, ora bolas.

Depois de alguns minutos, Cole se abaixou e pousou a mão sobre a minha, mas eu a retraí em um movimento brusco.

"Me deixa em paz!", exclamei, limpando o nariz com o dorso da mão. Mas ele pousou a mão sobre a minha de novo, acariciando-a de leve. Ouvi-o inspirar fundo e depois soltar o ar.

"Desculpa", falou baixinho, em um tom carinhoso, como se não fosse a mesma pessoa de agora há pouco. "Mas você sabe que é verdade. Sabe muito bem que Zach é apaixonado por você. Ele está sempre por perto e sempre te tocando e... e não tenho culpa se fico com ciúmes. Te amo tanto. Não quero que ninguém roube você de mim."

Olhei bem nos seus olhos.

"E quanto à Bethany? Você foi tão cruel com ela! É bem provável que nunca mais fale comigo", disse eu, tentando conter as lágrimas. "E você está errado a respeito do Zach." Estava defendendo Zach por pura força do hábito. A verdade era que estava tão brava com ele quanto com Cole. Zach não perdia uma chance de provocá-lo. Não parava de chamá-lo de "campeão". De certo modo, parando para pensar, era Zach quem tinha começado, não? Que tipo de amigo fazia essas coisas?

"Um dia Bethany ainda vai me agradecer", respondeu Cole. "Quando Zach se der conta de que você é minha e de que não pode fazer nada a respeito, ela enfim vai ter uma chance com ele."

Balancei a cabeça.

"Bethany não quer nada com o Zach. Você não entende nossa amizade. Já tentei explicar um milhão de vezes" – bati furiosamente com o dedo em uma das têmporas – "mas você, por algum motivo, não consegue entender." No entanto, fiquei me perguntando se isso era verdade. Talvez fosse *eu*, e não ele, quem não conseguia entender. Talvez ele enxergasse algo na nossa amizade que eu não enxergava. Talvez nós três fôssemos mesmo um pouco próximos demais. Talvez eu fosse mesmo burra demais para perceber.

"Já, já eles esquecem essa história", disse ele, deslizando a mão pelo meu braço até o ombro. A parte da minha perna que ele havia apertado estava formigando. Fiquei me perguntando se deixaria marcas. "É bem provável que até o fim da festa já tenham esquecido." Balancei a cabeça, duvidando muito. "Mas, se o Zach roubasse você de mim, eu jamais esqueceria."

Pousou as duas mãos no meu rosto e, devagar, virou-o para ele.

"Se qualquer pessoa roubasse você de mim, eu jamais esqueceria", falou.

Com os polegares, enxugou meus olhos, depois me beijou em pontos das bochechas por onde as lágrimas tinham escorrido. Deitei a cabeça no seu peito, me sentindo infeliz e culpada. Eu tinha provocado tudo isso. Eu tinha machucado todo mundo. Era tudo culpa minha. Jamais deveria ter tentando forçá-los a se darem bem.

Bethany e Zach eram meus melhores amigos, mas, neste momento, não podia correr o risco de me envolver em triângulos amorosos para lá de esquisitos. Não podia correr o risco de eles provocarem Cole toda vez que estivéssemos juntos só porque o odiavam sem motivo algum.

Eles não entendiam Cole. Não entendiam o que eu sentia por ele. Não entendiam que certas coisas, como seu jeito de me acariciar e de me olhar nos olhos, cheio de ternura, não desapareceriam de uma hora para outra só porque ele tinha ficado nervoso e perdido a cabeça.

Fosse lá o que estivesse rolando entre Bethany e Zach, não deixaria que isso atrapalhasse as coisas entre Cole e eu. Nós tínhamos sido feitos um para o outro.

Ele encostou a testa na minha.

"Desculpa", sussurrou. "Me perdoa?"

Fechei os olhos e fiz que sim, sem saber ao certo o que mais poderia fazer.

16

Mesmo com todo mundo presente, com as pessoas tendo trazido todo tipo de coisa – desde bolas de vôlei até cachorros-quentes –, com as portas dos carros escancaradas, os rádios ligados no máximo volume e os porta-malas abertos com caixas de isopor cheias de cerveja, eu não estava me divertindo. Essa seria uma daquelas festas épicas sobre a qual todos passariam o resto do ano falando. O tipo de festa que entrava para a história do colégio. E, apesar de tudo isso, não estava me divertindo.

Cole mergulhou na multidão logo de cara, uma mão dando tapinhas nas costas dos outros garotos e os chamando de *"brother"*, como se fossem amigos havia anos, e a outra segurando um copo de cerveja. Ele estava contando piadas, rindo e chutando uma bola de futebol que alguém tinha trazido. Era como se nada tivesse acontecido no carro, a caminho da festa. Como se, sem a menor dificuldade, ele tivesse deixado tudo aquilo para trás.

De tempos em tempos, ele vinha até a mesa em que eu estava, apertava meu ombro e perguntava:

"E aí, gatinha, quer alguma coisa?", e eu fazia que não com a cabeça e tentava esboçar um sorriso como que dizendo: "Tá tudo certo".

Mas, por mais que tentasse, não conseguia mudar o que sentia. "Tudo certo" coisíssima nenhuma. Quando havia me perguntando se o perdoava, eu tinha feito que sim com a cabeça, mas continuava com raiva.

Zach e Bethany estavam bem longe de mim, sentados no chão, sozinhos perto da fogueira. Bethany tinha o rosto corado e entristecido e Zach, de tempos em tempos, pegava uma folha ou um graveto do chão e jogava no fogo. Nenhum dos dois sequer olhava na minha direção. Se erguiam os olhos, logo os desviavam. Era como se eu nem existisse.

Via de regra, em festas como essa, Zach fazia o papel de palhaço. Conhecendo-o como eu conhecia, sabia que, em condições normais, ele estaria metido no jogo de vôlei, tropeçando "acidentalmente" e caindo por cima de alguma garota (de preferência a que estivesse com menos roupa). Em um primeiro momento, todo mundo daria risada e acharia aquilo engraçadíssimo, mas, um tempo depois, as garotas se cansariam de ser apalpadas e o expulsariam do jogo, e ele viria até onde Bethany e eu estivéssemos e nós três brincaríamos de algum jogo idiota como "Verdade ou Consequência" e depois ele listaria todas as garotas que estavam na sua mira.

Ou então, se Bethany e eu estivéssemos a fim de sacaneá-lo, jogaríamos "A gente manda, o Zach obedece", um jogo que tínhamos inventado e que consistia em obrigá-lo a fazer todo tipo de idiotice, como comer insetos ou subir em árvores só de cuecas. O tipo de idiotice que vínhamos obrigando-o a fazer desde que tínhamos 7 anos de idade. O tipo de idiotice que ele nunca se cansava de fazer ou deixava de encarar numa boa.

Em vez disso, eu estava sentada sozinha, Bethany estava tentando fazer de conta que não tinha chorado e Zach estava jogando folhas no fogo. Cole, por outro lado, estava se divertindo como nunca.

E eu sentia que era tudo culpa minha.

Um tempo depois, a noite caiu de vez e começou a esfriar, e Bethany e Zach pegaram carona com uma garotada da qual costumávamos ser amigos no ensino fundamental e foram embora, e eu fiquei ali sentada sozinha olhando para Cole – enquanto a festa ficava cada vez mais fora de controle –, que tinha organizado uma partida de futebol americano tão disputada que todos os garotos estavam com as camisetas ensopadas de suor.

O time de Cole, claro, estava ganhando.

Só fomos embora depois que a partida acabou.

No carro a caminho da minha casa, Cole ficou me perguntando se estava tudo bem, e eu continuei respondendo que sim, embora, no fundo, mesmo sem saber ao certo o que estava sentindo, soubesse que tudo não estava nem um pouco "bem". Quando chegamos, dei-lhe um beijo. Falei que o amava. Saí do carro e entrei em casa, sem saber direito o que pensar.

Não conseguia pegar no sono. Ficava ouvindo as palavras de Cole – *você só quer levar minha namorada pra cama, e você é burra demais para perceber* – e vendo o rosto magoado de Bethany. Eu tinha dito a Cole que o perdoava. E era verdade que, na sua presença, Zach estava agindo feito um babaca. E também era verdade que, de certo modo, Zach tinha provocado, com aquela mania de chamá-lo de "campeão" e aquele papo de que Cole era "meio otário" desde o começo.

Mas mesmo assim. Cole não tinha o direito de falar o que falou. E eu não conseguia entender como ele podia me magoar daquele jeito, só para tirar Zach do sério. Não conseguia entender o porquê de ele ter de magoar Bethany. Ela estava tentando ser legal. Legal, aliás, era a única coisa que Bethany sabia ser. Não conseguia entender por que Cole não podia esperar até que estivéssemos sozinhos para dizer o que pensava, em vez de jogar na cara deles e deixá-los para baixo o resto da noite.

E não conseguia entender como ele podia passar a festa toda se divertindo como se estivesse no topo do mundo, enquanto nós três nos sentíamos um lixo.

E, acima de tudo, não conseguia entender como eu tinha deixado aquilo acontecer.

Enquanto pensava sobre essas coisas noite adentro, comecei a perdoar Cole cada vez menos. Sem ele acariciando meu rosto com a ponta dos dedos e dizendo que me amava e que morria de ciúmes de mim, era mais fácil ficar brava com ele e pensar que talvez Zach tivesse razão. Talvez Cole fosse mesmo um otário.

Por outro lado, Zach não estava por perto quando, ao soar do último sinal, Cole carregava minha mochila até o carro. Zach não estava no cinema ou no shopping quando Cole me tratava como uma verdadeira rainha. Ele não sabia com que delicadeza Cole acariciava meu braço, ou que sensação aquela carícia provocava ou o quanto era gostoso caminhar sentindo seu braço por cima dos meus ombros.

E, acima de tudo, Zach não sabia o que significava para mim sentir que... pela primeira vez na vida... alguém me amava. Que alguém era capaz de falar comigo em frases que não terminavam pela metade. Que alguém podia ser mais do que um simples colar de couro gasto ou um monte de fotos velhas dentro de uma caixa de papelão mofada. Cole era real. O modo como me tocava era real. A ternura com que me olhava era real.

E pessoas reais cometiam erros, certo?

Quando enfim amanheceu, eu estava mais confusa do que nunca. Eu amava Cole de verdade, ou pelo menos achava que amava, mas jamais tinha ficado ao lado de alguém que tivesse magoado Bethany e Zach. E, pela primeira vez desde que tínhamos nos conhecido, eu estava brava, mas brava mesmo com Cole. E estava brava com Zach. Droga, acho que estava brava com todo mundo.

Quando desci as escadas para tomar café, papai estava na cozinha, parado junto ao balcão da pia com uma caneca na mão. Aproximei-me de fininho, fiquei na ponta dos pés e lhe dei um beijo no rosto. Como de costume, ele não disse uma palavra ou fez qualquer menção de retribuir o beijo. Apenas continuou bebericando o café, os olhos fixos no vazio.

"Bom dia, pai", falei, passando o braço por trás dele para pegar uma tigela do secador de louça que ficava no balcão ao lado da pia.

"Alex", disse ele. Uma mísera palavra. Como sempre.

"Desculpa por ter chegado tão tarde ontem", falei. "Cole estava terminando uma partida de futebol americano."

"Cole estava tomando um porre, isso sim", disse Célia, vindo da sala, trazendo uma tigela cheia até a metade com leite. Seu cabelo estava todo bagunçado e seboso, e ela ainda não tinha nem tirado o pijama.

"Ele não estava tomando um porre", falei.

"Não é o que o Zach disse", retrucou ela. "Lembra dele? Aquele que, em tese, é o seu melhor amigo? Ele me mandou uma mensagem ontem à noite. Me contou tudo que aconteceu." Ela passou por mim devagar em direção ao balcão e colocou a tigela na pia.

"Escuta, você sabe muito bem o que penso sobre beber", disse o papai, tirando o dedo indicador da asa da caneca e apontando-o para mim. Mas não, para dizer a verdade, não sabia o que ele pensava sobre beber, porque, para isso, ele precisava ter dito o que, de fato, pensava sobre algo. Na verdade, adoraria saber o que ele pensava sobre beber. Ou, melhor dizendo, adoraria saber o que ele pensava sobre qualquer coisa. Mas não disse isso em voz alta. Não havia necessidade de piorar uma situação que já estava ruim. Além do mais, não estava brava com o papai. Estava brava com Cole. E agora também com Célia.

"Eu não bebi uma gota de álcool na festa, e Cole não tomou um porre coisa nenhuma", falei, olhando para as costas de Célia. Peguei a caixa de cereal do topo da geladeira e servi um pouco na tigela. "Zach não sabe o que está falando. Ele disse o que queria e acabou ouvindo o que não queria, e agora está ofendido. Só isso. Já, já ele esquece. De qualquer maneira, você não deveria estar mandando mensagens para os meus amigos, Célia."

"Eu não mandei mensagem nenhuma. Ele que mandou. E o Zach é meu amigo também", disse ela. E, se virando para o papai, acrescentou: "E, segundo ele, o novo namorado da Alex é um tremendo babaca".

Peguei o leite da geladeira e derramei um pouco sobre o cereal, esperando o papai dizer alguma coisa. Ele não abriu a boca. Peguei uma colher da gaveta.

"O Zach não conhece o Cole", falei. "E você também não."

Célia deu de ombros e saiu da cozinha sem dar a menor bola, a palma da mão estendida para mim como que dizendo: "Fala com ela". Eu e o papai ficamos a sós.

Fiquei esperando que tentasse arrancar mais detalhes sobre Cole. Uma parte de mim queria que ele fizesse isso. Queria que ele me perguntasse quem era esse cara e se o que Célia tinha dito era verdade. Eu queria lhe contar que estava brava e que Zach também tinha culpa no cartório e que, apesar de me sentir mal pelo que tinha acontecido com Bethany, continuava amando Cole. E, por fim, queria que o papai me aconselhasse sobre o que fazer.

Mas não fez nada disso. Ele terminou de beber o café, passou uma água na caneca e colocou-a na máquina de lavar louça, o tempo todo em silêncio. Fiquei sentada à mesa, comendo o meu cereal, torcendo para ele dizer... alguma coisa. Qualquer coisa.

Em vez disso, ouvi o tilintar das chaves.

"Tá indo trabalhar?", perguntei com a boca cheia de cereal. Detectei um tom áspero na minha voz.

O papai resmungou que sim.

"Também tenho que trabalhar hoje, então te vejo...", comecei a dizer, mas ele já tinha saído da cozinha, murmurando algo que eu não sabia dizer se significava que tinha ou não me ouvido. Respirei fundo.

"Até logo, Alex. Tenha um ótimo dia, meu bem. Te amo", falei baixinho para a tigela. De uma hora para outra, tinha perdido o apetite. Peguei a tigela e derramei o cereal na pia, ouvindo a porta da frente se fechar e o carro do papai partir. Ao mesmo tempo, ouvi o barulho do chuveiro sendo ligado no andar de cima e o eco das vozes do aparelho de som de Célia.

Respirei fundo de novo e me debrucei sobre a pia. Dava para ver Zach no pátio da frente da casa dele, ligando o cortador de grama. Ele ergueu os olhos, como se soubesse que estava sendo observado, mas voltou a olhar para o cortador de grama antes que eu pudesse levantar o braço para acenar. Pelo jeito como tinha parado antes de puxar o cordão de partida, percebi que estava fingindo que não tinha me visto.

Vi-o colocar o protetor de ouvidos e depois começar a caminhar de cabeça baixa atrás do cortador.

Era quase impossível de acreditar que, havia apenas dois dias, pensava ter tudo o que sempre tinha sonhado. Uma pessoa que faria de mim o centro das suas atenções e diria que me amava sem ser só da boca para fora. E dois melhores amigos que, não importava o que acontecesse, estariam sempre ao meu lado.

Hoje, cada um estava cuidando dos próprios assuntos, e eu me sentia mais sozinha do que nunca.

Só que, dessa vez, a solidão não se devia apenas à ausência da mamãe e à frieza do papai e das minhas irmãs. Dessa vez, com Bethany e Zach brigados comigo, a solidão era completa.

17

Pela primeira vez na vida, cheguei atrasada ao trabalho.

Não podia nem dizer que tinha uma boa desculpa. Eu tinha ficado um bom tempo parada em frente à janela da cozinha, vendo Zach cortar a grama, esperando ele se virar e olhar na minha direção, acenar para mim. Esperando ele me perdoar da maneira que somente Zach, bondoso como era, podia fazer. Mas nada disso aconteceu. Só o que fez foi terminar de cortar a grama de um dos lados da casa e depois ir para o outro, onde eu não conseguia vê-lo.

Depois, arrumei um pouco a cozinha. Enfiei a tigela na máquina de lavar louça lotada e a coloquei para funcionar. Achei um pano velho debaixo do balcão da pia e usei para limpar uma mancha grudenta de café deixada por alguma caneca. Empilhei jornais velhos e os joguei no lixo reciclável do hall de entrada. Guardei umas poucas compras que o papai tinha feito em algum momento e deixado, ainda dentro da sacola, em cima do balcão, como se lhe tivesse faltado a energia necessária para colocá-las na despensa. Como se ainda estivesse deixando tarefas para serem cumpridas por uma esposa que havia muito tempo não estava mais ali. Se era que algum dia tinha estado de verdade.

Célia saiu do banho, e eu subi as escadas para tomar o meu. Enquanto lavava os cabelos, me dei conta de que tinha ficado tão distraída com as acusações que Célia fez sobre Cole e com o papai indo embora sem dizer uma palavra e com Zach cortando a grama fingindo que eu não existia, que tinha acabado perdendo a hora.

Cheguei à lanchonete com quinze minutos de atraso, os cabelos soltos e ainda molhados, a maquiagem feita às pressas. E sem a viseira.

"Desculpa, desculpa", falei ofegante enquanto entrava correndo na sala da gerência para bater o ponto. "Perdi a hora."

Geórgia estava sentada, separando cupons em diferentes maços com elásticos em volta. Ela se recostou na cadeira, fazendo-a ranger, e me olhou de cima a baixo antes de abrir a boca.

"Cadê sua viseira?", perguntou. "Esquece. Aqui, prende o cabelo." Ela me deu um elástico e, enquanto eu fazia rapidamente um rabo de cavalo, se curvou e abriu uma gaveta. Tirou uma viseira toda surrada e a sacudiu para desamassá-la. "Usa essa aqui."

"Valeu", falei, pegando a horrorosa viseira. "Exatamente o que eu sempre quis." Mas Geórgia não fez uma de suas costumeiras e espirituosas observações. Seu tom de voz áspero, os lábios franzidos e os abruptos acenos de cabeça me eram familiares. Já tinha observado esses mesmos sinais ao vê-la falar com outros funcionários – sempre que estava brava. Senti um frio na barriga ao perceber que, pela primeira vez na vida, ela estava brava comigo. Diabos, será que agora o mundo inteiro tinha resolvido brigar comigo?

Coloquei a viseira na cabeça.

"Sinto muito...", comecei a dizer, mas Geórgia me interrompeu com mais um abrupto aceno de cabeça.

"Vai logo trabalhar", falou. "O Greg ficou até mais tarde enquanto você não chegava. Vai para o caixa. Daqui a pouquinho as pessoas começam a chegar para almoçar."

"Geórgia, falando sério, eu..."

Ela olhou para mim.

"Depois, pode ser? Agora, preciso de você no caixa."

Fiz que sim e saí, deixando-a em paz para organizar os cupons.

O movimento do almoço começou cedo, quase no exato instante em que assumi o lugar de Greg, e eu estava atolada de serviço. Agitada, não parava de cometer deslizes – apertava os botões errados, me esquecia de dar descontos para quem apresentava cupons, devolvia mais ou menos troco e tinha que chamar Geórgia para abrir a registradora com a chave para que eu pudesse corrigir – e, por duas vezes, tive de ouvir desaforos de fregueses enfurecidos.

O lado bom era que eu estava tão ocupada e tão preocupada em tentar agradar Geórgia (cujo humor, a cada deslize que eu cometia, só piorava) que não tinha tempo de pensar em Cole ou Zach ou Bethany.

Quando o movimento diminuiu, senti a mão na minha cintura e ouvi a voz de Geórgia ao pé do ouvido, dessa vez mais suave, mais parecida com a Geórgia que eu conhecia.

"Vem cá, vamos conversar", falou. E, em seguida, gritou em direção à cozinha: "Jerry, você pode ficar de olho no caixa, por favor?".

Acompanhei Geórgia até sua sala. Ela se sentou na cadeira e eu fiquei em pé, encostada no batente da porta; a sala era tão minúscula que só cabia uma cadeira.

Em um primeiro momento, ela não abriu a boca. Apenas se curvou e abriu o cofre, jogou uma bolsa de dinheiro vazia dentro e fechou a porta de ferro. Pensei comigo mesma que Geórgia continuava brava e que, se ela não dissesse alguma coisa logo, eu ia enlouquecer e sair correndo pela rua aos berros. Mais uma pessoa me dando um gelo era demais para aguentar.

Mas, depois de fechar o cofre, ela se recostou na cadeira, passou os dedos por trás dos óculos para esfregar os olhos, depois olhou para mim e sorriu.

"Dia corrido", falou. "Tem sido assim a semana toda. Espera aí, deixa eu te arrumar."

Ela fez sinal para eu me virar e eu obedeci. Ouvi sua cadeira ranger de novo, e em seguida senti a viseira e o elástico sendo tirados da minha cabeça. Meus cabelos se soltaram e caíram nas costas, e então as mãos de Geórgia os juntaram de novo em um rabo de cavalo, alisando-os com destreza dos lados e no topo.

"Você não parece bem hoje, querida", disse ela, segurando, pelo jeito como mastigava as palavras, o elástico ou a viseira com a boca.

Encolhi os ombros.

"Eu sei. Tive uma péssima noite ontem. Desculpa."

Enquanto ela recolocava e apertava o elástico, parecia que alguém estava tentando arrancar meus cabelos. Fiz uma careta de dor mas não abri a boca.

"Pronto", disse ela. Eu me virei e ela me devolveu a viseira e se sentou de novo na cadeira. "Não se preocupe", falou. "Muitos nem aparecem e ainda esperam poder voltar a trabalhar no dia seguinte como se nada tivesse acontecido. O Greg também chegou atrasado hoje. Aquele traste inútil se atrasa quase todo santo dia. Por acaso você também está planejando virar um traste inútil?"

Balancei a cabeça enquanto colocava a viseira e passava o rabo de cavalo por cima da tira elástica que ficava atrás.

"Não vai acontecer de novo, palavra."

Ela fez um gesto com a mão como que dizendo: "Deixa para lá".

"Estava só brincando, querida. Todo mundo tem dias ruins. Mas escuta: nos últimos tempos, o Dave tem aparecido aqui com bastante frequência. A Nan, a gerente de uma das outras filiais, me contou que ele anda furioso. Pegou o gerente da filial do centro roubando e se convenceu de que todos nós estamos tentando lhe passar a perna. Segundo a Nan, ele está demitindo pessoas a torto e a direito, por qualquer coisinha, e é por isso que agora o Sr. Pé-no-Saco vive fuxicando por aqui."

"Puxa", falei. "Se ele tivesse aparecido, teria me dado um pé na bunda."

Ela fez que sim.

"Talvez. E talvez tivesse me demitido junto, só para aproveitar o embalo."

Virei-me um pouco de lado e apoiei as costas no batente da porta. Ser mandada embora era a última coisa de que precisava. Até agora, só tinha juntado mais ou menos a metade da grana de que precisava para a viagem, e isso se Bethany não adicionasse outras despesas, como trailers e chalés na montanha para admirar celebridades. Pensar na viagem ao Colorado me fez sentir a habitual pontada de tristeza, e meus dedos foram ao encontro do colar. Mas, dessa vez, a tristeza não se devia ao fato da viagem estar cada vez mais próxima, mas sim ao que tinha acontecido com Bethany na noite anterior. Achava difícil que o acesso de raiva de Cole a fizesse cancelar a viagem, mas era bem provável que estivesse se perguntando se eu por acaso o faria. Nós já tínhamos nos desentendido outras vezes, e sempre acabávamos fazendo as pazes. Só esperava que dessa vez não fosse diferente.

Eu deveria ter ligado para ela logo de manhã cedo. Deveria ter pedido desculpas de uma vez. Fiz uma anotação mental de ligar assim que acabasse o expediente.

"Escuta", disse Geórgia, se inclinando para frente. "Vou te falar a mesma coisa que falo para todos os outros funcionários. As aulas da Lily começam agora no outono, e nem preciso dizer que vou ter de gastar uma fortuna para poder bancar a escola dela. Isso sem falar nos materiais escolares e acessórios especiais de que ela vai precisar. Resumindo: não posso perder esse emprego de jeito nenhum, e para isso conto com a colaboração de todos, entendido? Da mesma forma, vocês sabem que sempre podem contar comigo. Uma mão lava a outra."

A sineta sobre a porta de entrada da lanchonete tocou, e nós duas espichamos o pescoço para fora da sala para ver quem estava entrando. Era só um casal de velhinhos, e Jerry parecia ter a situação sob controle. Quase dava para sentir a tensão emanando de Geórgia quando voltou a se recostar na cadeira, que mais uma vez rangeu sob o peso do seu corpo. De fato, ela estava para lá de preocupada com essa história das demissões.

E, cá entre nós, não podia culpá-la. Lily, a filha de Geórgia, tinha sofrido algum acidente quando era bebê, que acarretou em um desenvolvimento tardio e todo tipo de problemas físicos que se podia imaginar. Geórgia não falava muito sobre a saúde de Lily, e quase nunca a trazia para a lanchonete. Ela e o marido se matavam trabalhando para assegurar que Lily tivesse tudo do bom e do melhor, mas ainda assim não tinham muito dinheiro, e Geórgia vivia com medo de perder o emprego.

Fiz que sim.

"Não precisa dizer mais nada. Pode contar comigo. Não vai acontecer de novo."

Geórgia se levantou e colocou a mão no meu braço.

"Sei que não", disse ela, deslizando a mão para cima e acariciando meu cotovelo. "Você é uma das poucas pessoas com quem posso contar." Colocou as mãos nos meus ombros e me virou para o outro lado, me deixando de costas para a sala. "Agora vai trabalhar, sua garotinha mimada. Você acha que os legumes e verduras vão ficar prontos sozinhos enquanto você se enfeita como se fosse a um baile de gala?"

Bati continência. Ela, sem dúvida alguma, havia me perdoado. Tudo tinha voltado ao normal.

Fui até a câmara fria e peguei uma sacola de alface, uns tomates, um frasco de pepinos em conserva e empilhei tudo nos braços. Eu gostava de preparar os legumes e verduras. Era fácil e, em vez de ficar parada no caixa enchendo um copo de chá verde atrás do outro, andava um pouco para lá e para cá, sem falar que não tinha de recolher o lixo do salão. E, para mim, picar verduras e legumes era relaxante, mais ou menos como ouvir música.

O dia continuou movimentado. Os fregueses entravam aos poucos, mas em um fluxo constante. Toda hora tinha que parar de picar alguma coisa para chamar alguém, o que significava uma porção de luvas de plástico indo para o lixo, e a hora de maior movimento se aproximando cada vez mais, sem que as coisas estivessem prontas. Com isso, Geórgia ficou nervosa, deixou de lado a papelada do escritório e foi trabalhar no caixa enquanto eu picava e fatiava legumes e enchia e reenchia bacias como uma louca.

De tão compenetrada na tarefa, nem ouvi a voz de Cole. Geórgia limpou a garganta, como que para chamar minha atenção, e eu olhei para ela. Seu olhar era como um sinal de advertência: *Não perca tempo conversando. Temos muito trabalho a fazer.*

"Oi", disse eu, me virando para Cole e encostando a barriga no balcão. Tentei esboçar um sorriso, mas era como se não caísse bem no meu rosto. De uma hora para outra, não sabia o que pensar ou sentir. Queria continuar zangada com ele pelo que tinha feito na noite anterior, mas a noite anterior já parecia ter passado havia muito tempo. Ele abriu aquele sorriso meigo que sempre fazia surgir a covinha em um dos lados do rosto, mas, dessa vez, algo no sorriso exprimia cautela, como se ele soubesse que precisava se retratar pelo que tinha feito. E só o fato de saber que tinha errado e parecer disposto a se retratar já fazia com que fosse mais fácil perdoá-lo.

"Oi para você também", disse ele. Geórgia entregou o café que ele tinha pedido e ele ergueu o copo.

"Que sede." Geórgia pegou o dinheiro e lhe devolveu o troco sem abrir a boca, depois me lançou mais um olhar enviesado como se dissesse: "Pense na Lily!".

Cole foi um pouco para o lado e parou bem na minha frente. Dava para sentir o perfume da água-de-colônia. O cheiro fez as minhas mãos tremerem, ainda que eu quisesse continuar zangada com ele.

"Não posso conversar agora", falei baixinho, sem erguer os olhos. "Tenho que terminar isso aqui."

"Eu sei", disse ele. "Tinha pensando em ficar matando tempo até acabar seu expediente."

Olhei para o relógio às minhas costas.

"Meu expediente só acaba às cinco." Continuei picando.

"Eu espero", disse ele.

"Vai ficar duas horas esperando?", perguntei, como se ele já não tivesse feito isso centenas de vezes, mas eu estava tentando ao máximo parecer irritada.

De repente, senti sua mão tocar meu rosto. Levantei a cabeça. Ele estava debruçado por cima do balcão, olhando bem no fundo dos meus olhos. Passou a mão pelo meu rosto com tanta delicadeza que, por pouco, não desmaiei ali mesmo.

"Eu esperaria para sempre se fosse preciso", respondeu.

Apesar de todo o meu esforço, não consegui conter o sorriso. Havia algo no seu toque que era muito mais real do que as coisas estranhas que tinha dito e feito na noite anterior. E eu não conseguia resistir. Era louca por ele.

Então, a voz de Geórgia ressoou da sua sala:

"Alex, já picou os ovos?" E assim, sem mais nem menos, o encanto se quebrou.

Voltei ao trabalho; mas, mais uma vez, estava confusa e distraída. De tempos em tempos, olhava para o salão e, sempre que o fazia, Cole estava recostado na cadeira, olhando bem na minha direção, com o copo de café em uma das mãos. Toda vez que nossos olhares se encontravam, sentia como se uma descarga elétrica me percorresse o corpo, e como se o cérebro entrasse em curto-circuito. Depois, quando eu voltava a baixar a cabeça para olhar o que estava fazendo, tudo parecia tão estranho. Será que tinha mesmo acabado de picar pepinos? Não me lembrava de ter feito isso.

Todo mundo tem dias ruins, havia dito Geórgia. Todo mundo. Até Cole. Talvez a noite anterior tivesse sido apenas isso – um dia ruim para Cole. E bota ruim nisso, mas ainda assim perdoável.

Passei tanto tempo com a cabeça erguida para ver se ele estava me olhando que nem fui pega de surpresa quando Bethany entrou na lanchonete.

Ela foi até o balcão, e pude ver os ombros de Geórgia caírem depois de as duas conversarem baixinho por um segundo.

"Alex", disse ela. "Sua amiga precisa falar com você." Ela franziu os lábios e depois murmurou: "Seja rápida".

Ao contrário do que aconteceu com Cole, quando vi Bethany não fui invadida por um turbilhão de sentimentos contraditórios. Senti apenas uma coisa: culpa. A culpa era tanta, que meus pés pareciam se recusar a andar ao encontro dela. A garota que a vida toda tinha sido minha melhor amiga, e eu estava com medo de enfrentá-la. Não sabia o que dizer.

"Oi", falei.

Ela não estava sorrindo. Não estava nem mesmo olhando para mim. Em vez disso, olhava para o tampo do balcão, para algum ponto ao redor das minhas mãos. Ajeitou os óculos no nariz.

"Que horas termina o seu expediente?", perguntou.

"Às cinco", respondi.

"Queríamos falar com você", disse ela, soando para lá de formal. "Zach e eu. Pode ser?"

"Escuta, sobre ontem à noite...", comecei a falar, mas parei no meio quando, de repente, ela ergueu a cabeça e olhou nos meus olhos. Os olhos dela continuavam vermelhos.

"Não quero falar sobre isso aqui", disse ela. "Sei que ele está sentado logo ali, e não quero causar nenhuma confusão. A questão é que... bom, a questão é que precisamos conversar. Na casa do Zach. Pode ser?"

Olhei por cima do seu ombro na direção de Cole, cujo rosto estava franzido e com uma expressão vaga. Ele não parecia estar olhando para mim, mas sim para as costas de Bethany, como se estivesse tentando fazê-la se virar e encará-lo. Hesitei. De uma hora para outra, o gelo que todos estavam me dando antes não parecia mais tão ruim. Todos querendo conversar, assim sem aviso prévio, era muito pior.

"Pode ser ou não?", insistiu, atraindo a minha atenção de novo para ela.

Respirei fundo. Na situação em que estava, nenhuma das possíveis respostas salvaria minha pele. Fiz que sim.

"Chego em casa às seis", falei. Não olhei de novo na direção de Cole, mas nem precisava. Podia senti-lo me olhando de qualquer jeito.

18

Quando meu expediente terminou, a lanchonete estava mais movimentada do que nunca e, ainda que, depois da nossa conversa, Geórgia tivesse pegado mais leve comigo, seu nervosismo tinha deixado todos os outros funcionários mal-humorados. Em dado momento, me vi torcendo para que o Sr. Pé-no-Saco aparecesse de uma vez e dissesse que estava tudo bem e acabasse com o sofrimento dela. Cá entre nós, Geórgia era uma gerente incrível, e era honesta até o último fio de cabelo. Dave não tinha razão alguma para se preocupar com uma filial dela.

Eu estava aliviada por dar o fora da lanchonete. E ainda mais aliviada de só ter que voltar a trabalhar dali a alguns dias. Quem sabe até lá Dave se acalmasse, e Geórgia voltasse a ser a boa e velha Geórgia.

Fui até o salão, onde Cole continuava sentado. Assim que me viu, se levantou e caminhou na minha direção.

"Meu carro está no estacionamento dos fundos", disse ele. "Ao lado do seu."

Ele colocou a mão na parte de baixo das minhas costas e me conduziu porta afora. Enquanto caminhávamos, tirei a viseira e o elástico, que não parava de se enroscar nos fios de cabelo da nuca.

"Na verdade, você não deveria estacionar aqui nos fundos", falei. "Esse estacionamento é só para funcionários."

Cole fez um ruído áspero com a garganta.

"E? Ninguém sabe que não trabalho aqui."

"Bom", falei, "eu sei."

Mas Cole não parecia estar dando bola para o lugar em que tinha estacionado. Com a maior tranquilidade, estendeu a mão e abriu a porta do passageiro.

"Algo me diz que você vai fazer vista grossa para essa pequena infração", falou, enganchando os dedos nos passadores da minha calça e me puxando para perto dele. "Por favor, senhorita policial, não me multe", choramingou de brincadeira. Deu-me um beijo na testa.

Sorri e deixei que me abraçasse. Ficar nos seus braços era tão gostoso. Quentinho. Relaxante. Confortável. E, apesar da noite anterior, ainda me passava uma sensação... de segurança. Se fechasse os olhos e inspirasse seu perfume, quase conseguia me convencer de que, na noite passada, nada tinha acontecido.

Ergui o rosto e, quando o fiz, ele puxou com o dedo um cantinho da minha boca para cima e depois o outro. Revirei os olhos, mas o sorriso permaneceu. Ele inclinou a cabeça e beijou os cantos da minha boca e depois o nariz e os olhos. Quando me puxou para mais perto, fechei os olhos e, de uma hora para outra, ao inspirar seu perfume e sentir seus braços musculosos em volta do meu corpo, não consegui entender como podia ter ficado tão brava com ele. Sem mais nem menos, a raiva tinha evaporado.

Ele deu um passo para o lado e eu entrei no carro. Depois, fechou minha porta, deu a volta e entrou também. Ao se sentar, seu banco rangeu, e um cheirinho de couro se espalhou pelo ar, trazendo à lembrança o nosso primeiro encontro e me fazendo sentir um friozinho na barriga.

Dentro do carro, ele não mexeu um fio de cabelo. Ficou apenas ali sentado, com as mãos largadas no colo, o olhar fixo na tinta que descascava da parede dos fundos do Bread Bowl. Olhei para ele por um tempo, depois virei a cabeça na direção dos carros que passavam pela rua e, em dado momento, fiquei olhando enquanto a porta dos fundos se abria e Jerry arrastava um saco de lixo para fora, o tempo todo examinando o carro de Cole com desconfiança. Afundei um pouco mais no assento.

Depois de alguns longos minutos, Cole limpou a garganta, bateu de leve algumas vezes com os polegares nas coxas e disse:

"A respeito de ontem à noite. Com os seus amigos. Sinto muito."

Pisquei.

"Você já disse isso", falei, esperando não ter soado como uma acusação.

Ele passou o dedo por uma das extremidades do painel, tirando a poeira. "Eu sei. Mas queria dizer de novo. Tipo, agora que estamos de cabeça fria. Percebi que você passou a festa toda chateada."

Fiz que sim, os dedos indo ao encontro, como que por reflexo, do apanhador de sonhos.

"Eles são meus melhores amigos", falei. "Não consigo nem entender direito o que aconteceu. Bethany só estava tentando ser legal. O que você fez foi muito... injusto."

Ele continuou com os olhos fixos na parede descascada, os polegares batendo nas coxas de forma ritmada.

"Ela é manipuladora", disse ele. "Ela vive manipulando você. Sabe disso, não sabe? Com toda essa história de ir para o Colorado..." Ele parou no meio, balançando a cabeça. "Afinal de contas, qual o motivo dessa viagem? Quer saber, eu jamais pediria para você levar numa boa a ideia de eu ir viajar com outra garota. Uma 'melhor amiga'." Com os dedos, fez o gesto das aspas no ar, enquanto pronunciava as duas últimas palavras.

Em um piscar de olhos, tudo fez sentido. Sim, Cole tinha ciúmes de Zach. Disso eu já sabia. Mas tinha ciúmes apenas porque não conhecia a história toda. Como poderia? Toda vez que começávamos a falar sobre família, eu mudava de assunto o mais rápido possível. Ele não fazia ideia de o quanto era importante para mim manter os meus melhores amigos por perto. Não fazia ideia de quantas vezes eu pude contar com eles, ou quantas vezes eles puderam contar comigo. Ele não estava presente quando bolamos a ideia de ir ao Colorado para desvendar o mistério da minha vida. Não estava presente quando, sentados no monte de lenha nos fundos da casa de Bethany, juramos fazer a viagem juntos. Ele não fazia ideia de nada disso.

Sentei-me em cima de uma das pernas e me virei para ele. Peguei sua mão e a segurei no meu colo, interrompendo pelo menos em parte o agitado tamborilar dos polegares. Seu rosto estava corado, uma rodela vermelha em cada bochecha. Estendi a mão e toquei com a ponta dos dedos em uma delas. Estava quente.

"O Colorado é tudo para mim", falei. "Sempre foi, desde que tinha 8 anos e meu pai me deu isso." Tirei o apanhador de sonhos de baixo da camiseta e deixei-o balançar entre os dedos.

Ele olhou para o colar, o rosto confuso, depois voltou a olhar nos meus olhos. Nesse momento, o polegar da sua outra mão também parou de bater na coxa, e eu sabia que o faria entender tudo e voltaríamos a ficar numa boa.

Deixei o colar cair contra o peito e segurei sua mão entre as minhas, olhando-o no fundo dos olhos. E abri o jogo. Falei sobre a morte da mamãe. Falei sobre as fotos e o quanto era obcecada por elas quando era pequena. Falei sobre ter ouvido o papai dizer que a mamãe "era mais louca que uma cabra". Falei sobre os pesadelos e a terapia e o colar que, desde os 8 anos, nunca tinha tirado do pescoço e que, segundo o terapeuta, me ajudaria a me sentir mais próxima da mamãe. Sobre Shannin e Célia parecerem nunca se importar de verdade. Falei sobre o papai mal conseguir amarrar os sapatos pela manhã, muito menos tomar conta de nós, mesmo depois de tantos anos já terem se passado desde a morte da mamãe.

E, por fim, falei sobre o Colorado. Expliquei que não estava indo só porque parecia divertido, mas sim porque precisava. Expliquei que, às vezes, por mais que tentasse, sentia como se jamais fosse conseguir colocar em palavras o porquê de precisar ir. Expliquei que era como tentar descrever um buraco – além de "profundo", "escuro" e "solitário", o que mais poderia ser dito?

Expliquei que a viagem não tinha nada a ver com joguinhos e ficar de namorico ou deixar Bethany e Zach se aproximarem tanto de mim que não sobraria espaço para ele. Tinha a ver com fechar as feridas. Com solucionar o mistério. Com obter as respostas que o papai não podia, ou não queria, dar. Com ir para onde a mamãe queria ir e colocar um ponto final na sua história. Com subir ao topo de uma montanha e ver se, lá no alto, conseguia sentir sua presença. A viagem tinha a ver com dar um jeito na minha vida, e não poderia deixá-la de lado só porque, por acaso, um dos meus melhores amigos era um garoto. Eu precisava saber que a mamãe não estava só... me deixando. Precisava saber que, no Colorado, havia algo melhor esperando por ela. Tinha que ter. Eu não havia sido abandonada por causa de um mero... capricho. De uma simples vontade de pôr o pé na estrada.

Falei até o sol terminar de se pôr e as luzes do estacionamento se acenderem, nos banhando com uma luz viva e alaranjada. Agora, os carros que passavam zunindo pela rua tinham os faróis ligados, e eu dava graças a Deus que, ali no carro, havia uma certa sensação de privacidade.

Em um dado momento durante meu desabafo, tinha começado a chorar.

"Você precisa entender", falei, passando o dedo pelo dorso da mão de Cole. "É algo que preciso fazer. E preciso fazer com meus melhores amigos, porque estão juntos nessa desde o começo. Os dois. Às vezes, Zach até mais do que Bethany."

Cole ouviu tudo sem dizer uma palavra e, quando terminei de falar, ficou imóvel por alguns minutos. Depois, devagar e com delicadeza, tirou a mão de baixo da minha. Com um dedo, percorreu a tira de couro do colar.

"Você nunca tirou?", perguntou.

Fiz que não com a cabeça.

"Por que não?", perguntou.

"Porque", falei, cerrando o punho em torno da tira, a minha mão envolvendo a sua, "é tudo que me resta dela."

Ele pareceu pensar sobre isso por um tempinho, depois tirou a mão de baixo da minha, se endireitou e tirou a chave do bolso da calça. Em seguida, ligou o carro, fazendo o motor roncar.

"Preciso ir pra casa", falei. "Preciso falar com..." Fiz uma pausa, depois me endireitei no assento e completei: "Preciso falar com a Bethany e o Zach. Sobre a noite passada. Preciso aliviar um pouco minha barra com eles".

"Não vai demorar", disse ele. "Só quero te mostrar uma coisinha."

Ele arrancou e foi em direção à saída do estacionamento.

"Preciso chegar em casa até as sete", disse, a curiosidade falando mais alto que a pressa. Seria só uma questão de dizer para Bethany e Zach que tinha ficado trabalhando até um pouco mais tarde e pronto. Eles entenderiam. Eles sempre entendiam.

Cole ligou o rádio e saiu do estacionamento, pisando tão forte no acelerador, que me senti colada ao encosto do assento. Mais uma vez, ele tinha no rosto aquela expressão decidida. A mesma que, na noite anterior, eu vi no seu rosto enquanto ele jogava futebol americano na festa. Aquela que parecia dizer: *Vou conseguir exatamente o que quero, não importa quem, ou o quê, se coloque à minha frente.* Aquela em que se lia: "Vencedor".

Depois de algumas curvas, chegamos a um bairro residencial, e Cole enfim reduziu a velocidade. Rodamos mais um pouco e então ele estacionou em frente a uma casa cinza.

Pelo para-brisa, espiei a casa escura na minha frente e depois olhei para Cole, como se buscasse no seu rosto uma explicação.

"Vamos lá", disse ele, abrindo a porta. "Quero te mostrar o que você está perdendo." Ele saiu e fechou sua porta, mas, dessa vez, em vez de dar a volta e abrir a minha, ficou parado onde estava. Abri e saí, olhando para ele por cima do teto do carro.

"Não parece ter alguém em casa", falei.

"Não esquenta, ela está em casa sim", disse ele. "Os dois estão."

Ele foi em direção à porta sem dizer mais nenhuma palavra, e eu fui atrás, me perguntando o porquê de a sua voz ter soado tão amargurada quando disse a palavra "ela".

19

O interior da casa era pura escuridão. Quase como uma caverna. E, não fosse pelo ruído distante e monótono de um diálogo de seriado de comédia, seguido por explosões de riso pré-gravadas, poderia jurar que Cole e eu estávamos sozinhos.

Cole largou as chaves em uma mesinha perto da porta com um tinido, depois saiu andando pela sala de estar a passos tão largos que quase tive de correr para conseguir acompanhá-lo. Enquanto caminhávamos, tentei distinguir as coisas no entorno, mas, naquela escuridão, era difícil.

Pelo que podia ver, a casa era pouquíssimo decorada. Nas paredes, nem sinal de quadros. Aqui e ali, a forma indistinta de alguma bugiganga sobre um dos raros móveis. No chão, uma cesta com um cobertor saindo para fora. Aqui, uma vela. Ali, um livro. Fiquei me perguntando se o restante das coisas ainda não tinha sido desencaixotado, ou se a casa era sempre vazia desse jeito.

Cruzamos a sala e entramos na cozinha. Ali, o ruído confuso das risadas da plateia era mais alto, e eu percebi uma luz cinza-azulada, como a produzida por imagens se alternando em uma tela, vindo de uma porta aberta à nossa direita, que dava em um lance de escadas. Alguém estava vendo TV no andar de baixo.

"Quer beber alguma coisa?", perguntou Cole, abrindo a geladeira. Um feixe de luz amarela cruzou o piso de linóleo e me fez entrecerrar os olhos. A essa altura, eles já tinham se desacostumado à luz.

Fiz que não. Ele pegou uma latinha de alguma coisa e a abriu, fechando a geladeira e lançando o ambiente em uma escuridão que parecia ainda mais profunda que a de antes. Era assim que Cole vivia? Vagando por uma casa sombria a ouvir o rumor de piadinhas infames e risadas forçadas a noite toda?

"Cole", disse eu, mas ele já tinha se encaminhado para as escadas.

"Vem. Quero que você conheça os meus pais." Ele parou no topo da escada e estendeu a mão para mim. Não conseguia ver a expressão do seu rosto no escuro, mas, ao contrário de outras vezes, estava dando graças a Deus por isso. Algo me dizia que estava fechada. Algo me dizia que, naquele momento, a expressão terna com que me olhava quando acariciava meu rosto e dizia que esperaria por mim até o fim dos tempos tinha saído de cena. Aproximei-me dele devagar, depois peguei sua mão e a segurei enquanto ele me conduzia escada abaixo.

Chegamos a uma sala longa e estreita que, não fosse pela TV ligada, teria sido o lugar mais escuro em que já tinha pisado na vida. Os ladrilhos do piso eram de uma cor escura – marrom, talvez até preta – e as paredes eram revestidas de madeira. Havia uma porta de vidro, dessas de correr, coberta por uma cortina também escura, e, na frente dela, uma enorme massa sombria que deduzi ser um sofá.

A TV, virada de frente para nós, estava em cima de uma antiga estante de alumínio na outra ponta da sala, perto da lareira. Estava passando um seriado de comédia dos anos 1970, o volume no máximo. Bem na nossa frente, viradas para a TV, estavam duas poltronas reclináveis. Uma delas estava toda reclinada, e dava para ver um par de pés descalços – de homem, não havia dúvida – estendido sobre o descansa-pés. A outra, vista de trás, pelo menos, parecia vazia.

Cole me conduziu por entre as duas poltronas até o meio da sala.

"Pessoal", disse ele, a voz sem entonação. "Quero que conheçam a Alex, minha namorada."

Virei-me e dei de cara com o dono dos pés descalços. Era um homem grande, corpulento e que vestia apenas uma samba-canção e uma camiseta amarrotada. Estava segurando uma latinha de cerveja apoiada na barriga. Ele se parecia com Cole, só que velho e gordo. Era difícil acreditar que esse era o pai dele. Na minha cabeça, sempre o tinha imaginado bonito e bem-apessoado. O cara na poltrona era o exato oposto disso. Parecia algo que se via em um desenho animado – a caricatura de um pai.

"Oi", falei, ensaiando um aceno com a mão, mas ele interrompeu.

"Que diabos você está fazendo, Cole? Assim não consigo enxergar a TV, droga!"

Cole e eu fomos um pouco para o lado.

"Pai... essa é a Alex", Cole tentou novamente, e, dessa vez, o homem ao menos demonstrou ter notado minha presença na sala, mesmo que não tivesse chegado a olhar para mim.

"Ó", disse ele sem prestar atenção, e acenou com a latinha de cerveja.

"Prazer em conhecê-lo", falei, quase sussurrando.

"Esse é o meu pai", disse Cole. "E essa é a minha mãe. Brenda, essa é a Alex."

Olhei para a outra poltrona e quase dei um pulo. Eu tinha pensado que não havia ninguém, mas, ali, parecendo uma bolinha de tão encolhida, estava uma mulher magra como um palito e com imensos olhos vazios. Tinha a cabeça deitada em um dos braços da poltrona, as pernas encolhidas sobre o assento, os braços apertados em volta das canelas. Ela parecia uma criancinha com medo de uma tempestade. Olhando para nós dois, ela piscou devagar, mas não disse uma palavra.

O seriado foi para o comercial, e o pai de Cole se mexeu na poltrona. "Então", disse ele. "Alex, né? E isso lá é nome de mulher?" Ele caiu na risada, como se tivesse feito uma piada engraçadíssima. "Na minha época, Alex era nome de homem. Por acaso está namorando um cara, Cole?" Caiu na risada de novo. "Deus me livre, se você me aparecesse aqui com um cara, seria obrigado a te encher de sopapos."

Senti tanta vergonha, que dei graças a Deus por estar tão escuro. Abri a boca para dizer alguma coisa, mas não sabia ao certo como responder.

Cole cutucou de leve a minha mão.

"É só uma piada", falou em voz baixa. Ou, melhor dizendo, em voz abatida. "Ele não está falando sério."

A mulher piscou seus imensos olhos e os desviou de volta para um ponto do assoalho alguns passos à sua frente.

Ouvi o pai de Cole se mexer na poltrona de novo e, quando falou, sua voz ressoou tão alto que, dessa vez, dei um pulo de verdade.

"Brenda, o Cole tem companhia." Ele deu uma risada que fez eu me aproximar um pouco mais de Cole e depois disse para mim: "Não dá bola. Ela não é muito boa com pessoas. Tem medo até da própria sombra. É ou não é, Brenda?".

A mulher levantou a cabeça e olhou para o marido por cima do braço da poltrona. Ela fez um ruído com a parte de trás da garganta e murmurou algo que não consegui entender. Não sabia ao certo se estava falando comigo ou com Cole ou com seu marido e, me sentindo desconfortável, passei o peso de uma perna para outra. Por sorte, o seriado recomeçou, e o pai de Cole voltou a ficar absorto.

"A gente vai lá pra cima", Cole anunciou, e começou a me puxar para fora da sala. Senti uma onda de alívio. Mesmo com a escuridão, acho que nunca tinha me sentido tão desconfortável.

"Querem que eu leve uns refrigerantes?", ouvi uma voz dizer às nossas costas. Tão baixinha e nasalada que mais parecia um miado ou um chiado de algum aparelho eletrônico. Vi uma forma indistinta pendurado na lateral da poltrona que deduzi ser a cabeça da mãe de Cole – digo, Brenda.

"Não precisa, Brenda, fica aí", respondeu Cole. Detectei algo na sua voz. Aborrecimento, talvez? Vergonha?

"Pelo amor de Deus, Brenda, para de encher o saco. Se quiserem refrigerante, eles mesmos pegam. Eles querem ficar a sós", disse o pai de Cole, mais uma vez quase gritando. E, enquanto subíamos as escadas, podia ouvi-lo continuar falando. "Você e essa sua mania de ficar sufocando todo mundo. Qual o problema de ficarem lá em cima sozinhos? Ora bolas, deixa eles em paz. É por essas e outras que você está sempre..."

Cruzamos a cozinha até a sala de estar, Cole me puxando pela mão. Mas, em vez de seguir reto em direção à porta da frente, dobrou e me fez subir outras escadas. Ao chegar no topo, demos em um corredor tão escuro, que coloquei a mão livre nas costas de Cole para acompanhá-lo.

Entramos em um quarto e Cole fechou a porta atrás de nós. Ali dentro, não se ouvia a TV. Era como estar em uma cabine à prova de som.

"Fecha os olhos", disse ele, e eu obedeci. Ouvi um *clique* e senti a luz batendo nas pálpebras. "Pronto, pode abrir", falou. Abri os olhos e, na mesma hora, voltei a fechá-los. A lâmpada que ele tinha ligado não era das mais fortes, mas, mesmo assim, machucava os olhos, e tive de piscar algumas vezes para me acostumar à claridade. "Desculpa", murmurou. "Esse lugar é uma zona. A Brenda nunca limpa nada."

Ele se curvou e juntou umas roupas sujas do chão e as jogou em uma cadeira perto da janela. Enquanto ele dava uma geral aqui e ali, examinei o quarto. Ao lado da janela, uma velha cadeira de vime. Em frente, no chão, um pequeno amplificador e uma guitarra. Na parede do fundo, um armário caindo aos pedaços com um amontoado de troféus no topo. Virada para o armário, a cama, toda desarrumada. Ao lado dela, uma modesta mesinha de cabeceira sobre a qual estavam uns copos vazios, um despertador velhíssimo e um porta-retratos com uma foto minha que lhe tinha dado no nosso terceiro encontro. Peguei o porta-retratos na mão, me sentindo comovida.

Ninguém jamais tinha colocado uma foto minha ao lado da cama.

"Senta, se tiver a fim", disse Cole, fazendo um sinal com a cabeça em direção à cama, enquanto juntava um par de tênis e jogava dentro do armário. Pensei em Bethany e Zach esperando por mim na casa de Zach. Eles estavam contando com minha presença. Olhei no relógio – sem dúvida alguma estava atrasada, mas ainda dava tempo de aparecer lá. Pensei em dizer a Cole que precisava encontrá-los. Que precisava me desculpar com eles e que, quanto mais tarde ficasse, mais difícil seria. Mas algo no seu rosto me dizia que, essa noite, ele não estava nem um pouco a fim de falar sobre Bethany e Zach. Algo sombrio que, mesmo com a luz acesa, continuava emanando dele, me dizendo que precisava de mim ali. Sentei-me na beirada da cama e coloquei o porta-retratos de volta na mesinha, torcendo para que Bethany e Zach fossem pacientes por mais alguns minutos.

"Então", falou, recolhendo uma toalha e a estendendo nas costas de uma cadeira. "O que achou dos meus pais?"

Não sabia bem como responder.

"Você sempre chama sua mãe de Brenda?", perguntei.

Ele encolheu os ombros.

"Quase sempre. Você viu como ela é. Segundo o meu pai, se ela não sabe se comportar como uma mãe, então não merece ser chamada assim. Ele a chama de Brenda desde que me conheço por gente. Acho que de tanto ouvir acabei pegando o hábito." Chutou uns livros para baixo da cama enquanto falava.

"Ela sempre, hã..." Deixei a pergunta pela metade. Como terminá-la? Ela sempre se parece com um zumbi? Ela sempre fala com aquela vozinha chiada e fininha e se encolhe na poltrona como se estivesse se escondendo?

Mas Cole tratou de fazê-lo para mim.

"Se comporta como se tivesse fugido de um hospício? Não. Só quando não consegue parar de sentir pena de si mesma. A maior parte do tempo ela é um saco, só isso. Sempre querendo fazer favores. Sempre se metendo na minha vida. Sempre sendo patética. Meu pai não é flor que se cheire, mas pelo menos manda ela me deixar em paz. Mas não esquenta, hoje ela não vai nos encher o saco. Não com ele em casa."

Fiquei calada. Até agora, nunca tinha me passado pela cabeça que ter uma mãe presente demais podia ser algo ruim. Será que eu acharia um saco ter alguém o tempo todo se metendo na minha vida? Não sabia dizer. No que dependesse do papai, eu poderia ter toda a privacidade do mundo.

Cole se sentou na cama ao meu lado e se inclinou para frente, os cotovelos sobre os joelhos, as mãos pendentes entre as pernas. Soltou um profundo suspiro.

"Eu só... queria que você os conhecesse", falou. "Queria te mostrar que sei como é sentir falta de uma mãe. De uma família de verdade. Também sinto isso." Ele estendeu a mão e passou uma mecha do meu cabelo para trás da orelha. "Acho que é por isso que estamos juntos", sussurrou. "Porque precisamos um do outro. Porque sabemos como é sentir isso."

Fiz que sim com a cabeça. Ele tinha razão. Naquela hora, senti em cada fibra do corpo que ele tinha razão. Tínhamos sido feitos um para o outro. Ele entendia como eu me sentia. Ter uma mãe presente só de corpo não era o mesmo que ter uma mãe de verdade. Ele sabia como era querer algo perfeito, algo que para nós só existia em contos de fadas. Ele sabia como era se sentir sozinho em meio à própria família. Ele me entendia. E eu o entendia também.

Bethany e Zach... podiam até dizer que entendiam. Podiam ficar ao meu lado nas horas difíceis. Podiam ajudar a planejar a viagem para o Colorado e dizer que subiriam comigo até o topo da montanha. Podiam se sensibilizar com a história da mamãe. Mas jamais saberiam como era estar na minha pele. Eles tinham famílias felizes. Famílias completas. Eles nunca ansiavam por amor – sempre que queriam uma pitada, estava logo ali, ao alcance das mãos.

Cole sim me entendia. Cole era o único que me entendia de verdade.

Por isso, quando aproximou o rosto e me deu um beijo, me permiti desculpá-lo pela noite anterior. Dessa vez não só da boca para fora, mas de corpo e alma. E, quando ele me deitou na cama sussurrando: "Alex, você é a minha alma gêmea", fui tomada por uma sensação inexplicável. Como se estivesse em queda livre, mas como se jamais fosse chegar ao chão.

E, quando apagou a luz e beijou as pálpebras dos meus olhos e meus ombros descobertos e a ponta dos meus dedos, me entreguei por completo. Até aquele momento, jamais havia sido desejada por alguém. Até aquele momento, jamais havia pertencido a alguém, não assim. Cole me tinha por inteiro: corpo, alma e coração. E era libertador.

Quase como estar no topo de uma montanha.

20

Na quinta-feira após o último período, Bethany e Zach estavam parados em frente ao meu armário. Assim que os avistei, senti um frio na barriga. Tinha passado a semana inteira com receio de encontrá-los. Sentia-me tão culpada por não ter dado as caras sábado à noite que, desde então, tinha feito de tudo para evitá-los. Mas, na próxima semana, era o Dia de Ação de Graças e, nessa ocasião, o papai, Célia e eu sempre jantávamos na casa de Zach e, depois do jantar, Zach e eu sempre íamos à casa de Bethany para ajudá-la a decorar a árvore de Natal. Por isso, eu sabia que mais cedo ou mais tarde teria de encará-los. Só não sabia ao certo o que iria dizer quando chegasse a hora.

Zach estava em uma pose descolada, recostado no armário ao lado do meu, olhando com a maior indiferença na direção do estacionamento, onde os últimos alunos a deixarem o colégio se amontoavam nos seus carros e arrancavam cantando pneu. Bethany estava virada para mim, os braços cruzados na frente do peito em uma pose desconfortável, com sua enorme bolsa que deixava um ombro um pouco mais caído que o outro. Saindo para fora da bolsa, umas folhas meio murchas. Com toda certeza, eram de alguma planta que Bethany tinha resgatado de uma rachadura na calçada ou coisa parecida.

Pela expressão no rosto de Zach, a conversa não seria das mais agradáveis. Não os censurava por estarem furiosos com o fato de eu não ter aparecido na "reunião", mas, ao mesmo tempo, sabia que jamais entenderiam que, depois do que tinha acontecido entre Cole e eu, não poderia simplesmente ter me levantado e ido embora.

Queria tanto contar para Bethany que tinha tido uma "primeira vez" e que tinha sido maravilhoso e surreal e que estava com medo mas também muito apaixonada e convicta de que tinha feito a coisa certa.

No entanto, sabia que ela reprovaria. Sabia que, além de continuar com raiva por eu não ter ido à casa de Zach como havia prometido, acharia que eu havia cometido um erro, ainda mais por ter sido com Cole. Ela não ficaria nem um pouco feliz por mim.

E, além disso, havia mais uma coisa. Uma coisa que aconteceu no exato momento em que Cole me perguntou se eu queria ir adiante e eu fiz que sim com a cabeça. Eu mudei. Eu jamais seria a Alex que era só amiga deles de novo. A partir daquele momento, seriam obrigados a me compartilhar com Cole, pois ele tinha um pedaço de mim que eles jamais tiveram e que eu nunca, nunca mais teria de volta. E não havia a menor chance de Bethany e Zach, ambos virgens – ainda que Zach insistisse em tentar nos convencer de que, no 8º ano, ele tinha chegado "quase lá" com Lynesia Mahan no cinema – entenderem isso.

Eu não era mais a mesma.

Mas, hoje, Cole não tinha ido ao colégio – ele tinha enviado uma mensagem mais cedo dizendo que tinha "problemas de família" para resolver – e eu teria de encará-los sozinha.

"E aí?", falei, tentando soar descontraída.

Zach nem se virou para mim.

"Sentimos sua falta sábado", disse Bethany. Ela descruzou os braços por uns segundos, só o tempo de ajeitar os óculos no nariz, depois voltou a cruzá-los. Não parecia mais estar zangada, mas continuava com os olhos avermelhados, como se estivesse triste. Talvez agora seus olhos estivessem sempre assim.

"Eu sei", falei, abrindo o armário e tentando agir com a maior naturalidade possível. "Desculpa. Não teve jeito de eu conseguir... me liberar."

"Do trabalho? Ou estava ocupada com o Sr. Universo?", disse Zach, enfim se virando para mim. "Ao contrário de você, nós não gostamos de gente que se acha melhor do que os outros."

"Zach", disse Bethany, esticando o braço e cutucando-o. Ele revirou os olhos, enfiou um palito de dentes na boca e reassumiu a pose descolada.

"É só que... bom, você falou que apareceria lá e depois não deu as caras", disse Bethany.

Tirei o livro de Inglês do armário e o coloquei na mochila, que estava no chão ao lado dos meus pés.

"Desculpa, pessoal. Acabei ficando ocupada com umas coisas."

"Coisas?", perguntou Bethany, ficando vermelha de raiva. Ela ajeitou os óculos de novo, ainda que eles não tivessem escorregado sequer um centímetro desde a última vez. "Com o Cole, você quer dizer."

Parei e olhei para ela, o braço que eu tinha erguido para pegar algo na estante de cima do armário suspenso no ar.

"Para falar a verdade, sim. Com o Cole. Ele é meu namorado, caso você não saiba."

"Ah, sabemos sim, e como!", exclamou Zach em um tom de voz irônico. Ele se desencostou dos armários e saiu andando pelo corredor. "Estamos carecas de saber. Mas valeu por nos lembrar de novo. Só para o caso de termos esquecido", falou com desprezo, sem nem olhar para trás. "Te espero no carro, Bethany."

Fiquei vendo-o ir embora, depois me virei para Bethany.

"Para que isso? Eu pedi desculpas. Por que ele está tão nervosinho?" Tirei outro livro do armário, enfiei na mochila com raiva e bati a porta.

"Ah, vai saber", disse Bethany. "Talvez porque seu namorado nos tratou como lixo. Talvez porque é bem provável que trate você do mesmo jeito. Ou talvez porque, desde que começou a sair com ele, não dá mais a menor bola para nós. Seus *melhores* amigos."

A palavra "melhores" saiu carregada de ironia, e acho que cheguei até a me retrair ao ouvi-la pronunciada dessa maneira.

Balancei a cabeça.

"Você está enganada", falei. "Ele me trata como se eu fosse a melhor coisa que já aconteceu na vida dele. E ele me entende. Ao contrário dos meus *melhores* amigos." Tentei pronunciar "melhores" com a mesma ironia com que ela o fez, mas sem sucesso. Só o que consegui foi soar carente. Porque, no fundo, acho que sabia que ela tinha razão.

Bethany apertou os lábios, depois se virou em silêncio e saiu andando depressa da mesma forma que Zach tinha feito. Me senti mal na mesma hora. Não tinha tido intenção de tratá-los assim. Se alguém era culpado na história, esse alguém era eu. Afinal de contas, tinha mesmo dado o bolo neles. Ainda que tivesse sido por um bom motivo.

Fui atrás dela.

"Beth", falei, alcançando-a e segurando-a pelo cotovelo. Ela parou e se virou, os olhos semicerrados atrás dos óculos. "Deixa disso, Beth. Desculpa. Você está certa. Tenho sido uma péssima amiga nos últimos tempos. É que... é que Cole e eu ficamos tão apegados um ao outro, e você sabe o que ele pensa do Zach e... eu vou compensar você por isso, prometo."

Ela pensou sobre isso por um momento, o seu corpo aos poucos ficando menos tenso. Um tempo depois, suspirou, revirando os olhos de forma dramática, e fez que sim.

"Tá bom", falou. "Eu entendo. Continuo brava, mas... sei como seria se o Randy soubesse que existo. Eu entendo."

Sorri e lhe dei um abraço.

"É por isso que é a minha melhor amiga."

"O Zach também costumava ser", falou com o rosto em meio aos meus cabelos. Percebi que ela não estava me abraçando de volta.

"Ele continua sendo", falei, soltando-a. "Só tenho que descobrir um jeito de ter os dois na minha vida, entende?"

Ela fez que sim.

"Entendo."

Começamos a caminhar de novo.

"Ele me trata mesmo como uma rainha", falei.

Ela assentiu com a cabeça mas não disse nada. Assunto encerrado.

"Ei", disse ela um pouquinho depois. "Sabe aquele trailer que estávamos pensando em alugar?"

Suspirei. "Não vai me dizer que..."

Ela abriu um sorrisinho e fez que sim. "O avô do Zach – aquele cheio da grana, sabe? – disse que se sentiria mais tranquilo se fôssemos em um trailer em vez de na lata-velha do Zach, e aí se ofereceu para bancar o aluguel. Vamos viajar em grande estilo!" Ela estalou os dedos e fez uma dancinha estilosa pelo corredor, deixando um rastro de folhas pelo chão. Eu ri.

"Não acredito que conseguiu um trailer", falei entre uma risada e outra.

Ela bafejou nas unhas e as esfregou no ombro.

"Eu consigo qualquer coisa, *baby*." O seu rosto ficou sério. "O Cole não vai tentar convencê-la a desistir da viagem, vai?"

"De jeito nenhum", garanti. "Ele não conseguiria mesmo se tentasse. Não esquenta com isso, tá bom?"

Corremos para o estacionamento. Zach estava deitado em cima do capô do carro, os braços cruzados sob a cabeça, o palito de dentes na boca, os olhos fechados. Parecia estar dormindo.

Bethany olhou para mim cheia de más intenções e pôs o dedo indicador sobre os lábios, me pedindo para não fazer barulho. Fiz que sim com a cabeça, apertando os lábios para não rir. Ela se aproximou de fininho pelo outro lado, passou o braço pela janela aberta e apertou com tudo a buzina.

Foi como se Zach tivesse tomado um choque. Ele deu um pulo, esbravejando, e caiu do capô.

Bethany tinha corrido de volta até onde eu estava, e nós nos recostamos uma na outra, as mãos na barriga de tanto rir.

"Ah, é assim", disse Zach, se levantando e indo ao nosso encontro, todo cheio de si. "Então tá, garotas. Vão rindo, vão. Vocês mal perdem por esperar."

Bethany inspirou fundo, recuperando o fôlego.

"Desculpa. Não deu para resistir. Você parecia estar em um sono tão gostoso."

"Mas é uma pena", acrescentei entre risos. "Estava esperando que você mijasse nas calças." Estalei os dedos em um gesto de lamento. "Fica pra próxima."

"Ah é?", disse Zach, investindo para cima de nós de repente. Gritamos, tentando escapar, mas ele agarrou as duas por baixo dos braços com firmeza. "Agora vamos ver quem vai mijar nas calças!"

Gritamos, chiamos e rimos até a barriga começar a doer enquanto ele nos fazia cócegas sem parar. Em pouco tempo, estávamos rolando um por cima do outro no asfalto do estacionamento, rindo e esperneando até esgotarem as energias.

Exatamente como nos velhos tempos.

Quase fiquei surpresa com o quanto estava me divertindo. Não me sentia leve desse jeito desde antes da festa no lago. Mas não era só uma questão de divertimento. Era uma questão de necessidade. Eu precisava deles, não importava quem mais estivesse na minha vida.

Afinal, Zach se desvencilhou do amontoado de braços e pernas.

"Tá pronta para ir, Ruivinha?", perguntou, desarrumando o cabelo de Bethany.

Ela fez que sim, se levantando.

"Tô. Minha mãe já deve estar se perguntando por onde eu ando."

Zach se levantou e me ofereceu a mão.

"E você, tem como ir pra casa?", perguntou.

Hesitei por um segundo, depois peguei sua mão e me puxei para cima, ficando em pé ao seu lado. Curvei-me e peguei a mochila do chão.

"Tenho", falei. "Meu carro está logo ali." Apontei para ele, estacionado não muito longe.

"Beleza", disse ele.

Havia um sorriso estampado no rosto de cada um de nós três. Tudo tinha sido perdoado e esquecido, sem necessidade de grandes pedidos de desculpa. Éramos melhores amigos. Não havia nada que não pudéssemos superar.

Zach e Bethany entraram no carro dele, e eu fui em direção ao meu. Bem quando estava abrindo a porta do passageiro para colocar a mochila no carro, Zach encostou ao lado, e Bethany colocou a cabeça para fora da janela.

"Tá indo pra casa?"

"Tô", respondi. Não acrescentei que Cole tinha uma festa de família à noite e que esse era o único motivo pelo qual não estava indo encontrá-lo. "Tenho que pôr os deveres de casa em dia."

"Quer dar uma passadinha na casa do Zach? Ainda precisamos falar da viagem", disse ela. "Quer dizer, já contei para você do trailer e, fora isso, não tem mais muitas novidades, mas... pelo menos vai ter biscoitos."

"Claro. Tô dentro."

Ela sorriu.

"Beleza. Até daqui a pouquinho!"

Ela colocou a cabeça de volta para dentro e eles foram em direção à saída do estacionamento, roncando o motor. Coloquei a mochila no chão do carro e fechei a porta. Ouvi um ruído estridente vindo da entrada do colégio quando Zach saiu cantando pneu, o que, no nosso colégio, era quase uma exigência – todo mundo fazia.

Levantei o rosto bem a tempo de vê-lo indo embora.

No entanto, assim que seu carro passou, um outro saiu logo atrás, devagarzinho, sem fazer barulho.

E, se a ideia não fosse tão absurda, poderia jurar que era o carro de Cole.

21

Tudo estava no seu devido lugar de novo.

Cheguei em casa e entrei correndo, indo direto para o quarto largar a mochila. Vesti uma calça de pijama e prendi os cabelos, sem caprichar muito, em um rabo-de-cavalo, espiando a entrada da casa de Zach pela janela. O carro dele já estava ali, o que queria dizer que estavam me esperando.

Em casa, não se ouvia um pio – o papai só ia trazer Célia da reunião do pessoal que preparava o Anuário depois das seis. Deixei um recado escrito no verso de um envelope na mesa da cozinha, avisando-os de que estaria no Zach, depois saí e cruzei o gramado do quintal, só de meias, o frio logo se infiltrando por elas.

Quando entrei na casa de Zach, sua mãe estava no escritório tirando flores secas do meio das páginas de uma lista telefônica e colando-as em cartõezinhos. A mãe de Zach levava o maior jeito para trabalhos manuais, e vivia confeccionando enfeites com fibras de ráfia e usando-os para decorar envelopes e coisas do tipo. Com a ajuda de outras senhoras, ela tinha aberto o próprio negócio de fazer *scrapbooks* e, uma vez por mês, sediava reuniões na sua casa. Segundo Zach, estavam mais para encontros do "Clube da Luluzinha" e, nessas ocasiões, ele sempre dava um jeito de sair de casa.

"Oi, tia!", exclamei, fechando a porta atrás de mim.

Ela ergueu a cabeça, uma mecha de cabelo escapando da bandana e caindo por cima da testa.

"Alex!", exclamou. "Mas que – eles estão na cozinha – surpresa boa – fazendo *cookies*."

"Ótimo", falei, e me dirigi à cozinha.

Bethany estava segurando uma tigela de metal contra a barriga e batendo em Zach com uma colher de pau, enquanto ele tentava enfiar os dedos na massa de biscoitos.

"E aí", falei, me aproximando de fininho. Esperei Bethany se preparar para golpear Zach de novo e, enquanto estava distraída, enfiei o dedo na massa.

"Ei!", exclamou ela, e bateu no meu braço com a colher, sujando-o de massa. Enquanto estava distraída comigo, Zach enfiou a mão na tigela pelo outro lado, roubando um punhado cheio. "Pessoal!", protestou ela, mas estava rindo tanto que, agora, já não conseguia mais nos manter afastados, e acabamos levando a tigela para a mesa e, os três sentados à sua volta, comendo a massa com os dedos.

Essa era uma cena para lá de repetida: os três comendo porcaria e falando sobre todo tipo de bobagem, desde aulas e professores que pareciam estar tendo um caso até o fato de que, do dia para a noite, os seios de Mia Libby tinham dobrado de tamanho depois da tal "viagem de duas semanas à Europa" que tinha feito esse ano.

Também falamos da viagem para o Colorado, continuando a discutir as vantagens de irmos no verão em vez de no inverno. Bethany nos mostrou fotos do trailer. Depois, abriu o site do Hotel Stanley – o hotel em que ficaríamos hospedados – no notebook e ficamos lendo sobre as supostas assombrações que habitavam o local. Decidimos que, com certeza, iríamos visitar o Museu de História Natural de Denver. Estava quase tudo resolvido. Só faltava definir a data.

Ninguém mencionou a noite da festa no lago. Ninguém tocou no nome de Cole.

Era disso que eram feitas as grandes amizades: perdão e amor incondicional. E massa de biscoitos, claro.

Bem na hora em que Zach estava se levantando para ir buscar uns refrigerantes para nós, a porta que dava para a garagem se abriu um pouco e o pai dele enfiou a cabeça pelo vão.

"Ora, ora, se não é o Monstro de Três Cabeças", disse ele.

"Oi, tio!", Bethany e eu falamos ao mesmo tempo, a boca cheia de massa.

Ele acenou para nós com a cabeça, depois olhou para Zach.

"Filho, será que pode me ajudar a levar a banheira para pássaros que sua mãe comprou até o jardim? Esse troço pesa uma tonelada."

Zach se levantou e flexionou os braços, fazendo pose de halterofilista. Soltou um longo grunhido, depois perguntou em tom de brincadeira:

"Tá precisando de um homem de verdade, é isso?"

"É mais ou menos por aí", disse seu pai, rindo e balançando a cabeça. "Garotas, não sei como vocês aguentam."

"Nós também não", disse Bethany. "A maior parte do tempo a gente finge que não ouve."

"Ótima estratégia", disse o pai de Zach, depois se enfiou de volta na garagem com Zach.

Bethany e eu estávamos a sós. A mãe de Zach continuava ocupada no escritório, e Zach e o pai estavam tentando pegar a tal banheira para pássaros. Éramos só nós duas, e não conseguia me lembrar de quando tinha sido a última vez que isso tinha acontecido. Tudo estava no seu devido lugar, tirando uma coisa: havia uma novidade bombástica que ainda não tinha compartilhado com minha melhor amiga. E, assim como algumas horas antes estive certa de que não deveria abrir a boca, agora estava certa de que ela precisava saber, caso contrário ficaria muito sentida comigo.

"Beth", falei. "Preciso te contar uma coisa. Mas tem de prometer que não vai contar para o Zach."

Bethany enfiou o dedo na massa e em seguida na boca.

"Prometo", falou mastigando.

Engoli a saliva e passei a palma das mãos pela calça do pijama, respirando fundo. De uma hora para outra, não sabia nem por onde começar. Respirei fundo de novo e decidi ir direto ao ponto:

"Eu transei com o Cole."

Bethany parou de mastigar. Ela olhou para o fundo da tigela, como se o que eu tinha acabado de dizer tivesse saído dali e não da minha boca. Um segundo se passou e pensei que talvez ela não tivesse me ouvido, ou que talvez, ao contrário do que eu pensava, não tivesse falado em voz alta. Mas então ela voltou a mastigar e engoliu o que tinha na boca, virando lentamente a cabeça para mim. Seus olhos estavam arregaladíssimos atrás dos óculos.

"Sério?", perguntou.

Fiz que sim.

"Foi por isso que não pude me encontrar com vocês sábado à noite. Ele me levou para conhecer os pais dele. Foi horrível. O seu pai é grosseiro, e a mãe parece um zumbi. Depois nós subimos para o quarto e..." Encolhi os ombros, as mãos largadas no colo.

"Uau", disse Bethany. "Mal posso acreditar que você... nem faz tanto tempo assim que estão juntos."

"Bom, mas também não é como se tivéssemos nos conhecido ontem", falei em um tom áspero.

"Não fica nervosa", disse ela na defensiva. "É só que... tem certeza de que está fazendo a coisa certa?" Ela ajeitou os óculos, deixando uma marca gordurosa de massa na ponte do nariz.

Agora era minha vez de ficar na defensiva.

"A gente usou camisinha, se é isso que quer saber."
Ela balançou a cabeça.
"Não, não é isso... quer dizer, bom saber, mas... é que aquela vez no Shubb's ele foi tão legal, e aí na noite da festa no lago ele foi tão..." Não terminou a frase.

Não era assim que eu tinha imaginado essa conversa. Tinha imaginado Bethany ficando feliz por mim e me pedindo detalhes.

"Na noite da festa ele não estava bem, Beth", falei. "Se conhecesse o verdadeiro Cole, você ia gostar dele tanto quanto eu."

Ela se levantou, foi até a pia e lavou os dedos, sem abrir a boca. Em seguida, foi até a geladeira e pegou dois refrigerantes.

"Beth", falei. "Quero que você fique feliz por mim."

Seus ombros caíram e, por uma fração de segundo, ela hesitou em frente à geladeira aberta. Ao se virar para mim, tinha no rosto um sorriso vacilante, quase envergonhado. Ela se sentou, colocando os refrigerantes na mesa e empurrando um deles para mim.

"Claro que estou feliz por você", falou. "Só que... não quero que você se magoe. Cole não parece... tão legal assim."

"Você não o conhece", falei baixinho. "Não como eu." Abri a latinha de refrigerante e, pela porta de correr de vidro, olhei para o jardim, onde Zach e o pai estavam parados ao lado da banheira para pássaros, mãos na cintura, batendo papo. Parecia tão injusto que, quando enfim tinha encontrado alguém que me amasse, quando enfim tinha me apaixonado o suficiente por alguém para ir até o fim, tivesse que defendê-lo dessa forma diante dos meus melhores amigos.

"Eu sei", disse ela. "Mas..." Ela se debruçou e olhou de novo para o fundo da tigela. "Lembra quando, umas semanas atrás, te contei que ele e o Zach tiveram uma briga no vestiário? Sabe qual foi o motivo?", perguntou.

Fiz que não.

"Cole estava falando para os outros garotos o que faria com você quando te levasse para a cama. Ele estava sendo bem indecente, então o Zach se meteu."

"Indecente como?"

Ela deu de ombros. Inclinou-se para trás e, com a unha do polegar, tirou um pedacinho de massa de biscoitos que estava grudado na sua calça jeans. Zach e o seu pai saíram do jardim e estavam voltando em direção à casa.

"Tipo, falando do seu corpo e coisas assim. Nos mínimos detalhes."

Senti o rosto ficar vermelho. Cole estava falando de mim no vestiário. A tal ponto que Zach, meu "irmão mais velho", teve de se meter. Na frente de todo mundo. Que vergonha. Enfiei um pedaço de massa na boca, mas, de uma hora para outra, não conseguia mais saboreá-la.

Dava para ouvir Zach e o pai na garagem, e o barulho do portão se fechando.

"Alex", disse Bethany, colocando a mão no meu ombro. "Sei que o ama de verdade, mas ele só está... ele não é bem como... tenha cuidado, tá bom?"

Segurei o impulso de revirar os olhos. Havia um tom de superioridade no jeito como ela falava comigo. Como se quisesse dar uma de mãe.

Tá bom, então ele estava falando de mim no vestiário. Era embaraçoso, mas não o fim do mundo. Talvez ele não tivesse intenção de ser "indecente". Talvez só estivesse expressando o desejo que sentia por mim. Cole jamais me envergonharia de propósito.

Bethany não o conhecia como eu, esse era o problema. Nem ela, nem Zach. E se nunca viessem a gostar dele? Bom, nesse caso poderiam decidir se queriam ou não continuar sendo meus amigos. Essa escolha era deles. A responsabilidade pela nossa amizade não era só minha.

"Estou tendo cuidado", falei, com o pedaço de massa ainda na boca. "Juro."

22

No dia seguinte, não vi nem sinal de Cole.

Quer dizer, para falar a verdade, vi sim, e muito. Ele, por outro lado, nem sequer pareceu me notar. Depois do segundo período, não foi me encontrar junto ao meu armário como em geral fazia. E andou pelos corredores com a mesma cara da noite da festa no lago, uma expressão tão intensa que seu rosto quase reluzia. Nas vezes em que o vi por entre a multidão, estava distribuindo apertos de mão tão calorosos e rindo tão alto que era como se estivesse atuando. Como se quisesse que todo mundo visse o quanto estava de bem com a vida.

Para ser bem sincera, achei estranho. No começo, tentei não dar muita bola. Ele tinha tido um problema de família para resolver no dia anterior. Conhecendo sua relação com os pais, não ficaria nem um pouco surpresa se descobrisse que estava chateado e só queria ficar sozinho.

No entanto, uma coisa era ser compreensiva durante as primeiras horas do dia. Mas, quando chegou a hora do almoço e ele ainda não havia falado comigo, comecei a me sentir ofendida. Se algo de ruim tinha acontecido na vida dele, eu deveria servir de refúgio. Nessas ocasiões, "ficar sozinho" deveria significar ficar comigo. Achei que, depois de tudo que havíamos dividido, seríamos sinceros sobre nossos problemas familiares.

Pensei nos momentos que tínhamos passado nos braços um do outro, falando dos nossos pais, falando da solidão que sentíamos e de como ansiávamos por algo diferente, algo melhor. Pensei nele dizendo: "Nunca contei essas coisas para ninguém a não ser você, Alex". E pensei na gente prometendo sempre poder contar um com o outro, pois nós nos entendíamos. Só que agora, de uma hora para outra, ele aparentemente não precisava mais de mim. Não fazia o menor sentido.

Quando o sexto período terminou e era hora de ir para a oficina de reforço, eu estava até sentindo um friozinho na barriga. Já tinha desistido de tentar me convencer de que ele não tinha vindo falar comigo por causa do tal problema de família. Havia algo errado entre nós. Podia sentir. Só não sabia o quê. Fiquei um tempão quebrando a cabeça, tentando me lembrar de algo que talvez tivesse dito ou feito e que pudesse tê-lo deixado irritado.

Às vezes, ele se aborrecia por nada, mas, quando isso acontecia, em geral era com Brenda. Ele sempre ficava emburrado quando ela ligava. Mal dizia "alô" e já começava a gritar, depois desligava o telefone e colocava no silencioso. Mas jamais tinha passado um dia inteiro sem falar comigo.

Ele estava atrasado para a aula. Atrasado à beça. Eu tinha pegado um dever de casa para fazer, mas estava me sentindo tão confusa e chateada, que os olhos começaram a se encher de lágrimas e não consegui me concentrar. Afinal, pouco antes do sinal tocar, ele irrompeu sala adentro.

Não mexi um fio de cabelo. Ele cruzou a sala e se sentou no lugar de sempre.

"Você está atrasado", falei, engolindo o choro. Estava tentando soar indignada, mas minha voz tinha um tom de queixa que me fazia soar desesperada, assustada e manhosa. Eu queria soar enfurecida.

Ele se virou para mim com um olhar agressivo.

"E?"

Isso era tudo? "E"?

"E?", falei. "Por onde andou o dia todo? Nem me deu oi. O que era o tal problema de família que você tinha para resolver? Por que não me ligou?"

"Nossa", falou, se debruçando na mesa, um sorrisinho arrogante no rosto. O clima na sala estava começando a ficar pesado. Ele não parecia estar só emburrado. Ou só bravo. "Quanta pergunta."

Por um tempo, ninguém abriu a boca. A essa altura, meus olhos estavam quase ardendo de tanta força que eu fazia para segurar as lágrimas. A única coisa que sabia era que tinha de sair dali o mais rápido possível, antes que desatasse a chorar ou... antes que descobrisse o exato motivo pelo qual, de uma hora para outra, me sentia tão desconfortável. Levantei-me, enfiando livros e papéis na mochila o mais rápido que conseguia.

"Acho melhor a gente continuar essa conversa outra hora, tá bom?", falei, mais uma vez sentindo raiva de mim mesma pela falta de firmeza na voz. Comecei a fechar a mochila.

Ele esticou o braço e me agarrou pelo pulso. Com força.

"Acho melhor não", falou.

Espantei-me com a força com que ele estava apertando meu pulso. Lembrei da noite da festa no lago, quando agarrou a minha perna com tanta força que seus dedos deixaram pequenas marcas ao redor do joelho. Olhei para ele sem acreditar. Na minha cabeça, aquelas marcas tinham sido um acidente. Tinham sido provocadas pelo calor do momento e, depois que fizemos as pazes, nem tinha pensando mais no assunto. Mas aqui estava ele, agarrando o meu pulso forte o suficiente para, mais uma vez, deixar marcas. E a forma como apertava os lábios, reduzindo-os a uma tênue linha rósea, me dizia que isso não era acidente coisíssima nenhuma. Ele sabia muito bem o que estava fazendo.

Tentei puxar o braço para libertá-lo.

"Me solta, Cole. Estou indo embora." Ele apertou o pulso ainda mais forte, cravando os dedos na pele, e torceu-o de leve, só o suficiente para me fazer senti-lo latejar. "Aiii", gemi, dobrando os joelhos e puxando o braço para trás. "Isso dói! Me solta! Tô falando sério, Cole."

Ele se levantou, deu a volta na mesa e se aproximou tanto que nosso nariz quase se tocava. Podia sentir o cheirinho de chiclete no seu hálito. Olhou bem nos meus olhos e pude ver que, naquele momento, algo passou pela sua cabeça e fez seus olhos escurecerem. O sorrisinho arrogante de havia pouco tinha sumido e dado lugar a uma careta ameaçadora. Embora não parecesse possível, ele apertou ainda mais forte. Senti algo no pulso sair do lugar. Puxei o ar por entre os dentes, os joelhos dobrando ainda mais. Agora, não conseguia mais conter as lágrimas e, me censurando por isso, pisquei os olhos e deixei-as correr.

Ele pareceu ficar olhando nos meus olhos desse jeito por uma eternidade. Depois, se aproximou ainda mais e perguntou baixinho:

"O que foi? Não é delicado como o toque do Zach?"

Fiquei pasma. Por um segundo, deixei o pulso de lado e olhei para ele sem entender. O toque do Zach? O que diabos queria dizer com isso?

"Do que você está... aiii! Cole, para! Está doendo!"

Mas ele apertou mais, fazendo tanta força que começou a tremer. Meus dedos estavam ficando roxos; a circulação do sangue, obstruída de modo que nem conseguia mais dobrá-los.

"Eu vi", vociferou ele, o rosto ficando vermelho, a voz tão áspera que fez meus braços se arrepiarem de medo. Com a minha outra mão, tentei puxar os seus dedos. Nem se mexiam – ele era forte demais. "Vi vocês ontem se agarrando no estacionamento. Só faltava se beijarem. Bem íntimos."

"Se agarrando? A gente não estava se... meu Deus... agora deu para me espionar?" Pensei em Geórgia dizendo que achava um pouco assustador o fato de Cole estar sempre por perto, com os olhos grudados em mim. E pensei no carro que, no dia anterior, tinha deixado o estacionamento do colégio sorrateiramente, logo atrás do carro de Zach.

Ele deu um puxão no meu braço, e tomei um susto tão grande que até perdi o ar.

"Não mente pra mim, Alex!", rosnou na minha cara. "Eu vi tudinho! E também vi você saindo da casa dele ontem à noite."

Quando disse "noite", soltou meu pulso, mas não sem antes empurrá-lo com tudo de encontro à minha barriga. Nem tive tempo de me sentir aliviada por estar livre, pois, com a força do golpe, perdi o equilíbrio e caí para trás, tombando por cima da cadeira e batendo os quadris no chão com violência. De tão atordoada, nem conseguia me mover. O pulso e os quadris latejavam de dor.

Ele ficou olhando para mim no chão, respirando alto por narinas dilatadas feito um animal selvagem. Coloquei-me de joelhos, o que não foi nada fácil de fazer com uma só mão e mal conseguindo mexer os quadris. Eu não tinha coragem de abrir a boca. E as lágrimas, de uma hora para outra, tinham desaparecido.

"Não bastam as aporrinhações da Brenda, né, Alex? Como se não bastassem todas as porcarias que tenho em casa para resolver, você ainda vai e, na primeira oportunidade em que não estou por perto, me trai com aquele babaca do seu vizinho."

Eu ainda estava tentando pôr os pés no chão para me levantar quando, em um piscar de olhos, ele me agarrou pelos cabelos e me puxou para cima. Dei um berro. De algum modo, estava em pé, e sem nem sentir dor nos quadris ou no pulso por causa da nova dor no couro cabeludo. Senti alguns fios de cabelo cedendo e sendo arrancados. Eu tremia tanto que, se ele viesse a me soltar, não tinha certeza se aguentaria ficar em pé. Isso era muito mais grave do que algumas marcas de dedo ao redor do joelho. Isso era apavorante.

Ele aproximou o rosto do meu outra vez.

"Não pense que vai ficar me botando chifres por aí, Alex", rosnou em uma voz que eu nunca tinha ouvido sair da sua boca. "Mesmo se quisesse, você não é esperta o suficiente para me enganar. Se fizer isso, vou descobrir. Toda... santa... vez."

"Tá bom", choraminguei, as mãos levantadas em volta da sua, na pontinha dos pés para impedir que mais algum cabelo fosse arrancado. Queria lhe dizer que não havia nada entre mim e Zach e que, na verdade, vinha tentando ao máximo convencer meus amigos de que ele era um cara legal. No entanto, tinha medo de que, se tentasse argumentar, ele puxasse meus cabelos ainda mais forte ou fizesse algo pior, então só o que fiz foi mexer a cabeça, o tanto quanto era possível sendo agarrada pelos cabelos, e concordar. "Tá bom."

Ele me segurou desse jeito por mais alguns segundos, depois me soltou com um leve empurrão e voltou para seu lado da mesa. Pegou a mochila e pendurou-a em um dos ombros com a mesma calma com que o faria em qualquer outro dia. Enquanto isso, eu massageava o lado da cabeça do qual ele tinha puxado os cabelos, os joelhos bambeando tanto que concentrei todas as energias apenas em continuar em pé. Em tentar entender o que tinha acabado de acontecer. Tudo tinha se passado tão rápido que nem parecia ter sido real.

Com a mochila pendurada no ombro, ele enfim abriu a boca. Sua voz tinha voltado ao normal, não era mais aquele rosnado enfurecido que tinha adotado minutos antes. Em vez disso, parecia a voz de alguém cansado e tranquilo.

"A gente continua a conversa outra hora", falou. Aproximou-se de mim, pegou meu queixo com delicadeza entre o polegar e o indicador, ergueu meu rosto e me deu um beijo. "Te amo", falou enquanto ia em direção à porta. "E não vou deixar você me fazer de idiota."

Saiu de fininho da sala e depois fechou a porta quase sem fazer barulho, e, de uma hora para outra, eu estava sozinha.

E foi aí que tudo começou a doer.

O pulso.

Os quadris.

O couro cabeludo.

O pescoço.

E, mais que tudo isso junto, o coração.

Como era possível que esse fosse o mesmo cara que tinha colocado a mão sobre a minha, com todo o carinho do mundo, dedilhando cordas de violão e transformando em música o meu poema? Como era possível que essa fosse a mesma pessoa em quem havia depositado toda a minha confiança no topo do vertedouro? Que tinha beijado minhas pálpebras no seu quarto?

Como não sabia o que fazer, procurei me ocupar. Passei alguns minutos colocando a mesa e as cadeiras no lugar, o corpo inteiro ainda tremendo. Não conseguia usar o braço esquerdo – cujo pulso ele havia agarrado –, por isso empurrei e puxei as coisas como dava para conseguir arrumá-las.

Uma parte de mim não conseguia acreditar no que tinha acabado de acontecer. Para falar a verdade, bem mais que uma parte. Como se, talvez, tudo não passasse de um sonho e eu estivesse prestes a acordar a qualquer momento, transtornada e trêmula, mas muito aliviada. Por outro lado, uma parte de mim sabia que aquilo tinha acontecido de verdade. Uma parte de mim tinha pressentido algo na noite da festa no lago. Tinha pressentido que algo ruim poderia acontecer. Mas nada assim. Nunca, nem em um milhão de anos, tinha pressentido que algo assim poderia acontecer.

Devagar, tremendo, me sentei em uma cadeira. Virei o braço para cima e olhei para o pulso, que estava coberto de marcas vermelhas que, em pouco tempo, com certeza virariam hematomas. Curvei-me e abaixei um pouquinho a cintura da calça jeans. No quadril, já dava para ver um hematoma inchado, tão roxo que quase parecia preto.

E então as lágrimas voltaram a brotar.

Como pôde?, me perguntava enfurecida. *Como pôde fazer isso comigo?*

Os pensamentos se embaralhavam. Qual deveria ser meu próximo passo?

Sentia que devia contar para alguém o que tinha acontecido. Correr pelos corredores anunciando aos berros. Ligar para a polícia. Contar para o Sr. Nagins, o psicólogo do colégio. Fazer alguma coisa. Ligar para Bethany. Correr até a sala ao lado e tirar Zach da sua aula de reforço. Chamar atenção de alguém e aí...

E aí o quê? Mostrar os hematomas? Falar do que tinha acontecido na festa do lago? Falar da vez em que me deu um susto de propósito no gira-gira? Falar que ainda assim tinha transado com ele, mesmo depois de ele ter me machucado uma vez? Falar que, naquela noite, tinha inventado uma porção de pretextos para desculpá-lo?

Eu estava morrendo de vergonha. Não conseguia nem me imaginar contando aquilo para alguém. Aquilo me fazia parecer idiota, ingênua e carente, e eu sabia que não era nenhuma dessas coisas. Sabia que a explicação não era assim tão simples. Mas ninguém mais entenderia.

Sem falar que era grande a chance de o Sr. Nagins resolver me inscrever em um desses grupos idiotas de apoio a mulheres ou coisa parecida. Ele ligaria para o papai. O caso teria uma repercussão enorme porque tinha acontecido no colégio. E todo mundo ia ficar sabendo.

No colégio, eu sabia como funcionava esse tipo de coisa – se chegasse aos ouvidos de alguém, todos os outros alunos ficariam sabendo na mesma hora. E não estava nem um pouco disposta a virar o exemplo de um caso de violência doméstica do colégio. *Você ficou sabendo o que aconteceu com a Alex Bradford? Como pode ter sido tão covarde? No seu lugar, com certeza teria me defendido.*

Na aula de Educação Sexual, era grande a chance de me fazerem ir para a frente da turma e contar minha experiência para que outros pudessem aprender com ela. Enquanto isso, todos no colégio estariam pensando que eu era uma tremenda idiota por não ter me defendido. Estariam se perguntando como era possível que tivesse me apaixonado por um cara assim. Estariam dizendo que eu não passava de uma garota patética.

E o que dizer de Bethany, então? *Ele não parece tão legal assim*, disse. *Toma cuidado.* Se lhe contasse o que tinha acontecido, pensaria que estava certa a respeito dele. Ficaria provado que ela tinha razão.

E, se chegasse aos ouvidos de Zach, só Deus sabe o que ele faria.

Mas, o pior de tudo era que – e nem podia acreditar que essa era a minha maior preocupação –, se eu botasse a boca no trombone, Cole me odiaria. Ele jamais iria me perdoar.

E, em uma hora dessas, só por pensar no que Cole sentiria ou deixaria de sentir, eu me odiava. Mas não conseguia evitar.

Cruzei os braços na mesa, deitei a cabeça sobre eles e, pensando nessas e noutras coisas, chorei. Chorei pensando que Cole não era assim. Ele estava estressado. Só podia ser, porque, em condições normais, jamais teria feito isso. Ele estava com problemas familiares.

E chorei pensando que talvez a culpada fosse eu. Culpada por deixar Zach fazer cócegas em mim no estacionamento e por não ter contado que ia à sua casa naquela noite. Culpada por não ter explicado que Bethany também estava lá e que estávamos só comendo massa de biscoitos e falando de trailers.

Talvez devesse até tê-lo convidado para ir junto. Ter convencido Bethany e Zach a deixar que ele se juntasse a nós.

Deveria tê-lo convencido de que não estava rolando nada entre Zach e eu. De que *eu* era inocente.

No seu lugar, o que eu teria pensado? É claro que teria pensado que estava rolando alguma coisa. Também teria ficado irritada se tivesse visto Cole deixando a casa de uma garota à noite. Teria ficado magoada. Teria ficado furiosa.

Em um dado momento, lágrimas de dor deram lugar a lágrimas de tristeza e arrependimento. Isso seria o fim do nosso namoro. Tudo estava prestes a acabar.

E, por incrível que parecesse, esse era o pensamento mais doloroso de todos. Ainda que estivesse magoada, constrangida, humilhada e indignada pelo que tinha feito comigo, continuava louca de amor por ele. Continuava pensando que tínhamos sido feitos um para o outro. Continuava desejando-o. E eu tinha estragado tudo.

O sinal tocou e me endireitei na cadeira, enxuguei as lágrimas com o dorso das mãos e enfiei o resto dos papéis na mochila, vez ou outra fazendo uma careta de dor quando, sem me dar conta, usava a mão esquerda para mexer ou levantar alguma coisa. Fiquei me perguntando se, na sala ao lado, Amanda ouviu alguma coisa. Era pouco provável, caso contrário Zach teria entrado derrubando a porta. Quer dizer, acho que teria. Não, ninguém tinha ouvido nada. Ninguém tinha visto nada. Eu era a única que sabia.

Levantei-me e respirei fundo algumas vezes enquanto pendurava a mochila nos ombros e depois saí como se nada tivesse acontecido. E, no que dependesse de mim, era isso que todos pensariam.

23

Não demorou muito para Célia reparar no meu pulso.

"Minha nossa, o que aconteceu?", perguntou baixinho, se sentando na beirada da minha cama e me acordando. Abri um olho e me deparei com ela olhando pasma para meu pulso, que estava no travesseiro ao lado da cabeça.

"Nada", murmurei, escondendo-o embaixo das cobertas. "O que você quer?"

"Como nada?", retrucou. "Alguma coisa tem que ter acontecido. Está com uma cara horrível." Ela levantou o cobertor e tentou pegar a minha mão.

Tirei-a do seu alcance, mas, ao fazê-lo, acabei batendo com ela no quadril e tive que prender a respiração para não gritar. Tanto o pulso quanto os quadris ainda doíam muito. Contrariada, me sentei na cama, escondendo o pulso no colo.

"Fechei uma porta em cima dele lá no trabalho, tá bom assim? Não é da sua conta. O que você quer, Célia?"

Ela olhou feio para mim.

"Bom dia pra você também. Só queria te dizer que a Shannin ligou, e que as vovós já estão cuidando de toda a comida para a festa do papai. Você já encomendou o bolo, né?"

Revirei os olhos. De novo esse papo da festa. Um belo dia, não tinha a menor dúvida de que Célia transformaria a vida de algum pobre coitado em um inferno com a sua constante aporrinhação. Ainda tínhamos meses para terminar de organizar tudo, mas, mesmo assim, Célia me perguntava quase todo santo dia se já tinha encomendando o bolo, o que, claro, eu ainda não tinha feito. Tinha muitas outras coisas com que me preocupar.

"Pode deixar que qualquer hora dessas eu encomendo", falei, saindo da cama pelo outro lado e checando o relógio. Tinha uma hora para chegar ao trabalho. O que significava que, em um curto espaço de tempo, tinha de tomar banho, me vestir, tomar café e pensar em um jeito de esconder os hematomas. E, desde o dia anterior, Cole ainda não tinha dado nem sinal de vida. Pensar no que tinha acontecido me fez sentir uma nova onda de tristeza e medo. "O Cole ligou hoje de manhã?"

"Você ainda não encomendou? Alex, isso é importante."

"O meu trabalho também. E o colégio. E... sabe, Célia, não há necessidade de encomendar um bolo com meses de antecedência. Se falei que vou fazer, é porque vou fazer", esbravejei, tirando o uniforme do armário. "O Cole ligou hoje de manhã ou não?"

Célia olhou para mim, ainda sentada na beirada da cama.

"Não. Não ligou. Deixar de fazer telefonemas deve ser mais uma coisa fabulosa que vocês dois têm em comum. Eu combinei de falar com a Shannin hoje. Escuta bem, ela vai ficar uma fera se você não encomendar esse bolo. Você disse que ia encomendar, então ela está contando com isso."

"Eu vou!", gritei, tirando a calcinha e o sutiã da gaveta e indo para o banheiro. "Só... Deus do céu, Célia. Você é tão..."

Parei no meio da frase enquanto fechava a porta do banheiro. Mas deu para ouvi-la gritando do outro lado da porta:

"O mundo não gira em torno do Cole, sabia?" Em seguida, ouvi seus passos no corredor indo em direção ao seu quarto e então liguei o chuveiro, abrindo a torneira da água quente até o fim.

Enquanto esperava a água esquentar, virei o braço para cima e examinei o pulso. Estava com uns hematomas roxo-escuros. Meio amarelados. Horrorosos. Tirei o pijama e examinei o quadril, que estavam tão feios quanto o pulso. Toquei nele com muito cuidado, fazendo caretas de dor mas me sentindo mais tranquila. Os hematomas não eram tão grandes quanto tinha imaginado. Dava para escondê-los. E, por sorte, era fim de semana, o que significava que tinha mais uns dias antes de ter que preocupar em mantê-los escondidos no colégio. Quem sabe até segunda eles melhorassem. Passei a mão no lado da cabeça do qual Cole tinha puxado os cabelos. Nada. Uma coisa a menos para me preocupar.

Depois do banho, com todo o cuidado, sequei bem o pulso, depois passei corretivo por cima dos hematomas. Cobri a camada de corretivo com um pouco de base de um velho vidrinho que achei no fundo da gaveta do banheiro. Devia ser de Shannin. Finalizei com um pouco de pó e estendi o braço para ver como tinha ficado.

Dava para enganar. Bem melhor do que antes, pelo menos. A chance era grande de ninguém nem notar. A não ser que alguém olhasse muito.

Acho que pelo menos uma parte de mim esperava ver o carro de Cole no estacionamento dos funcionários do Bread Bowl, mas, chegando lá, nem sinal dele. No entanto, estava atrasada demais para ficar pensando nisso, então desliguei o carro e saí de uma vez. Mas, só para garantir, fui até a entrada da lanchonete para olhar no estacionamento da frente.

Não. Nem sinal de Cole.

Quando ia entrando pela porta da frente, estava tão distraída que quase dei com a cara no peito de Dave.

"Ô", disse ele, com uma cara de pouquíssimos amigos. Estava segurando uma tigela de sopa e a levantou na altura da cabeça para evitar que derramasse. "Olha por onde anda, Anna."

"Alex", corrigi, e, assim que o vi me olhando enviesado, me arrependi de ter aberto a boca.

Ele levou a sopa até uma mesa e eu aproveitei a chance para ir correndo à sala de Geórgia e bater o ponto. Ela estava sentada lá dentro, o pescoço espichado para espiar o salão.

"Você esbarrou nele?", perguntou baixinho.

Fiz que não.

"Quase."

"Puxa vida. Agora ele vai ficar de olho em você. Ele está com um mau humor do cão hoje. Lá vem ele. Rápido, veste a viseira."

Digitei o meu número de identificação no computador para bater o ponto, vesti depressa a viseira, depois peguei um avental do cabide perto da porta e o amarrei na cintura.

Geórgia apertou uns botões da velha calculadora que ficava sobre a sua minúscula mesinha, depois escreveu um número em um formulário.

"Toda essa papelada...", murmurou, depois falou mais alto: "Tem uma fornada nova de *bagels* prontinha para sair. E já aproveita e dá uma olhada se tem mais alguma coisa pronta. É só se manter ocupada que vai ficar tudo bem".

Fiz que sim e fui saindo em direção à cozinha.

"Tá tudo bem com você, Alex?", perguntou Geórgia.

Parei, voltei para a sala e fiz que sim com a cabeça.

"Ahã. Tudo", menti. E, por algum motivo que não sabia bem explicar, meus olhos se encheram de lágrimas. Baixei a cabeça e fingi que estava limpando algo no avental para Geórgia não perceber. Quando ergui a cabeça e olhei para ela de novo, estava me olhando com os olhos semicerrados, a cabeça inclinada para um lado.

"Nos últimos tempos, você não parece a mesma. Espero que esteja se cuidando. Que não esteja fazendo alguma idiotice."

Pensei no dia anterior. Em mim tentando me levantar do chão da sala. Será que Geórgia consideraria isso idiotice? Se contasse a ela que quase tinha feito o Sr. Pé-no-Saco derramar sopa na sua roupa porque, mesmo depois do que tinha acontecido no dia anterior, continuava procurando pelo carro de Cole na esperança de vê-lo, será que me consideraria uma idiota?

Em vez de abrir o jogo, apenas balancei a cabeça.

"Não, não é nada disso. Só ando... meio estressada, acho. Não quero arrumar encrenca para alguma de nós duas com você-sabe-quem."

Ela estreitou ainda mais os olhos, depois balançou a cabeça e voltou a preencher os formulários que estavam na sua mesa.

"Se você está dizendo", falou. "Estou muito ocupada para ficar insistindo. Só não faça nada idiota, senão vai se ver comigo."

Revirei os olhos de forma dramática.

"Tá bom, mãe", falei. Ela abanou a caneta no ar em um sinal de advertência.

O dia passava lentamente, e o fato de ficar o tempo todo tentando parecer ocupada fez com que, em dado momento, não tivesse mais nada para eu fazer.

Zach apareceu com os pais para almoçar. Eles trouxeram Célia junto, que passou o tempo inteiro me olhando com um ar superior, sem dúvida alguma dizendo a eles o quanto eu era desnaturada por ainda não ter encomendando o bolo do papai. Ou vai ver estava com um ar superior porque era Célia, ponto.

Um tempo depois, Zach se levantou para se servir de mais refrigerante e parou no balcão, onde eu estava reabastecendo a bandeja dos biscoitos com gotas de chocolate.

"*Psssiu*! Garçonete! Será que alguém pode me atender aqui?", resmungou.

Olhei para ele.

"O que você quer?", perguntei, tentando ouvir se Dave continuava na cozinha com Jerry, quebrando a cabeça com a nova receita de pão que a direção estava fazendo todas as franquias começarem a usar dali a duas semanas.

Ele me olhou e mexeu as sobrancelhas para cima e para baixo de forma sugestiva.

"Bom, sabe o que é, doutora, eu tô com uma dor bem no meu..."

"Rá-rá-rá", falei secamente. "Não posso ficar de palhaçada. O dono está aqui hoje."

"E?", retrucou, revirando o bolso e tirando o tubinho plástico de palitos de dente. Ele abriu a tampa e, quando o fez, deu para sentir um cheirinho de canela no ar. Esse era o novo sabor favorito de Zach – canela, tão picante que fazia os lábios incharem. "Só queria dizer oi. E sou um freguês. Você não pode ignorar os fregueses, sabia? Tem que atender a todas as nossas necessidades."

"Tenho sérias dúvidas de que Dave chamaria ficar de palhaçada com você de atender às necessidades dos clientes. Cadê a Bethany?"

Ele tomou um gole do refrigerante.

"Em casa. Servindo de babá para os irmãos, acho. Tentando ganhar uma grana a mais para a viagem. Ela não para de falar em comprar peças de legítimo couro indígena ou coisa parecida. Se eu ficar muito entediado, vou lá encher o saco dela. Deixar os fedelhos me amarrarem ou coisa do tipo. A não ser que você mesma prefira me amarrar..." Mais uma vez aquele olhar sugestivo.

Com o rabo do olho, vi Célia se levantar da mesa e cruzar a lanchonete como quem não queria nada, fingindo que também precisava se servir de mais refrigerante, mas sem desgrudar os olhos de nós nem por um segundo.

"Ao que parece, você está ocupado demais com a Miss Arrogância para ter tempo de ficar com alguma outra pessoa."

Célia parou ao lado de Zach. Ele ergueu o braço e o passou por cima dos ombros dela.

"Quem? A minha garota?", disse ele, arrastando as palavras. "Ela pode ir junto."

"Aonde?", perguntou Célia. "À confeitaria para encomendar um bolo de aniversário?"

Olhei feio para ela.

"Olha só, crianças, adoraria ficar jogando conversa fora, mas será que preciso lembrá-los de que estou aqui para trabalhar? E, se perder o emprego, adeus Colorado."

Célia revirou os olhos.

"Vocês continuam falando dessa viagem idiota? Deus do céu, quando eu me formar, pode escrever que vou para algum lugar incrível. Tipo Beverly Hills ou Nova York. Colorado, nem que me paguem."

Como que por impulso, minha mão foi outra vez ao encontro do pescoço e tocou o colar. Como era possível que Célia não tivesse a menor vontade de ir para o Colorado? Será que éramos tão diferentes assim?

"Humm, Beverly Hills", disse Zach sem tirar o palito da boca. "A terra das loirinhas gostosas de shortinho."

Célia fez uma careta e lhe deu um tabefe no peito, se desvencilhando do seu braço.

"Você é nojento. Não toca em mim."

Ele esticou o braço e, com o dedo, cutucou-a nas costelas.

"Toquei", falou. Em seguida, esticou o braço por cima do balcão e fez o mesmo comigo. "Toquei."

Ao cutucá-la, Célia deu um grito, e os rostos de vários fregueses se viraram na direção do balcão. Depois, foi a vez dela de cutucá-lo.

"Toquei", falou. Alto. E, em um piscar de olhos, os dois estavam se estapeando, Zach pulando de um lado para o outro em uma pose de lutador de esgrima e falando com um sotaque francês de araque.

"*Mon chéri* pensa que podê me vencerrr em um duelô? *En garde!*"

"Gente!", resmunguei. "Para. Vão acabar me metendo numa encren..."

Senti alguém se aproximando por trás de mim. Mas eles continuaram, Célia gritando:

"Ou então o quê? Vai me tocar com seu pulso horroroso? Você já viu, Zach? É nojento. Toquei! Rá-rá!"

Senti um frio na barriga. Estava com medo de olhar para trás e ver quem havia escutado o comentário de Célia. A impressão que eu tinha era de que o restaurante inteiro havia escutado.

Peguei a espátula depressa e recomecei a encher a bandeja de biscoitos, com o dobro da rapidez de antes, fingindo que não tinha ouvido nada.

Mas então ouvi mais um par de pés se aproximando atrás de mim, seguidos da inconfundível voz de Dave:

"O que está acontecendo aqui, Anna?"

Na mesma hora, Célia e Zach interromperam o duelo de dedos que estavam travando e voltaram correndo para sua mesa, onde os pais de Zach estavam recolhendo as embalagens do que haviam comido.

Eu me virei para trás.

"Desculpa", falei. "Aquela é a minha irmã. Ela só estava..." Parei no meio, sem saber ao certo como completar a frase de modo a não deixar o Sr. Pé-no-Saco ainda mais bravo do que já estava.

Geórgia, que havia sido a primeira pessoa a se aproximar atrás de mim, sequer abriu a boca. Ficou apenas olhando na direção do meu pulso, que estava suspenso no ar à minha frente, de forma curiosa, a espátula na mão.

O rosto de Dave ficou vermelho e sem expressão. Era como ver um muro de tijolos se erguer bem na minha frente. Moveu o maxilar alguma vezes, depois inspirou muito, mas muito fundo mesmo. Preparei-me para encarar uma lufada de ar e gritos, mas, em vez disso, ele apenas disse com tranquilidade:

"Isso não é lugar para você e seus amigos – ou irmãos, não importa – ficarem de brincadeiras. Não posso permitir que os fregueses sejam importunados por uns garotos brincando de lutinha em frente ao balcão enquanto você se diverte assistindo."

"Eu avisei para eles não...", comecei a dizer, mas ele ergueu a mão, fazendo sinal para que me calasse. Ele se virou para Geórgia, que continuava olhando para o meu pulso. Coloquei a espátula na bandeja e enfiei a mão o mais fundo possível no bolso do avental.

"Esse tipo de coisa acontece todos os dias?", perguntou, gesticulando na minha direção. "É por isso que essa filial está dando prejuízo? Porque os amigos dos funcionários, que vem aqui tomar refrigerante de graça e ficam se comportando como se estivessem em um parque de diversões particular, estão espantando todos os fregueses?"

"Não", falei, antes mesmo que Geórgia pudesse abrir a boca. "Não. Nós não ficamos de brincadeiras aqui. Além disso, minha irmã e o amigo dela estavam aqui com os pais dele. Eles pagaram por tudo."

Geórgia estendeu a mão e pegou no meu braço. Mesmo sem dizer nada, a mensagem não poderia ter sido mais clara: *Não se meta. Essa batalha é minha.*

"Eu faço de tudo para desencorajá-los a ficar de papo quando os amigos aparecem por aqui. Mas, levando em conta o a proximidade entre o colégio e essa filial, não dá para manter os adolescentes longe daqui. E, mesmo que desse, nós iríamos à falência. Esse tipo de coisa", disse Geórgia, gesticulando na direção de onde Zach e Célia tinham estado há pouco, "é exceção."

"Sempre que venho aqui, a Anna está batendo papo com algum amigo", retrucou Dave.

"Alex", falei baixinho, mesmo sabendo que ele não iria me ouvir. E, mesmo que ouvisse, jamais perderia tempo memorizando meu nome.

"Dave, com toda a sinceridade, acho que deveríamos estar nos concentrando em coisas mais importantes, como as promoções de outono...", disse Geórgia, soltando meu braço e conduzindo Dave de volta à sua sala. Senti um arrepio no braço bem no lugar em que a mão quente de Geórgia estivera até então.

Zach acenou com a mão enquanto ele, os pais e Célia saíam da lanchonete, articulando com os lábios a palavra "desculpa", e eu fiquei ali, uma das mãos segurando a bandeja de biscoitos pela metade contra a cintura, a outra escondida no bolso do avental.

Tirei-a do bolso e a examinei. Que idiotice pensar que o corretivo esconderia os hematomas. Ainda dava para vê-los direitinho, pretos e horrorosos sob uma camada bege de creme.

E Geórgia com certeza tinha conseguido vê-los. Ela havia olhado diretamente para o pulso, descobrindo a terrível verdade que as camadas de pó, base e corretivo tentavam, em vão, esconder.

A pergunta era... será que ela também tinha conseguido descobrir a causa dos hematomas?

24

Por alguns minutos, cheguei a pensar em simplesmente entrar marchando na sala de Geórgia e lhe mostrar os hematomas e abrir o jogo.

Afinal, esse era o tipo de coisa que se contava para uma mãe, certo? Eu mostraria os hematomas, choraria com o rosto contra o peito dela e lhe diria que, apesar de tudo, ainda amava o garoto responsável por eles. Eu perguntaria o que deveria fazer e então ela me daria conselhos, diria que compreendia, que eu era linda e que isso não me definiria. Que, não importava o que acontecesse, isso jamais definiria quem eu era.

Mas, quando entrei na sala de Geórgia para bater o ponto ao final do meu expediente e a encontrei sentada com um lenço de papel amassado na mão, a voz meio rouca e o nariz entupido, me dei conta de que, pelo simples fato de ela não estar em um dia bom, hoje eu não poderia exigir que ela fizesse o papel da minha mãe. Também me dei conta de que, se fosse a minha mãe de verdade, isso não faria diferença, porque mãe não deixava de ser mãe só porque estava em um dia ruim. E, por fim, me dei conta de que, apesar de Geórgia ser *como* uma mãe para mim, o fato é que não era e nunca seria e por isso tinha todo o direito de ter um descanso quando não estava em um dia bom.

E então pensei em Brenda, e em como ela nunca parecia estar em um dia bom e, apesar de tudo que tinha acontecido, senti pena de Cole, e pensei que talvez fosse por isso que vivia nervoso e irritado: porque não podia contar com ninguém, nem com a própria mãe. E assim, sem mais nem menos, me dei conta de que, querendo ou não, o que tinha acontecido no dia anterior já tinha começado a me definir; eu estava inventando pretextos para justificar o que ele tinha feito comigo.

Mais cedo, enquanto terminava de reabastecer a bandeja de biscoitos, tinha ouvido os gritos abafados que vinham de dentro da sala de Geórgia. A discussão parecia não ter fim. Primeiro se ouvia a voz de Dave, tensa, ora alta, ora baixa; depois a de Geórgia, sempre alta.

Então, Dave se precipitou para fora da sala e, alguns segundos mais tarde, vi seu Lexus prateado sair cantando pneu do estacionamento, mas, antes que eu conseguisse ir até a sala de Geórgia, o movimento na lanchonete aumentou e fiquei ocupada demais para fazer qualquer outra coisa além de encher tigelas de sopa.

Ouvi o forte tinido de Geórgia batendo a porta de ferro do cofre, e o rangido da sua cadeira quando se levantou. Em seguida, a vi saindo da sala em direção à cozinha, onde ficou até poucos minutos antes de terminar meu expediente.

"Desculpa", falei, digitando o número de identificação para bater o ponto. "Juro que falei para eles pararem com aquilo. Espero não ter te metido em alguma encrenca."

Ela colocou um cotovelo na mesa e passou a mão pela testa, depois olhou para mim, seus olhos vermelhos, marejados e sem força atrás dos óculos.

"Não me meteu em encrenca nenhuma", falou. "Mas eu salvei sua pele. E não acho que consiga fazer isso de novo."

"Desculpa", repeti. "Quer dizer, obrigada. Eu..."

"Deixa pra lá", interrompeu. "Ele não passa de um bobo. Nem se dê ao trabalho de responder aos seus ataques. Ele nunca ouviu falar em compaixão."

Uma lágrima escorreu de trás dos óculos, e ela a secou com o lenço.

"Geórgia?", falei baixinho. "Tá tudo bem com você?"

Podia jurar que a vi olhar discretamente na direção do meu pulso. Ela se levantou, respirou fundo, secou de novo os olhos com o lenço e perguntou:

"Gosta de chocolate quente?"

Nem esperou eu responder. Passou por mim e eu a acompanhei sala afora rumo à cozinha, onde ela serviu duas canecas de chocolate quente e, com elas nas mãos, cruzou a lanchonete até a porta que dava para o pátio.

"Vou fazer uma pausinha rápida", falou para Clay, o funcionário recém-contratado, pouco antes de deixar a porta fechar atrás de nós com um rangido.

Já tinha começado a escurecer. Na parte de fora do prédio, as luzes já estavam acesas, e mariposas voavam à sua volta feito doidas, se chocando sem parar contra o vidro das lâmpadas como se pensassem que, lançando-se com a força necessária de encontro ao ponto exato, fosse possível, afinal de contas, atravessá-lo.

As noites enfim tinham começado a esfriar, e fiquei pensando em como seria bom ter trazido um casaco. O vento parecia passar diretamente pela minha camisa polo e, antes mesmo de me sentar, já estava tremendo.

Geórgia colocou as canecas na mesa e puxou uma cadeira para mim – a mesma em que Bethany havia se sentado no dia em que vimos Cole ali pela primeira vez. Com a mão, tirou umas folhas que estavam em cima dela, depois foi para o outro lado, fez a mesma coisa com outra cadeira e se sentou.

"Puxa, daqui a pouco chega o inverno", falou, pegando uma caneca e soprando o chocolate quente. Ao fazê-lo, tive a impressão de ver vapor saindo dela, mas é provável que fosse apenas eu sentindo frio e imaginando que estava muito mais frio do que na realidade.

"Parece que já chegou", falei, me acomodando na cadeira e pondo as duas mãos ao redor da caneca. "Valeu pelo chocolate quente."

Ela fez um gesto como a mão como quem diz: "Deixa disso."

"A Lily adora o inverno", falou, olhando em direção à rodovia congestionada, onde dezenas e dezenas de carros esperavam enfileirados diante do semáforo, os faróis ligados e as janelas escuras. "Mas, puxa, não é nada fácil ficar levando ela pra lá e pra cá em uma cadeira de rodas com toda aquela neve e lama e gelo por todos os lados. Ainda não estou pronta para isso."

"O que ela está achando da escola?", perguntei.

Geórgia sorriu.

"Ah, esse ano ela está adorando. Tem um ótimo professor. Ótimo mesmo." Ela ficou calada por um tempinho, bebericando o chocolate quente. Resolvi fazer o mesmo e tomei um gole do meu e, na mesma hora, me senti mais aquecida. A tremedeira diminuiu um pouco e tomei outro gole.

"Sabe", disse Geórgia afinal, "uma vantagem do inverno é que, com aquele monte de roupa, dá para esconder uma porção de defeitos."

Parei no meio do gole e olhei para ela por cima da caneca. Ela continuava com o olhar perdido na rodovia, o dedo indicador em volta da asa da caneca.

Como que por reflexo, coloquei a caneca na mesa e levei as mãos ao colo.

"Pois é." Minha voz soou fraca e vacilante.

Afinal, ela tirou os olhos da rodovia, como que voltando a si, e se recostou na cadeira, apalpando o pescoço.

"Eu, por exemplo, posso usar uma blusa de gola alta e esconder esse maldito papo de peru que está cada vez mais enrugado."

Eu ri.

"Você não tem papo de peru", falei, embora, agora que ela havia falado, pudesse ver claramente que tinha.

"Você não perde por esperar, garota. Agora você é linda, mas cedo ou tarde vai chegar aos 40 e, em um piscar de olhos, vai estar se escondendo atrás do sofá para não ser confundida com um peru quando for o Dia de Ação de Graças."

Nós rimos, e eu tomei mais um gole do meu chocolate quente, imaginando Geórgia com uma cauda cheia de penas.

"Só tome cuidado", disse ela, interrompendo meus pensamentos em um tom grave, "para não acabar escondendo coisas que não deveriam ser escondidas."

As risadas entalaram e morreram na garganta, formando um caroço tão grande, que eu tinha certeza de que Geórgia podia vê-lo.

"Não sei do que...", falei, mas minha voz soou sufocada por causa do caroço. "Tipo o quê?"

Ela esticou o braço e pegou minha mão, que, sem perceber, eu tinha voltado a colocar sobre a mesa. Na verdade, ali no escuro e com o corretivo e a base por cima, mal dava para ver os hematomas no pulso. Parecia em perfeitas condições e, não fosse pelo olhar desconfiado de Geórgia, talvez eu tivesse negado que havia qualquer coisa de errado com ele. Em vez disso, apenas engoli a saliva.

"Ele anda te machucando?", perguntou, a voz grave e preocupada.

E, mais uma vez, me passou pela cabeça que ali estava a chance de eu abrir o jogo. Ali estava a chance de falar sobre o que tinha acontecido. De ouvir conselhos. De chorar por continuar amando-o e por estar preocupada que talvez ele estivesse tão bravo que jamais voltaria a me procurar. E de chorar ainda mais por saber como aquilo me fazia soar e por não querer, de jeito nenhum, ser aquela garota, aquela de quem todo mundo sente pena pois não é forte o bastante para conseguir deixar de amar o cara que a maltratou.

Mas, assim como das outras vezes, abrir o jogo pareceu uma má ideia. Eu sabia que, mais do que nunca, faria tudo o que estivesse ao meu alcance para impedir que aquilo se repetisse. E, se abrisse a boca agora, todos passariam a odiá-lo e, quando ele se arrependesse do que tinha feito, ficaria tão decepcionado comigo que eu o perderia de vez. O caroço subia, pulsando e implorando para sair, mas eu não podia expeli-lo. Precisava mantê-lo ali dentro, oscilante, porém seguro.

Fiz que não com a cabeça.

Ela fechou os olhos por um segundo e respirou fundo.

"Tem certeza?", perguntou. "Porque essas marcas no seu pulso não parecem de porta. Parecem de dedo."

Nessa hora, senti como se o pulso estivesse pegando fogo, as chamas se espalhando pelo braço e invadindo o rosto, e tive certeza de que, se abrisse a boca para dizer qualquer coisa, tudo que estava entalado sairia de uma só vez. Puxei a minha mão e me levantei, as pernas empurrando a cadeira para trás com um rangido alto.

"Tenho que ir", falei. E, antes que Geórgia ameaçasse falar mais alguma coisa, entrei na lanchonete, cruzei o salão quase correndo e saí pelas mesmas portas que tinha entrado no começo do dia.

Revirei a bolsa à procura da chave do carro e me concentrei ao máximo em dar o fora depressa, antes que Geórgia pudesse vir atrás de mim. Quando estava quase chegando no carro, me deparei com Cole recostado nele.

Na mesma hora, meus dedos ficaram dormentes e eu derrubei a chave no chão. Curvei-me para apanhá-la, o coração batendo tão forte que parecia prestes a sair pela boca. Fui tomada por um turbilhão de sentimentos – tantos que nem sabia ao certo como distingui-los.

"E aí", disse ele, se desencostando da lateral do carro enquanto eu descia da calçada. "Estava te esperando."

"Eu tinha uma reunião com a minha chefe", falei, parando a uma boa distância dele. Tentei parecer calma e indiferente, mas estava certa de que ele conseguia ver meu peito arfando com a força dos batimentos.

"Eu sei", falou. "Eu vi."

Você agora deu para me espionar?, ecoou na minha cabeça da discussão do dia anterior, mas sacudi a ideia. Para entrar e sair do estacionamento dos funcionários do Bread Bowl só havia um caminho, e ele forçava o motorista a passar em frente à lanchonete. Era bem provável que, ao fazê-lo, ele tivesse nos visto lá dentro.

Sem saber o que fazer a seguir, dei um passo desajeitado em direção à porta do motorista, apertando o botão da chave para destravar as portas. Os faróis piscaram, lançando uma luz amarela na testa de Cole e deixando-a por um instante com um contorno igual ao dos meus hematomas. Mais uma vez, sacudi o pensamento e tentei, com as poucas forças que me restavam, manter a pose de indiferença.

Mas, afinal, com o couro da jaqueta fazendo ruído, ele se aproximou, e pousou as duas mãos no meu rosto.

"Alex", sussurrou, e em seguida me envolveu nos braços. Tentei não reagir, apenas me manter firme, mas podia sentir o corpo cedendo aos pouquinhos. Geórgia não conseguia me abraçar desse jeito. Ninguém podia.

Nem Bethany, nem Zach, nem mesmo o papai. Mas Cole conseguia. E não importava o que ele tinha feito – ser abraçada assim era uma delícia, ponto.

Entreguei-me ao abraço. Em contato com seu corpo, o meu se sentia faminto e, por uma fração de segundo, era como se nada tivesse acontecido. Como se tudo estivesse no seu devido lugar, embora eu soubesse que não era verdade.

Ele deu um passo para trás, descendo as mãos pelos meus braços. Parou ao chegar as minhas mãos e então as levantou, virando-as para cima para que pudesse ver os pulsos. Examinou-os, soltou a mão que estava boa e, com o dedo indicador, tateou de leve o pulso machucado. Levantou-o na altura da sua boca e, com carinho, com ternura, o beijou uma, duas, três vezes.

"Minha Emily Dickinson", sussurrou e, quando voltou a erguer o rosto e olhar para mim, eu podia ver que, assim como daquela vez no lago, ele estava arrependido de verdade. "Sinto muito", falou. "Sinto muito, muito mesmo, meu amor."

Puxei o braço, fazendo-o soltar minha mão, e recuei.

"É para sentir mesmo", falei, a voz áspera. "Você supôs, sem mais nem menos, que eu estava te traindo. Nem me deu uma chance de me explicar."

Mais uma vez, ele estendeu o braço na minha direção, mas, mais uma vez, recuei, decidida a deixar claro como me sentia a respeito de tudo que tinha acontecido.

"Sinto muito", repetiu. "Eu deveria ter... você tem razão... é que... diabos!" Ele se virou e deu um chute na parede da lanchonete, depois enfiou as mãos nos bolsos da jaqueta. "É que a situação com os meus pais está cada vez pior. A Brenda teve que ser internada de novo. E o meu pai... quem o vê pensa que basquete é a única coisa que existe no mundo. E você tinha me prometido que não ia mais deixar o Zach ficar te tocando. Não consigo aguentar, Alex." Aproximou-se, me agarrando pelos braços e me puxando para ele. Dava para sentir a frustração percorrendo seu corpo. Ele me abraçou forte, afundando o rosto no meu pescoço. "Você me entende", falou. Podia sentir sua respiração, me deixando arrepiada. "Sei que me entende. Só você, mais ninguém. Por favor, me perdoa, Alex. Pelo amor de Deus. Não sei o que faria sem você."

Lágrimas – de alívio, tristeza, compreensão – começaram a escorrer dos meus olhos, molhando nosso rosto à medida que se esfregavam um no outro.

"Prometo que jamais vou te machucar de novo", falou, o rosto mergulhado nos meus cabelos. E então ele me virou, fazendo com que eu ficasse com as costas no carro, e me beijou como eu jamais tinha sido beijada antes, as mãos percorrendo todo o meu corpo como se quisesse conferir que todas as partes estavam no devido lugar e sem nenhum arranhão.

Um bom tempo depois, ele se afastou um pouco. Passou as mãos pelo seu cabelo e depois limpou o rosto, que estava cheio de manchas de rímel. Com o polegar, limpou minhas bochechas, com tanto carinho e cuidado que mal sentia-o contra a pele.

"Nunca mais vou te machucar", prometeu, e eu acreditei.

O que aconteceu no dia anterior não foi nada de mais, falei para mim mesma. Nada que não desse para consertar. Nada que, juntos, não pudéssemos consertar.

Naquele momento, fiquei feliz de ter saído correndo da lanchonete antes que acabasse contando tudo para Geórgia.

Não contaria para ninguém o que tinha acontecido. Ficaria só entre nós. Algo que seria compartilhado apenas pelos dois. Um motivo a mais para ficarmos juntos. Já compartilhávamos tantas coisas. O que tinha acontecido seria como mais uma porta à qual apenas nós dois teríamos acesso.

Podia sentir meu corpo relaxando à medida que ele me abraçava cada vez mais forte, como se estivesse se agarrando a uma boia salva-vidas, sussurrando palavras ao pé do meu ouvido e beijando meu pescoço. E, mais do que nunca, estava feliz de não ter aberto a boca.

Uma hora depois, com os lábios doloridos e dormentes de tanto beijo e os olhos cansados de tanto choro, tinha certeza de que tinha tomado a decisão certa ao não contar nada para ninguém. Eu era tudo que Cole tinha. A única pessoa que o entendia. E nós superaríamos isso juntos. Não me sentia nem um pouco culpada por ter deixado Geórgia sentada sozinha no pátio da lanchonete.

No entanto... não esperava que ela ainda estivesse lá quando deixei o estacionamento, e que seus olhos estivessem fixos no carro de Cole, que ia logo atrás do meu.

25

Quando Bethany se aproximou aos pulos no corredor, eu ainda estava carregando o café que Cole tinha me levado em casa, quando foi me buscar para a aula, e por pouco não o derramei em cima dele.

"Adivinha só?", disse ela, transbordando de empolgação. "Adivinha só?"

"O quê?", perguntei, tirando o café de perto das suas mãos estabanadas para salvá-lo de ser derrubado no chão.

"Presta atenção", disse Cole em um tom áspero, recuando como se estivesse prestes a ser engolido por um tsunami de lava escaldante ou coisa parecida. Era curioso como a mera presença de Bethany podia tirar Cole do sério daquele jeito. Havia poucos minutos, ele esteve em frente à minha porta, sorrindo com um café quentinho na mão, me beijando após eu ter tomado um gole, estalando os lábios e dizendo: "Humm, docinho! E o café também está uma delícia!" e me fazendo rir. Há pouco estava brincando comigo no carro, pegando no meu joelho enquanto inventava versinhos indecentes com meu nome e falava sobre tudo que faríamos juntos durante as férias de Natal. E agora, de uma hora para outra, ali estava ele, nos olhando com uma cara de pouquíssimos amigos, como se esse fosse o pior dia da sua vida.

No entanto, seu humor não afetaria em nada o de Bethany.

"Zach conseguiu o papel principal no musical 'A lua para mim e para você'!", exclamou. "Foi a maior surpresa. O Mickey Hankins já estava cantando vitória. Agora, está quase arrancando os cabelos. Chorando na enfermaria e tudo. Juro por Deus."

Mickey Hankins tinha bons motivos para cantar vitória antes do tempo. Afinal de contas, desde quando estava no útero da mãe, sempre tinha sido escolhido para o papel principal em tudo quanto era peça. Mas Zach vinha dando duro na oficina de teatro e, além disso, tinha feito aulas particulares de canto com uma aluna da faculdade chamada Belinda, ou, como Zach se referia a ela, "Belinda-Seios-Grandes". Ele não estava medindo esforços para ser lembrado no colégio como o protagonista desse musical, e não como uma entre dezenas de outras vozes no coro de um mísero espetáculo do qual participou anos antes. Sendo assim, Mickey Hankins era seu alvo.

Na minha opinião, Mickey Hankins não teve a menor chance desde o começo. Zach tinha se tornado um ator incrível.

"Puxa vida, não acredito que me esqueci das audições, semana passada. Que ótima notícia!", exclamei. "Cadê ele?"

"Lá fora", disse ela, olhando em direção às portas. "Foi ligar para a mãe dele e dar a notícia. Ela estava ansiosa para saber."

Virei-me para Cole, que continuava olhando feio para o meu café.

"Ouviu isso?", perguntei animada, puxando-o pelo braço. Nas semanas seguintes ao incidente do pulso, ele tinha se mostrado muito arrependido. Tinha esperanças de que fizesse uma nova tentativa de se dar bem com Zach. Ou que, por mim, pelo menos fizesse de conta. "Vem, vamos lá fora dar os parabéns. Ele mal deve estar acreditando."

"Tô fora", disse Cole, puxando o braço e soltando-o da minha mão.

Tentei ignorar a cara que Bethany fez. Tinha quase certeza de que ela já havia passado da fase de fingir que gostava para me agradar. E tinha quase certeza de que não podia culpá-la por isso. Não que algum deles parecesse se importar com o fato de que suas desavenças viviam me colocando em situações desconfortáveis.

Bethany prosseguiu.

"Vamos comemorar no El Manuel's depois da aula. Não quer ir junto? Salsa picante à vontade e muita *piña colada* virgem..."

"Tá bom, pode ser", falei. "Estou de folga hoje à noite. Conta com a gente."

"Não", disse Cole ao meu lado. "Com *a gente* uma ova."

"Cole", falei, me virando e passando os braços pela sua cintura. "Será que pode pelo menos tentar? Só dessa vez, por mim?" Pisquei os olhos uma porção de vezes, tentando fazê-lo rir como fez antes no carro.

Ele suspirou e me deu um beijo no nariz.

"Não posso", falou. "Tenho treino de basquete, lembra?"

"Ah é", murmurei. "Tinha me esquecido disso." Virei-me para Bethany. "Eu tinha prometido que ia assistir ao treino." Bethany ficou visivelmente desanimada, e eu soltei um profundo suspiro. "Cole... tipo, é só um treino, né? E o Zach deu um duro danado o verão inteiro para conseguir esse papel. Eu prometo que saio cedinho do El Manuel's e chego a tempo de ver o finalzinho do treino, pode ser? Assim faço as duas coisas."

Ouvi Bethany soltar um resmungo de frustração, mas não dei muita bola. Se ela queria que eu fosse junto me empanzinar de salsa e *piña colada*, também tinha que estar disposta a ceder um pouquinho.

Cole desfranziu o rosto.

"Beleza", falou. "Sem problemas. Vou pra aula." Pegou na minha mão, me deu um beijinho na testa, sorriu para Bethany e saiu andando.

Fiquei olhando na sua direção, com um friozinho na barriga – embora ele tivesse concordado, ainda assim eu tinha ficado com a impressão de que estava zangado comigo. Sentia algo estranho no ar, o mesmo que senti pouco antes do incidente do pulso. Bethany me pegou pelo cotovelo e começou a me puxar.

"Esquece ele", falou. "Vem. O Zach está ali."

Alcançamos Zach bem na hora em que ele irrompeu pelas portas. Tinha um sorriso tão grande estampado no rosto, que fiquei me perguntando se não estaria doendo.

"Parabéns", falei, parando ao seu lado e lhe dando tapinhas nas costas. Bethany se aproximou pelo outro lado, saltitando com pulinhos tão pequenos e olhando para ele com tanta admiração que parecia um cachorrinho.

"O que sua mãe disse?", ela perguntou. "Aposto que ela vai fazer um bolo hoje."

Zach passou os braços por cima dos nossos ombros.

"Senhoritas", falou devagar, cheio de pose. "Hoje o banquete mexicano é por minha conta. Um dia, quando me virem na TV recebendo um Oscar, poderão dizer" – fez uma voz fininha de garota – "Ei, aquele cara me pagou um *burrito* enoooorme quando conseguiu o primeiro papel principal, e estava muito, mas muito picante mesmo!"

"Eca!", exclamamos as duas, enchendo seu peito de tabefes e nos desvencilhando dos seus braços.

Ele riu e, em seguida, acrescentou na mesma voz fininha de garota: "E eu comi tudinho. Durante a noite toda!"

Caímos na risada, esbarrando nas pessoas e falando besteiras enquanto caminhávamos pelo corredor, a caminho da primeira aula.

O que era ótimo, não fosse...

Bom, não fosse pelo fato de que, me sentindo culpada com a história do treino, eu não parava de olhar para trás com o rabo do olho e para todas as portas e escadarias pelas quais passávamos, torcendo para meu namorado não estar me espionando, pensando que eu estava perto demais do meu melhor amigo.

Quando foi que minha vida tinha se transformado nisso? Quando foi que eu tinha começado a me preocupar com o fato de que, por estar feliz pelo meu melhor amigo, estava deixando outra pessoa zangada?

26

Quando chegamos ao El Manuel's, já fazia meia hora que o treino de basquete tinha começado. Zach teve que passar no escritório do Sr. Tucker para pegar o roteiro do seu papel no musical.

Bethany e eu ficamos esperando do lado de fora, pensando que não levaria mais que um minutinho, mas, ao que parecia, a ideia do Sr. Tucker era explicar o musical inteiro para Zach, enquanto nós duas esperávamos sentadas no corredor, e eu ficava cada vez mais inquieta.

"A que horas você acha que termina o treino?", perguntei, mordiscando a pele em volta da unha do polegar.

Bethany murmurou algo incompreensível, encolhendo os ombros enquanto se debruçava sobre o dever de casa que, eu, provavelmente, também deveria estar fazendo, mas estava nervosa demais para conseguir me concentrar.

"Será que vamos ao menos *estar* no El Manuel's antes de o treino terminar?", perguntei, cuspindo um pedacinho de pele no chão.

"Não sei", disse Bethany, ainda sem tirar os olhos do dever de casa.

Levantei-me, andei de um lado para o outro do corredor algumas vezes e depois voltei a me sentar no chão onde tinha estado havia pouco.

"Puxa vida, por que será que está demorando tanto?", falei.

Bethany largou o lápis sobre o livro aberto.

"Fala sério, Alex. Qual o problema de não chegar a tempo de ver o treino do Cole? O que ele vai fazer? Te dar um pé na bunda?"

"É só que..." Apontei para a porta do escritório do Sr. Tucker. "O Zach disse que ia ser rapidinho. Mas já faz séculos que entrou, e eu meio que tinha outros compromissos..."

"Tá bom", falou, voltando a pegar o lápis. "Então vai lá cuidar dos seus... compromissos. Tenho certeza de que o Zach vai entender. Já que seus compromissos são tão mais importantes."

"Não é isso", falei baixinho, um pouco ofendida. Mas antes que pudesse dizer mais alguma coisa, a porta do escritório do Sr. Tucker se abriu, para o meu imenso alívio, e Zach apareceu segurando o tal roteiro.

"Vamos lá", disse ele, enrolando os papéis e enfiando-os no bolso de trás, enquanto Bethany guardava as coisas na mochila.

"Ótimo!", disse ela, fechando a mochila e se levantando. "O ar aqui no corredor está abafado demais. Deveriam instalar alguma ventilação. Só o mesmo ar fica circulando e circulando e, depois de um tempo, ninguém mais aguenta respirá-lo."

Revirei os olhos mas decidi deixar essa passar. Não tinha mais energia para ficar tentando apaziguar as coisas entre Cole e eles.

Assim que chegamos ao El Manuel's, a tensão entre Bethany e eu diminuiu. Zach estava tão animado que era impossível ficar irritada. Ele não parava de falar com os garçons em um espanhol de araque e, sabe-se lá por quê, insistia em dizer "hakuna matata" para todo mundo que passava. Estávamos nos matando de rir antes mesmo de nos sentarmos à mesa.

"Então, a estreia é dia dez de março", disse Zach, tirando o roteiro do bolso e abrindo-o na mesa. "Vocês vão, né?"

"Claro", disse Bethany. "Não vou perder de jeito nenhum. Vai que dá algum problema com a fantasia. Nesse caso, que tipo de amiga seria eu se não estivesse lá para morrer de rir à sua custa?" Ela abriu um sorriso largo e para lá de fingido, mostrando todos os dentes.

"Além do mais", acrescentei, colocando uma tortilha na boca, "sempre quis fazer o papel de membro insatisfeito da plateia." Fiz uma concha com uma das mãos ao redor da boca e fingi que gritava: "Você é uma droga, filhinho da mamãe!"

"Rá-rá, vocês são tão engraçadinhas. Vou contratar um segurança para expulsar as duas aos pontapés", falou, limpando com o polegar um pingo de molho de queijo que havia caído em cima do roteiro. "Gente, escuta só a música que preciso cantar. 'Tenho algo na mão, amor. Um presente para ti, amor. Vivo para ouvir teus suspiros. Esta noite, dormirás nos meus braços. Pois o que tenho na mão, amor, é a límpida, clara e romântica lua de inverno.' Deus do céu, de que século é isso?"

Bethany e eu nos entreolhamos e caímos na risada.

"Enquanto estiver cantando, te desafio a virar de costas e mostrar a bunda para a plateia, tão ou mais clara que qualquer 'lua de inverno'", falei, tentando não me engasgar com as tortilhas enquanto ria.

"Nossa Senhora", disse Bethany, tomando ar entre uma risada e outra. "Como se chama essa música? 'Tarado Exibicionista'? 'Tenho algo na mão, amor...'"

Desatei a rir, cuspindo migalhas de tortilhas que foram parar do outro lado da mesa, em Zach, que limpou a testa de modo dramático, mantendo uma expressão séria no rosto, enquanto Bethany e eu quase caíamos no chão de tanto rir.

"Tá bom, tá bom", disse ele. "Vão rindo, vão. Rá-rá. Vocês são tão engraçadinhas." Mas, quando viu que isso só nos fez rir ainda mais, sua expressão séria se desfez e ele teve de se esforçar para não cair junto na gargalhada. "Tá bom, já chega", falou, visivelmente tentando se segurar. "Se as duas não pararem de rir, vou ser obrigado a mostrar o que *eu* tenho na mão para *vocês*." Ele mostrou um punho cerrado como se fosse nos dar um soco.

E assim, sem mais nem menos, deixou de ser engraçado.

Parei de rir e me endireitei na cadeira com Bethany ainda recostada em mim, sem perceber a minha mudança de humor. Mas Zach franziu as sobrancelhas, descerrando o punho até ficar com a mão aberta, que manteve erguida em sinal de paz. Ele ficou me olhando por um bom tempo enquanto eu ajeitava o guardanapo no colo, limpando a garganta para mudar de assunto.

"Pessoal", falei, "acho que deveríamos fazer o pedido. Tenho que pelo menos tentar chegar a tempo de ver o treino do Cole." E, assim que terminei de falar, me recriminei um pouco por ter dito isso, ainda mais depois de Bethany soltar um gemido.

Na hora em que estávamos pagando a conta, sabia que não havia a menor chance de o treino ainda não ter acabado. Quando entrei no carro, no estacionamento do El Manuel's, o céu já tinha começado a escurecer e um vento frio começado a soprar, levando um saco plástico embora do carro assim que abri a porta.

De qualquer modo, deixei o estacionamento o mais rápido possível, só para o caso de conseguir chegar a tempo, ainda que no finalzinho. Seria ótimo se conseguisse fingir que tinha estado lá assistindo tudo desde o início. Talvez assim ele nem suspeitasse do meu atraso.

Acenei para Bethany e Zach ao passar por eles quando saía do estacionamento. Eles estavam parados junto ao carro de Zach, debruçados sobre o roteiro, Bethany com um sorriso estampado no rosto, seus dedos a cada dois ou três segundos ajeitando os óculos no nariz. Zach acenou discretamente antes de colocar um palito de dentes na boca.

O treino de basquete já devia ter terminado havia um bom tempo, pois o estacionamento do colégio parecia uma cidade-fantasma. Não tinha um mísero carro. Nem mesmo o do técnico.

Nem, é claro, o de Cole.

Estacionei, saí do carro, fui correndo até a porta lateral do ginásio e girei a maçaneta. Não sabia ao certo qual era minha esperança – que estivesse enganada, talvez. Que Cole ainda estivesse por ali, esperando por mim. Que seu carro estivesse escondido em algum lugar do estacionamento e que ele me visse, acenasse e corresse ao meu encontro para me abraçar, seu ombro suado encostando no meu rosto.

Mas a porta estava trancada.

Dei-lhe um leve chute para descontar a frustração e voltei para o carro, onde, sem saber o que fazer, fiquei sentada por alguns minutos. Chequei o celular. Nada. Nenhum recado. Nenhuma mensagem.

Liguei para ele. Chamou. Ninguém atendeu.

"Oi, Cole", falei para a secretária eletrônica. "Tô no colégio. Pelo visto, não cheguei a tempo. Eu..."

Sinto muito estava prestes a sair da minha boca, mas, em um piscar de olhos, fui tomada por uma sensação de que era o fim da linha para nós e não consegui continuar. Já tinha arriscado tanto por esse relacionamento. Já tinha perdido tanto para tentar fazer as coisas darem certo com Cole. Estava perdendo Bethany. E, de certa forma, já tinha perdido Zach; ultimamente, ele passava mais tempo com minha irmã do que comigo. Se além disso perdesse Cole, no fundo o que me restaria? Célia? Ela não queria me ver nem pintada de ouro. Shannin? Nem morava mais em casa. Geórgia? Ela tinha a própria filha para se preocupar e, além do mais, eu já tinha deixado bem claro uns dias antes, ao deixá-la falando sozinha, qual era o valor que dava à sua amizade. O papai? Para me restar o papai, antes de tudo precisaria tê-lo, e isso não passava de fantasia.

Desliguei a ligação e voltei a mordiscar a pele em volta da unha do polegar, pensando no que fazer. Se fosse à sua casa, era bem provável que ele ficasse uma fera. Por outro lado, era bem provável que ficasse uma fera de um jeito ou de outro. E, se eu fosse até lá essa noite, talvez conseguisse aliviar minha barra. Se esperasse até o dia seguinte no colégio, só teria alguns minutinhos durante o intervalo entre as aulas para falar com ele.

Então estava decidido.

Liguei o carro e deixei o estacionamento rumo à casa de Cole.

27

Brenda atendeu a porta. Havia luzes acesas na cozinha atrás dela e, pela primeira vez, pude ver seu rosto direito.

Para minha surpresa, sua pele tinha o mesmo tom azulado, como se estivesse sendo iluminada pela TV, de quando a conheci na salinha escura do andar de baixo. No entanto, havia algo de mais vivo no seu aspecto, ainda que eu não soubesse bem o quê.

"Alex", falou naquela sua vozinha lamuriosa, abrindo a porta e indo um pouco para o lado para me deixar entrar. "Não sabia que o Cole estava te esperando. Entra."

"Na verdade ele não está", falei, entrando. "É que não consegui me encontrar com ele no colégio depois do treino. Quer dizer que ele está em casa?" Soei tão despreocupada que quase me convenci de que não estava nervosa. De que as palmas das minhas mãos não estavam suando e de que não estava imaginando ele terminando tudo comigo nos próximos cinco minutos.

Ela fez que sim, se virando e indo em direção à cozinha. Fui atrás.

"Ele está no quarto dele. Estou preparando o jantar para nós."

Olhei para ela. Parecia ser outra mulher. Havia uma panela de sopa fervendo no fogão, e a luz do forno estava acesa, iluminando uma fornada de *muffins* no seu interior. Havia um rádio ligado em cima da geladeira e, enquanto ela falava, meneava de leve o corpo ao som da música.

Era como se, com o pai de Cole por perto, Brenda fosse um zumbi ou coisa do tipo, mas, com ele longe, ela recobrasse a vida.

Mais uma vez, fiquei triste pensando nas coisas com as quais Cole tinha de conviver. Brenda estava longe de ser a mãe ideal, e o seu pai era para lá de grosseiro e sarcástico. Embora minha família estivesse longe de ser perfeita, como as que se viam em seriados de TV, a de Cole parecia tão... estranha. Como se o pai dele fosse a energia negativa que colocava a família toda para baixo e, ao mesmo tempo, a força motriz que a mantinha funcionando. Como se, para a família de Cole continuar existindo, tivesse de ser maldosa e assustadora. Não era para menos que Cole gostava de deixar o celular desligado. Não era para menos que nunca queria que ficássemos na sua casa. Não era para menos que, às vezes, perdia a cabeça e ficava imprevisível.

Brenda se virou e mexeu a sopa, e eu fiquei parada ao seu lado, inquieta e sem saber ao certo se ela chamaria Cole ou se eu deveria simplesmente subir até o seu quarto.

"Gostaria de ficar para o jantar, Alex?", perguntou sem olhar para trás. "Vai ter comida de sobra."

Posso apostar, pensei, olhando para os seus pulsos, finos como gravetos, e para as vértebras da sua coluna, pontudas e protuberantes mesmo sob a blusa grossa. Era como se não comesse havia meses.

"Pode ser", falei, ignorando o protesto do meu estômago, ainda cheio de *guacamole* e tortilhas. Essa poderia ser uma ótima forma de fazer as pazes com Cole – jantar com ele e a mãe. Do jeito que ela estava essa noite, era até capaz de ser agradável. "Posso subir?", perguntei.

Ela olhou para mim e, por uma fração de segundo, tive a impressão de ver de novo aqueles buracos negros por trás dos seus óculos. No entanto, seus lábios miúdos de criança se abriram em um sorriso e ela fez que sim com a cabeça.

"Claro."

Subi as escadas. A porta de Cole estava aberta. Podia ouvir tinidos fraquinhos vindo do quarto e, ao me aproximar da porta, pude vê-lo de costas, sentando no amplificador, dedilhando a guitarra que não estava ligada. Fiquei parada à entrada do quarto, os dedos encostados no batente da porta, os olhos fixos nele.

Ele estava de calça jeans, descalço e sem camisa. Seus cabelos estavam molhados, e algumas gotas d'água escorriam pela nuca. O ar no quarto cheirava a corpo quente e sabonete, como se tivesse acabado de sair do banho.

Por um momento, fiquei sem reação. Ele estava tão lindo ali sentado no amplificador. E eu me senti a pior namorada do mundo. Tinha lhe dado o cano, isso depois de ter prometido que chegaria lá a tempo. Havia combinado de ir ver o treino de basquete bem antes dessa história do El Manuel's e, mesmo depois de ele ter se esforçado para ser compreensível quanto à minha mudança de planos, eu tinha descumprido o combinado para ficar com Zach e Bethany.

Minha mão foi ao encontro do pescoço, os dedos apertando as pequenas contas do apanhador de sonhos.

"Fecha a porta", disse Cole, me dando um susto. Ele não tinha se virado, não tinha parado de dedilhar a guitarra, mas sabia que eu estava ali. "Falei para fechar a porta", ele repetiu, percebendo que eu não tinha reagido.

Entrei no quarto e fiz o que ele pediu, mas continuei bem pertinho da porta, sem saber ao certo o que fazer a seguir. Ele não se virou para me olhar e não parou de dedilhar a guitarra. Será que eu deveria ir ao encontro dele? Ou deveria esperar que ele viesse ao meu? Essa era a parte do nosso relacionamento que eu estava começando a odiar de verdade – a parte em que tinha de ficar tentando adivinhar o que o deixaria feliz. Ou, para ser mais exata, o que não o deixaria irritado.

"Acabei saindo mais tarde do que tinha pensado", falei, tentando manter a voz o mais normal possível. "Fui até o colégio, mas todo mundo já tinha ido embora."

Afinal, virou o rosto para mim. Estava com uma cara de quem tinha acabado de ouvir algo tão, mas tão idiota, que mal podia acreditar que eu tive coragem de abrir a boca para falar aquilo. "É. Todo mundo tinha ido embora. Se o treino já acabou há mais de uma hora, é isso que todo mundo faz."

Ele passou a correia da guitarra por cima da cabeça e a colocou no chão ao seu lado. Virou-se de frente para mim, depois se recostou na parede e esticou as pernas para a frente, os pés cruzados, as mãos entrelaçadas e pousadas no colo. Como se não estivesse nem aí para nada. Como se não estivesse furioso comigo.

De uma hora para outra, o ar no quarto ficou gelado. Como se toda e qualquer alegria tivesse sido sugada para fora. Mais ou menos como na sala da aula de reforço, pouco antes de ele me agarrar pelo pulso.

"Olha só", falei, tentando soar segura de mim mesma. Tentando soar como se tudo de fato não tivesse passado de um mal entendido. "Eu pedi desculpa. Não sei o que mais..."

"Desculpa?", disse ele, a voz rompendo o silêncio da casa como um trovão. "Você me deu o bolo para ficar com outro cara. De novo. O mesmo cara. Por que não admite que está a fim dele, hein? Ele está a fim de você. Por que não dão no pé e vão ser felizes para sempre juntinhos? Não estou nem aí. Vão em frente."

"Eu não quero nada com ele", falei, dando um passo à frente. "E ele não quer nada comigo. Quero você, Cole, caso ainda não tenha reparado."

"Quer saber? Não reparei. Porque estava muito ocupado reparando que minha suposta namorada é uma vagabunda que não consegue parar de se agarrar com o vizinho nem para ir ao meu treino como tinha prometido. Quer dizer, vizinho não, *melhor amigo*. Porque *vizinho* faz ela parecer uma puta. *Melhor amigo* faz parecer só... vagabunda."

Enrijeci.

"Não sou vagabunda, e não está rolando nada entre mim e o Zach. E ele é, sim, meu melhor amigo", falei, a voz ficando mais alta e estridente. "Não é a primeira vez na história que um garoto e uma garota são melhores amigos sem que mais alguma coisa esteja rolando entre eles, sabia?"

Ele fez que sim com a cabeça de forma irônica, com uma cara de quem quase não conseguia conter a risada.

"Conta outra, vagabunda", falou. "Você e a Bethany deram um presentinho especial para ele por ter conseguido o papel principal?"

Em um piscar de olhos, todo aquele nervosismo e preocupação desapareceram, dando lugar à raiva. Ele estava indo longe demais. Que tipo de pessoa chamava a namorada de vagabunda na cara dela? Quem fazia esse tipo de coisa? Eu amava Cole, mas, às vezes, amá-lo era como andar de montanha-russa sem conseguir recuperar o fôlego entre curvas e quedas. E, nessas ocasiões, tudo que queria era cair fora.

"Para de me chamar assim, Cole. Se você está cego demais para ver isso..."

"Cego?" Seus olhos flamejaram de raiva e os músculos da sua barriga se contraíram, mas continuei falando. Eu estava uma fera.

"Sim, é isso que você está parecendo. Cego, ciumento, estúpido e grosseiro."

"Cala a boca, vagabunda", murmurou, mas não fiquei calada.

"E se deixasse de ser tão teimoso e pelo menos tentasse se dar bem com o..."

Mas, antes que conseguisse terminar a frase, ele já tinha se levantado do amplificador, cruzado o quarto e me agarrado pelo pescoço com uma das mãos. Pega de surpresa, fiz um ruído fraquinho com a parte de trás da garganta, mas ele estava apertando forte demais para eu conseguir dizer alguma coisa. Coloquei a mão sobre a dele, mas, antes que conseguisse tirar os dedos do meu pescoço, a outra mão, cerrada em um punho, foi com tudo de encontro ao meu rosto, uma, duas vezes. Após cada um dos golpes, vi clarões de luz e senti uma dor excruciante se espalhando pelo rosto. Dessa vez, gritei de verdade.

"Jamais me diga o que fazer", disse Cole, tão enfurecido que gotículas espumosas de cuspe se acumulavam nos cantos da sua boca. "*Jamais* me diga o que fazer. Pelo seu próprio bem, Alex. Não... faça... isso." Ele me sacudiu pelo pescoço a cada palavra, e minha cabeça ia para a frente e para trás como a de uma boneca de pano.

E assim, na base dos chacoalhões, fez a raiva que eu sentia desaparecer. De repente, ser chamada de vagabunda não parecia assim tão grave. De repente, a única coisa que importava era o zunido nos meus ouvidos e o fato de que meus olhos pareciam feitos de gelatina e de que meus joelhos estavam prestes a ceder a qualquer momento.

"Tá bom", murmurei, a voz raspando nas paredes da garganta estrangulada. Coloquei a mão na frente do rosto, pois não conseguia pensar em mais nada a fazer além de tentar protegê-lo de outros golpes e concordar com tudo que ele dissesse. Com qualquer coisa, contanto que o fizesse parar. "Tá bom, tá bom, tá bom, tá bom, desculpa", choraminguei, lágrimas escorrendo aos borbotões, mesmo com os olhos fechados. Meu estômago se revirou, e tive de cerrar os dentes para não vomitar.

Ele soltou o meu pescoço e eu desabei no chão, cobrindo o rosto com as mãos enquanto soluçava. Amedrontada demais para correr. Pasma demais para continuar em pé. Machucada demais para ser corajosa, revoltada ou qualquer outra coisa além de arrasada.

"Desculpa", choraminguei, me encolhendo e apertando a testa contra o carpete, desejando com todas as forças que as lágrimas parassem de escorrer. Que o rosto e o pescoço parassem de doer. "Pelo amor de Deus, desculpa..."

Ouvi Cole andando de um lado para o outro com a respiração pesada. Ouvi o forte tinido da sua guitarra batendo em algo duro. Ouvi o ranger das molas da cama uma vez quando ele se sentou, e outra alguns segundo mais tarde quando se levantou. Ele murmurava que a culpa era minha, que eu não sabia cumprir promessas e que ninguém falava com ele daquele jeito.

"Por que não escreve sobre isso em um daqueles seus poemas idiotas?", falou em dado momento, mas não respondi. Não tinha coragem de erguer o rosto, de olhar na sua cara.

Nada disso fazia sentido. Os hematomas no meu pulso ainda nem tinham sarado. Naquela vez, tinha ficado orgulhosa de mim mesma por tê-lo perdoado. Tinha me convencido de que o incidente não se repetiria. Como isso foi acontecer de novo?

Ele tinha jurado – no estacionamento do Bread Bowl, enquanto me abraçava e me beijava – que jamais voltaria a me machucar. E, dessa vez, tinha feito algo muito pior do que me agarrar pelo pulso. Tinha me batido. Batido mesmo. Minha cabeça parecia ter sido rachada, revelando seu interior úmido e profundo, como o de uma caverna, e pulsava como se tivesse vida própria. Não conseguia parar de chorar. Mal conseguia respirar em meio às lágrimas.

Fiquei tanto tempo chorando que quase me esqueci de Cole. Sem dúvida alguma perdi a noção do tempo. E, quando senti seus braços passando por cima dos meus ombros, tive um sobressalto. Fiquei aterrorizada só de pensar no que faria comigo dessa vez. Será que seria capaz de me matar ali mesmo no seu quarto, com a mãe no andar de baixo, cantarolando e preparando sopa?

Mas o Cole que agora me envolvia nos braços era o Cole carinhoso. Seu corpo não estava mais tenso. Sua voz não tinha mais o menor resquício de fúria.

"Minha Alex", sussurrou ao pé do meu ouvido. "Puxa vida, minha Alex." Exatamente como da outra vez. "Me perdoa. Você precisa me perdoar. Não foi de propósito... não queria ter tido que... é que fico louco de ciúme... pelo amor de Deus, não quero perdê-la... por favor... por favor não me abandona... não vai embora... eu vou compensá-la por isso... prometo, por tudo que é mais sagrado."

Não abri a boca. Só chorei ainda mais, sem saber ao certo como reagir depois de algo assim ter acontecido. Será que apenas me levantava e saía andando como se meu mundo todo não tivesse acabado de ser reduzido a pó? Como? Como fazer pernas, pés, braços e pulmões funcionarem depois daquilo? Seria possível?

Ficamos assim por um bom tempo. Ele sussurrando coisas. Pedidos de desculpa. Justificativas. Promessas. Eu sem condições de absorver nada. Ora acreditava no que me dizia e ora não. Sentia raiva e pena de mim mesma. As palavras não tinham significado. Não havia passado nem futuro. Era como se só este momento existisse e, se sobrevivesse a ele, tudo ficaria bem.

Estava havia tanto tempo com o rosto no escuro, apertado contra o carpete, que começou a parecer apenas um sonho. Como se, a qualquer momento, fosse acordar em um mundo melhor. Como se estivesse prestes a abrir os olhos e me deparar com um mundo belo e luminoso.

Em vez disso, quando ele enfim me virou para cima e eu abri os olhos, a visão do olho direito estava embaçada, e sentia como se o meu corpo inteiro estivesse dormente.

Eu estava um caco. O nariz escorrendo, os olhos semicerrados contra a luz, o cabelo grudado na cara. E Cole não estava muito diferente. Dava para ver que também estava arrasado, e isso, de algum modo, tornava as coisas um pouco melhores. Se era para eu me sentir assim, pelo menos não seria a única. Pelo menos ele também estava sofrendo.

Vi seu rosto se contorcer e seus lábios se moverem enquanto pedia desculpas, mas, para falar a verdade, não cheguei a ouvir as palavras. Vi-o inclinar-se para a frente e me beijar no rosto, nos cabelos, nos olhos, que estavam machucados, mas a falta de conexão entre a dor e o cérebro era tanta, que quase não senti nada. Era como se a dor não fosse minha. Como se a Alex que estava ali não fosse eu, mas outra pessoa, perdendo os sentidos um a um.

Parei de chorar.
Fiquei apenas assistindo.
Dormente.

Vi a mim mesma se levantando com dificuldade. Começando a andar em direção à porta. Arrastando-se escada abaixo, virando o trinco da porta da frente e enxugando os olhos com o dorso das mãos. Vi a mim mesma entrando no carro, virando a chave e indo embora. E me vi entrando em casa, indo para o quarto e fechando a porta. Tirando a roupa e vestindo o pijama, tudo no escuro, e me encolhendo na cama e olhando para o teto, as lágrimas escorrendo para dentro dos ouvidos, a cena do que tinha acontecido se repetindo nas pás imóveis do ventilador de teto.

Mas era como ver a mim mesma da entrada de um longo túnel escuro. A pobre garota na saída, esta sim estava arrasada, confusa e cheia de hematomas. E eu morria de pena dela, quem quer que ela fosse.

28

Na manhã seguinte, bastou olhar uma vez no espelho do banheiro para me convencer de que não havia a menor possibilidade de sair de casa.

Embaixo do olho, havia só uma manchinha roxa – algo que provavelmente daria para cobrir com maquiagem sem grandes dificuldades –, mas a maçã do rosto estava um horror. Inchada e com um hematoma que, só de olhar, já doía.

Saia de casa nesse estado, falei para mim mesma, *e você terá que dar explicações. E você está preparada para isso? Não? Era o que eu imaginava.*

Tentei lavar o rosto com a água mais gelada que saía da pia, mas não ajudou muito, a não ser para aliviar a dor no olho, que parecia ter uma lixa sob a pálpebra. Ainda era difícil abri-lo por inteiro, e não parava de lacrimejar por causa da luz do sol que entrava pela janela.

Acabei voltando para a cama, me virando de lado, afundando a bochecha no travesseiro para escondê-la e chamando Célia.

"O que você tem? Está doente ou o quê?", perguntou, enfiando a cabeça pelo vão da porta.

Fiz que sim, cerrando os dentes para suportar a dor de ficar apertando a bochecha contra o travesseiro daquele jeito.

"Será que você poderia pedir para o papai ligar para o colégio? E eu tinha que trabalhar hoje à noite, então pede para ele ligar pra lanchonete também."

"Tá com cólicas?"

"Não", respondi. Por que Célia sempre tinha de dificultar tudo? "Acho que é gripe."

Ela franziu as sobrancelhas.

"Você não parece estar com gripe."

Soltei um grunhido, prestes a perder a paciência. "Só... Célia, será que dá para fazer só essa coisinha para mim, por favor?"

"Você que sabe. Mas se estiver mentindo para poder passar o dia todo transando com o Cole, não conta com a minha ajuda. É nojento."

Se pudesse, teria atirando alguma coisa nela naquele momento. Mas não podia tirar a bochecha do travesseiro. Em vez disso, fiz a cara de doente mais sofrida e convincente possível e sacudi a vontade de esganá-la.

Ela saiu do quarto gritando pelo papai, e eu fiquei me perguntando, não pela primeira vez, como é que minhas irmãs e eu tínhamos nos afastado tanto. Quando éramos pequenas e o papai estava arrasado e sem saber o que fazer depois da morte da mamãe, nos mantínhamos unidas como se fosse uma questão de vida ou morte. Como a dor de ter perdido a mamãe ainda estava muito viva nas três, nos tornamos a mãe uma da outra.

Mas, um tempo depois, era como se Shannin e Célia tivessem simplesmente... superado a dor. E como eu não fui capaz de fazer o mesmo, decidiram que não me encaixava no mundinho delas, que consideravam perfeito apesar de tudo o que faltava. Sendo assim, em vez de *sentir* dor, passaram a *infligir* dor em mim.

No fundo, sabia que Célia não me odiava de verdade. Mas, na maioria dos dias, era essa a impressão que dava.

Alguns minutos depois, ouvi as botas pesadas do papai no corredor, e arrumei os cabelos e o travesseiro para esconder o olho roxo. Puxei o edredom quase até a cabeça e me encolhi como uma bola, abraçando os joelhos e tentando tremer sem dar na cara que estava fingindo.

"A Célia falou que você está doente", disse o papai parado à porta, as mãos largadas junto ao corpo como se não soubesse o que fazer com elas.

Fiz que sim e dei uma tossida.

"Liguei pra escola e pra lanchonete", falou.

"Obrigada", grasnei.

"Não posso ficar em casa", falou, com a voz vacilante. Não que eu esperasse outra coisa. Pelo menos não desde que Shannin tinha idade o suficiente para ficar de babá.

"Não esquenta", falei, mantendo a voz fraca.

"Tá bom", disse ele, estreitando os olhos. Enfiei ainda mais a cara no travesseiro, só para o caso de, durante a encenação, eu ter sem querer mostrado um pouco da bochecha. "Bom, se precisar de alguma coisa..." Mas não terminou a frase, e eu não sabia ao certo se aquilo era uma pergunta ou uma afirmação. Ele bateu duas vezes com o nó de um dedo no batente da porta e, em seguida, começou a ir embora, mas pareceu pensar melhor e voltou. "Quando liguei... pra lanchonete", falou. "Aquela moça com quem você trabalha falou para eu ficar de olho. Falou que acha que você está metida em alguma encrenca."

Por pouco não esqueci que estava tentando esconder a bochecha e me levantei. Geórgia! Ela tinha falado com o papai pelas minhas costas? Como pôde?

Balancei a cabeça de leve, fazendo que não. "Acho que ela estava falando dos problemas que andamos tendo com o dono da lanchonete, só isso. Eu não estou metida em encrenca nenhuma."

"Tem certeza?", perguntou.

"Não estou grávida, pai, não se preocupa. Só estou com gripe."

Para a minha sorte, ele baixou a cabeça e esfregou a bota no piso de madeira, dando um descanso para o meu rosto. Pelo menos não precisava mais fingir que estava tremendo. Estava furiosa com Geórgia por se meter na minha vida. Tão furiosa que, agora, estava tremendo de verdade. Se não fosse pelo meu rosto, iria agora mesmo até o Bread Bowl para tirar satisfação. Ela não tinha o direito de fazer aquilo.

"Você sabe o que sua mãe diria sobre se meter em encrencas...", disse ele, e eu fiz que sim, ainda que jamais soubesse o que a mamãe diria sobre coisa nenhuma. Se ela alguma vez tinha dito algo para mim, não me lembrava. Queria que, pelo menos uma vez, o papai parasse de insistir que eu sabia o que a mamãe diria ou faria em determinada situação e admitisse que, na verdade, eu não fazia ideia.

Ele se virou e foi embora, as botas fazendo um ruído alto no corredor. Alguns minutos depois, ouvi a voz de Célia enquanto os dois saíam pela porta da frente e, enfim, pude relaxar.

Tomei um banho, e a sensação da água quente caindo no olho era a melhor coisa do mundo. Depois, me vesti e peguei um pacote de ervilhas congeladas. Pelo resto do dia, fiquei recostada na cabeceira da cama enquanto programas e novelas idiotas se sucediam na TV, com o pacote de ervilhas no rosto. Com a cabeça a mil por hora, fiquei tentando entender o que tinha acontecido na noite anterior. Tentando entender o que tinha feito dessa vez para tirar Cole do sério.

Mas não conseguia entender nada. Não conseguia entender o porquê de o basquete ser tão importante para ele. Não conseguia entender o porquê de ficar sempre tão nervoso por causa dos pais. Não conseguia entender o porquê de não superar aquela história do Zach, e nem suas mudanças de humor ou o porquê de ele sentir necessidade de me ofender e fazer com que me sentisse diminuída. Não conseguia entender o que o fazia perder a cabeça.

E, acima de tudo, não conseguia entender como ele era capaz de me bater. Não só de me dar um empurrão ou ele me agarrar pelo pulso, mas me bater mesmo. E não conseguia entender como, em um minuto, podia estar me dando socos na cara e, no próximo, estar dizendo que me amava.

E não conseguia entender como eu poderia deixar isso acontecer.

Voltando para casa na noite anterior, tinha pensando na história de Shannin sobre a noite em que a mamãe foi embora. Shannin fazia a mamãe parecer um vilão – alguém capaz de bater na pessoa que amava em um minuto e abraçá-la no próximo. Shannin fazia a mamãe parecer alguém que seria capaz de entender as atitudes de Cole.

E o que isso queria dizer? Que eu era igual ao papai?

Só de pensar, fiquei com o estômago embrulhado e comecei a me perguntar se talvez a história de estar doente não tinha uma pontinha de verdade. *Desculpa, papai, eu menti sobre estar gripada. Na verdade, a doença que tenho é a mesma que você: a doença de ficar andando de um lado para o outro como um cachorrinho maltratado, correndo atrás de alguém que é mais louco que uma cabra.*

Durante o dia, por duas vezes peguei o telefone e comecei a digitar o número do Bread Bowl – não para brigar com Geórgia por ter falado com o papai, mas para abrir o jogo com ela. Contar tudo, nos mínimos detalhes. Pôr um ponto final nessa loucura e impedir que todas essas coisas que estava vivenciando, sem compreender, penetrassem fundo demais no cérebro. *Me ajuda, Geórgia*, eu diria. *Me ajuda a sair dessa.*

Mas, toda vez que começava a ligar, pensava no que significaria ser a "garota maltratada". Pensava nas pessoas cochichando pelos corredores do colégio. No olhar arrogante de Célia. Em Bethany e Zach balançando a cabeça desapontados, dizendo que tinham tentado me avisar. Em psicólogos e ter de "colocar tudo para fora" e em todo mundo dizendo que era difícil de acreditar que aquilo tinha acontecido, pois tudo parecia sempre tão bem entre Cole e eu.

E, sim, por mais revoltada que estivesse... não conseguia deixar de pensar em Cole. No inferno que sua vida se tornaria. No fato de que pensaria que eu o havia traído. E eu sentiria sua falta, por mais louco que parecesse. Falta dos beijos. Dos presentinhos românticos e dele me chamando de Emily Dickinson. Das aulas de violão. Das nossas piadinhas internas. Do vertedouro. Tudo isso desapareceria, e eu sentiria sua falta.

Mandei uma mensagem para Bethany dizendo que estava doente. Ela não respondeu. Mandei uma para Zach; ele respondeu: "melhoras".

Com tudo o que estava acontecendo entre Cole e eu, com Geórgia e agora também com o papai de olho em mim, estava sem cabeça para lidar com aqueles dois.

"Melhoras." Não era bem o que se esperava de um melhor amigo. O que me deixava magoada. Mas não me surpreendia nem um pouco.

Cole não ligou.

Antes de Célia chegar em casa, coloquei o pacote de ervilhas de volta no freezer e dei outra espiada no espelho do banheiro. O inchaço tinha diminuído bastante, mas o hematoma continuava ali. Precisaria de mais um dia para conseguir esconder aquilo com maquiagem.

Quando ouvi o barulho da chave de Célia na fechadura, já tinha voltado para a cama, o lado machucado do rosto escondido no travesseiro, e reassumido a pose de doente. Alguns minutos depois, ela apareceu à minha porta.

"Melhor?", perguntou, mastigando um pedaço de barra de cereal.

"Vomitei duas vezes", murmurei, fechando os olhos como se ela estivesse interrompendo meu sono.

"Ahã", disse ela. "Vi seu namoradinho hoje. Ele não parecia muito feliz. Vai ver também está ficando doente."

"Bom, pelo menos você sabe que ele não passou o dia aqui", falei.

Ela ficou mastigando com um olhar pensativo, depois guardou a barra de cereal pela metade de volta na embalagem e a colocou na beirada da cômoda. Aproximou-se da cama e cruzou os braços. Em seguida, deu um suspiro, descruzando os braços e se sentando na beirada.

"Tem alguma coisa estranha com você", falou. "Tá tudo bem?"

Fiquei tão pasma com o súbito interesse de Célia por alguém que não ela mesma que por pouco não engasguei. Ainda assim, se fizesse uma lista das pessoas para as quais jamais seria capaz de contar o que estava acontecendo, Célia estaria no topo. Ela tinha uma boca grande e quase nunca estava de bem comigo. Sem dúvida alguma usaria isso contra mim.

"Só estou doente", falei. "Mais nada."

Ela inclinou a cabeça para um lado e estreitou os olhos. Mantive o olhar fixo no seu. "É que", disse ela, e pausou por um segundo. "É que sua chefe falou para o papai que talvez você esteja em algum apuro. E hoje de manhã o Zach e a Bethany estavam falando horrores do seu namorado e, além disso, no mesmo dia em que você está doente, ele está com uma cara de arrasado. Eu só... bom, pensei que talvez você estivesse precisando de alguém para conversar ou coisa do tipo."

Fechei os olhos.

"Na verdade, preciso é dormir. Não dá bola pro Zach e pra Bethany. Eles estão bravos porque não estou passando cada segundo da vida com eles. Eles vão superar", murmurei.

Ela ficou sentada por mais um tempinho; depois, senti que se levantava e abri os olhos. Ela encolheu os ombros.

"Se você está dizendo." Pegou a barra de cereal da cômoda e disse: "Você não está com uma cara boa. Cheia de olheiras. Vou cair fora. Não quero que passe essa doença para mim".

E, com essas palavras, foi embora, fechando a porta atrás dela.

"Obrigada mesmo assim", falei, mas ela já tinha saído e pareceu não me ouvir. Fechei os olhos de novo, me perguntando por quanto tempo mais conseguiria manter aquilo em segredo. As pessoas estavam comentando. Teria de tomar logo uma decisão – deixar Cole ou descobrir um jeito de não tirá-lo mais do sério.

Ficar ali deitada com os olhos fechados era tão gostoso que os mantive assim. E, um tempo depois, acabei caindo no sono de verdade, sonhando que estava encolhida no chão do quarto de Cole, a cara inchada como um balão, enquanto a sopa borbulhava na cozinha, Brenda miando feito uma gatinha e dançando ao som de canções de ninar, e a mamãe em cima do telhado com seus cabelos cor de fogo, dando gargalhadas e atirando coisas para baixo.

Em dado momento, a mão do papai, áspera e fria, encostou na minha testa e me acordou.

"Hum", disse ele. "Não está com febre."

Espreguicei-me, me segurando no último segundo para não virar de barriga para cima, ainda que meu pescoço estivesse doendo de tanto ficar deitada na mesma posição.

"Acho melhor ficar em casa amanhã também", falou. "Só por precaução. Ó, isso aqui estava em cima do seu carro." Ele estendeu uma rosa com um arranjo de flores mosquitinho em volta, embrulhada em papel de seda verde.

O papai saiu do quarto e eu me sentei, pegando o bilhete que estava junto com a rosa, e li:

Emily Dickinson, você é o amor da minha vida. Mil desculpas. Com amor, Cole.

Enfiei o nariz na rosa e inspirei fundo.

Tinha que dar um jeito de parar de tirar Cole do sério.

29

No dia seguinte, Cole deixou mais uma flor no para-brisa do meu carro, então resolvi ligar para ele. Conversamos por horas. Ele pediu desculpas. Prometeu se esforçar mais. Prometeu aceitar minha amizade com Bethany e Zach. Não ficar mais tão nervoso por causa dos seus pais ou do basquete. Fazer as coisas voltarem a ser como antes.

Ele me convenceu de que isso não passava de uma fase difícil e de que, se estávamos de fato comprometidos com o relacionamento como falávamos, passaríamos por ela sem dificuldades. Ao fazê-lo, ficaríamos mais fortalecidos, e o incidente dos socos na cara não passaria de uma infelicidade sobre a qual não teríamos coragem de voltar a falar, nem mesmo um com o outro.

Embora, no fundo, não acreditasse, me convenci do contrário. Tinha de acreditar. Para ficar com ele, eu já tinha aberto mão de muita coisa. Perdê-lo agora significaria que todos os sacrifícios tinham sido em vão.

Após dois dias "doente", enfim voltei ao colégio. Era uma sexta-feira, e eu estava tão atarefada e o tempo todo tão preocupada em verificar e retocar a maquiagem que mal tive tempo de ver Cole, muito menos Zach e Bethany.

Mas, no fim do dia, quando cheguei à minha sala na oficina de reforço, dei de cara com Zach sentado à velha mesa que costumava usar quando tinha aula comigo.

"Oi", falei, os dedos, como que por reflexo, indo ao encontro da maçã do rosto. Mas, ao me lembrar de que não queria acabar estragando a maquiagem sem querer, detive-os no meio do caminho e, em vez disso, levei-os ao encontro do colar. "O que está fazendo aqui?"

"Oi pra você também!", falou, rolando um palito de dentes de um lado ao outro da boca enquanto eu colocava a mochila na mesa e tirava o caderno. "Puxa, ela anda tão ocupada que agora até seus melhores amigos precisam de um motivo para lhe fazer uma visitinha." Ele fez como se estivesse segurando um microfone perto da boca. "Diga-me, Srta. Bradford, qual a sensação de estar sempre na mira dos paparazzi? Por falar nisso, vi a foto em que a senhorita aparece tomando banho. A sua, hã... touca de banho é muito bonita. Passei horas olhando pra ela." Ele fingiu colocar o microfone na minha cara. Eu ri.

"Que nada, é bom te ver, Zach", falei. "É só que... não era para você estar com a Amanda agora?"

"Até era", respondeu, "mas acontece que a Amanda não está indo bem nem na própria aula de Inglês. Está dando o que falar. Então a Srta. Moody teve que fazer algumas mudanças. A Amanda vai parar de dar aulas até melhorar as notas, você vai voltar a dar aula pra mim e o campeão vai ter aula com a Jackie Rentz."

"Para de chamar ele assim", murmurei, abrindo o caderno e me sentando.

"Aconteceu alguma coisa com o seu olho?", perguntou, mudando de assunto. "Parece meio inchado. Você deve ter ficado bem doente mesmo. A Célia falou que mal saiu do quarto."

Baixei a cabeça e pus a mão na testa, fazendo de tudo para esconder o olho e a maçã do rosto.

"A Célia é pior que os *paparazzi*", falei. "Então, o que você tem que estudar?"

Ele enfiou o microfone imaginário outra vez na minha cara.

"Posso citar a senhorita?", perguntou, imitando um repórter. Mas, quando não respondi, ele deu uma puxadinha na gola da camiseta. "Puxa, está difícil agradar. Me lembro de uma garota que eu conhecia. Seu nome era Alex Bradford. Costumava rir de vez em quando", falou, depois se curvou e tirou uma folha de papel amassada da mochila. "Vocabulário", falou. "Tem uma prova dificílima segunda." Não gostava nem um pouco do seu tom de voz sério, que não tinha nada a ver com o Zach que eu conhecia. Mas a verdade era que não tinha escolha. Não podia continuar dando corda para essas brincadeirinhas. Embora soubesse que não significavam nada, não podia continuar dando motivos para Cole perder a cabeça e brigar comigo. Tinha de me esforçar ao máximo para manter as coisas sob controle. Sob vários aspectos, as mudanças de humor de Cole eram imprevisíveis e inexplicáveis. Mas, sob outros, não podia culpá-lo por sentir ciúmes da minha relação com Zach, que adorava bancar o conquistador. E eu o encorajava, provavelmente porque gostava da atenção. Mas agora não queria mais. Não podia querer, pois, aos olhos de Cole, isso significava que eu não o amava.

Fizemos exercícios de vocabulário e depois ajudei Zach a fazer correções em um relatório que ele tinha de entregar nos próximos dias, o tempo todo mantendo o rosto o mais abaixado possível.

Então, logo quando estávamos começando a arrumar as coisas para ir embora, a porta se abriu e Cole entrou andando cheio de si.

Na mesma hora, senti um frio na barriga e o coração começou a bater acelerado. Cole e Zach no mesmo cômodo era sempre igual a confusão. E, no primeiro dia de volta ao colégio e enquanto tentava esconder um olho roxo, a última coisa de que precisava era confusão.

Zach devia ter percebido, pois deu um profundo suspiro e começou a guardar as coisas na mochila, sem abrir a boca.

Mas o rosto de Cole era pura animação.

"E aí, pessoal?", falou, chegando por trás de Zach e lhe dando um amigável tapinha no ombro. Se não tivesse visto com os próprios olhos, jamais teria acreditado. "É sexta-feira, vocês não deveriam estar pegando tão pesado em uma sexta!"

Ele deu a volta na mesa e parou ao meu lado, depois se curvou e me deu um beijo.

"Meu grande amigo Cole", exclamou Zach. "Como vão as coisas? Andou judiando de algum animalzinho indefeso nos últimos tempos?"

Cole riu alto – uma risada vigorosa e forçada – e, em seguida, esticou o braço e deu um leve soco no ombro de Zach.

"Ainda não, mas o dia é longo", falou. Depois, se virou para mim: "Você tem razão, Alex, o cara tem senso de humor". Respondi com um sorrisinho discreto.

Zach tirou o palito da boca e o segurou na mão enquanto passava a mochila pelos ombros. Olhando para ele, dava para ver que não estava achando aquilo nem um pouco engraçado. Por outro lado, também dava para ver que, como eu, não sabia ao certo o que achar.

"Pois é, sou um verdadeiro comediante", disse ele. "Escuta, Alex, você vai estar por aí no fim de semana?"

Fiz que sim, sem saber bem o que estava rolando entre os dois, mas ficando cada vez mais nervosa. *Pelo amor de Deus, Zach,* implorei comigo mesma. *Sei que você não sabe exatamente com quem está mexendo, mas, se transformar isso em um joguinho, posso acabar me machucando.* E então, quando pensei nesses termos, me bateu uma tristeza. Eu poderia acabar me machucando. Por causa de uma piada.

"Acho que sim", respondi. "Mas tenho um monte de deveres de casa para fazer."

"Pois é, posso imaginar", disse ele, olhando na direção de Cole. Depois, olhou para mim. "Bethany vai aparecer lá em casa para me ajudar a ensaiar para o musical. Seria legal se você aparecesse também. Sabe como é, já que não nos encontramos mais aos sábados."

"Talvez", falei, odiando a vacilação na minha voz e o modo como me sentia apreensiva perto de Cole enquanto esperava pela sua resposta, que, sem dúvida, seria agressiva.

"Ei, parece uma boa ideia, gatinha", disse Cole, me empurrando de leve com os quadris. "Eu vou ter que passar o fim de semana resolvendo uns assuntos para o meu pai. Assim não me sinto mal de deixar ela sozinha, tá ligado, cara?", falou, virando-se para Zach e lhe dando outro amigável soquinho no ombro. Encolhi-me, temendo pelo pior. No entanto, Zach se manteve frio como uma pedra de gelo.

"Beleza", disse ele, pondo o palito de volta na boca. "Te ligo mais tarde", falou para mim.

Foi em direção à porta segurando o roteiro de "A lua para mim e para você" enrolado em forma de canudo no punho cerrado.

"Te vejo por aí, cara! Bom final de semana", exclamou Cole enquanto ele saía.

"Pra você também, meu grandessíssimo amigo Cole", disse Zach sem olhar para trás.

Depois que ele foi embora, enfim me virei para Cole.

"O que foi aquilo?"

Ele encolheu os ombros, um sorriso estampado no rosto.

"O que foi o quê?"

Fiz um gesto em direção à porta.

"Aquilo. Todo aquele papo de 'Bom final de semana'."

Ele esticou os braços de forma tão repentina que me encolhi de medo, mas apenas me envolveu pela cintura e me puxou para perto.

"Estou fazendo um esforço. Por você. Você pediu para eu fazer um esforço. Então tô fazendo."

Abri um sorriso.

"Sério?"

"Sério. Cheguei à conclusão que, se você gosta dele, então alguma qualidade ele deve ter. E se vou ficar com você para sempre – e vou – então é melhor me acostumar com ele. E com a Bethany também. Seus amigos são meus amigos, gatinha." Ele se inclinou e com muito, muito carinho, me deu um beijo na maçã do rosto.

Dei um profundo suspiro e passei os braços em volta da sua cintura, deitando a cabeça no seu peito. Era tão bom tocá-lo de novo. Sentir que essa fase ruim, seja lá o que tenha sido, tinha chegado ao fim e que tudo tinha voltado ao normal.

"Obrigada", falei baixinho. "Te amo tanto."

Ele encostou o queixo no topo da minha cabeça.

"Por você, faço qualquer coisa. Falei que a compensaria pelo que fiz, e não foi só da boca pra fora. Daqui em diante, nada além de coisas boas. Aqui. Trouxe uma coisa pra você. Um presente de Natal adiantado."

Ele colocou a mão no bolso da jaqueta e tirou algo prateado e reluzente. Ergueu a mão e deixou cair uma correntinha de prata com um delicado apanhador de sonhos, também prateado, na ponta. Era minúsculo, com pedrinhas vermelhas presas à teia prateada. As plumas penduradas na argola também eram de prata, e o colar todo brilhava sob as luzes fluorescentes da sala.

Fiquei sem respiração e levei a mão à boca, desviando os olhos do apanhador de sonhos, que balançava no ar, para o rosto de Cole, iluminado de alegria

"Puxa vida", murmurei. "Cole, não precisava..."

"Precisava sim", falou. "Porque eu te amo. E porque te machuquei. Machuquei a pessoa que mais amo no mundo, e jamais vou me perdoar por isso."

Peguei o colar e o examinei na palma da mão.

"Também te amo", falei. "E o colar é lindo. Obrigada."

Abri o fecho do colar e o entreguei para ele, depois me virei, segurando os cabelos para cima para que pudesse colocá-lo no meu pescoço. Quando o fez, senti o apanhador de sonhos gelado contra o peito, uns cinco centímetros acima do da mamãe, que estava escondido sob a camiseta.

Olhando para baixo, soltei os cabelos e coloquei a mão no colar e me virei de novo para ele.

"Adorei", falei. "É perfeito."

Ele tirou minha mão de cima do colar e o examinou, depois se curvou e me deu um beijo na palma da mão.

"Achei que um colar novo lhe cairia bem. Agora não precisa mais ficar usando o velho o tempo todo."

Eu poderia ter discordado. Poderia tê-lo lembrado de que não tirava o velho desde os 8 anos e que não pretendia começar agora. Poderia ter dito que a minha intenção era usar os dois todos os dias. Que, aliás, achava legal a ideia de usá-los juntos – um para me proteger de antigos pesadelos, o outro de novos.

Mas, naquela hora, tudo que conseguia pensar era *Ainda bem*. Ainda bem que não contei a ninguém o que tinha acontecido. Ainda bem que não desisti dele. Ainda bem que o velho Cole estava de volta. E ainda bem que eu estava certa a seu respeito desde o começo.

Por isso, sem falar qualquer coisa, passei os braços em volta da sua cintura e deitei a cabeça no seu peito. Ele passou os braços por cima dos meus ombros e encostou o queixo no topo da minha cabeça.

Ficamos assim por um bom tempo – bem abraçadinhos, balançando de leve de um lado para o outro, as cabeças encostadas como se fôssemos uma só pessoa que havia sido partida ao meio e agora tentava se reunir. Então, afinal, ele me soltou e recuou um pouco.

"Escuta", falou. "Quem sabe a gente vai pra minha casa. Eu toco aquela música que andei escrevendo para você. A Brenda está no encontro do seu clube de leitura, e meu pai está trabalhando. Teremos a casa todinha para nós."

"Pode ser", falei baixinho. "Já chega de colégio por hoje." Toquei na maçã do rosto. "Também estou de folga do trabalho hoje à noite." Para minha sorte. Assim, o meu rosto teria mais um dia para sarar antes de ter que encarar o olhar inquisidor de Geórgia.

Fechei a mochila e a coloquei nas costas.

"Tô pronta." Cole se virou, sorrindo para mim.

"Então quem sabe a gente sai hoje à noite", falou. "Pode escolher o lugar."

"Tá bom", falei, pensando em como seria bom sair de casa e ser só mais um rosto na multidão, sem ninguém para me perguntar o que havia de errado com o meu olho. "Ótima ideia!"

Ele esticou os braços e me puxou de volta para perto, me dando um beijo no topo da cabeça.

"Um dia e uma noite inteirinhos com a garota que mais amo no mundo", falou, pegando sua mochila e me conduzindo até a porta, nossos quadris se batendo de leve enquanto caminhávamos. Exatamente como antes de haver qualquer coisa sombria e secreta entre nós.

Quer dizer, exatamente não, pois havia uma pequena diferença. Nunca o tinha visto tão feliz como agora. Isso era novidade. Um Cole novinho em folha. Um relacionamento novinho em folha.

Ele estava mesmo se esforçando. Estava se esforçando por mim. E se ele havia ou não cometido um erro não importava. O que importava era que havia aprendido com ele e estava tentando ser alguém melhor, certo?

Pelo resto da noite, nem lembrei que estava com o rosto machucado.

30

"Alex! Tem alguém na porta!", gritou Célia do andar de baixo. Eu tinha acabado de chegar em casa do trabalho e estava tirando o uniforme.

Deduzi que fosse Zach querendo ensaiar para o musical. Tinha escutado Célia reclamar para o papai que havia passado o fim de semana inteiro ajudando Zach a ensaiar, e que havia uma cena que se passava em um cemitério que ele não conseguia decorar de jeito nenhum. Faltava só mais um mês para a estreia, e ele estava ficando cada dia mais nervoso. Por conta disso, era bem provável que ela tivesse pedido um descanso, e sugerido que ele enchesse meu saco para variar um pouco.

Dei um suspiro, me contorcendo toda para vestir uma camiseta.

"Um minutinho!", gritei de volta. Vesti uma calça jeans, desejando que Zach tivesse ao menos me dado tempo de mandar uma mensagem para Cole, dizendo que tinha chegado em casa.

Não tinha visto Cole o dia todo, mas imaginava que a essa altura já tivesse saído do treino. Não fazia ideia de onde ele tinha se metido, e isso me deixava apreensiva pois sabia o quanto ele andava nervoso por causa da partida da próxima sexta à noite. Assim como nas vésperas de todas as outras partidas desde que o campeonato tinha começado, seu pai não falava de outra coisa.

Mas, em geral, depois do treino de sábado, Cole aparecia no Bread Bowl e ficava por lá esperando terminar meu expediente. Hoje, porém, não tinha dado as caras e, com Dave zanzando pela lanchonete o tempo todo, Geórgia tinha proibido todos os funcionários de mexerem no celular, por isso não tinha como descobrir seu paradeiro.

Por onde diabos ele andava? Havia uma grande chance de estar em casa, fazendo sabia-se lá o quê. Quase sempre que sumia era porque tinha de ir para casa resolver algum problema. Ele nunca dava muitos detalhes sobre esses tais problemas, mas, certa vez, me contou que já tinha perdido a conta de quantas vezes a sua mãe tinha cortado os pulsos.

"Mas ela não corta para tentar se matar de verdade", havia dito. "É só para chamar atenção." E então, como sempre acontecia quando falava da sua família, arrematou com um "Maldita Brenda".

Tinha que dar um jeito de dispensar Zach depressa, ponto. Dizer que estava muito cansada para ensaiar. Amanhã. Prometeria ajudá-lo amanhã.

Olhei-me no espelho, tirando o elástico dos cabelos e passando os dedos por eles para ajeitá-los um pouco, e desci as escadas aos pulos.

"Ainda não decorou a cena do cemitério?", falei, mas me detive assim que cheguei à sala.

Não era Zach quem estava sentado no braço da poltrona do papai. Era Cole, com um ar misterioso e um brilho no olhar. Parecendo revigorado.

Assim que me viu, se levantou.

"E aí, gata?", falou.

"Por que não disse que era o Cole?", falei, mas Célia, assistindo à TV e mexendo no celular, não me deu a menor bola.

Mas antes que pudesse dizer mais alguma coisa, ele passou os braços pela minha cintura, me ergueu do chão e me deu um beijo, deixando os dedos dos meus pés suspensos sobre o carpete.

"Senti sua falta hoje", falou.

"Por onde você andava? Já faz horas que o treino terminou, não?"

Ele me colocou no chão, me beijou de novo e encolheu os ombros.

"Nem fui ao treino", falou. "Tinha um problema de família para resolver. Tive que me encontrar com o advogado do meu pai em Pine Gate. Um antigo processo idiota. Nada importante. Foi um saco. Vi você saindo da lanchonete e a segui até aqui."

Mais uma vez, me abraçou. Depois de um longo dia de trabalho, era muito gostoso ficar nos seus braços.

Nos últimos tempos, as coisas andavam muito bem entre nós. As férias de Natal tinham sido ótimas para Cole. Sem ter de se preocupar com o colégio e com os treinos, ele enfim pareceu relaxar de verdade e, tirando uma ou outra vez em que se irritou um pouco, tudo voltou a ser como antes de ter me batido.

Na semana anterior, tínhamos feito quatro meses de namoro. Já estávamos em fevereiro e, pela primeira vez no ano, havia nevado, o que não era comum, e passamos o dia abraçadinhos no sofá vendo a neve cair e tomando chocolate quente. Felicidade completa, como algo que só se via em filmes românticos.

Queria que a vida inteira fosse assim: chegar em casa do trabalho e ser envolvida nos braços de Cole. Ficar feliz de ter a noite toda pela frente ao seu lado. Só nós dois, na mais perfeita harmonia.

Nos beijamos, e ouvi Célia estalar a língua no sofá.

"Arranjem um quarto", murmurou.

"Já arranjamos. Este aqui", falei, rindo e beijando Cole de novo, desta vez mais forte e com mais ruído só para incomodá-la.

Depois de nos beijarmos, Cole me soltou e foi um pouco para trás.

"Vai pôr os tênis", falou.

"Graças a Deus", resmungou Célia. "Já estava prestes a vomitar."

"Tá bom", falei, sem dar bola para ela. "Aonde vamos?"

Ele sorriu.

"É surpresa."

Corri escada acima e calcei os tênis, depois retoquei a maquiagem e passei uma escova pelos cabelos. Quando desci de novo, Cole estava parado junto à porta, a mão na maçaneta.

"Vamos logo, tartaruga", falou, e fomos saindo.

No carro, Cole ligou o rádio e pisou fundo, batucando com a palma das mãos no volante ao ritmo da música. De tempos em tempos, se virava para mim e sorria, depois estendia a mão e me acariciava na nuca.

Entramos na rodovia e ele diminuiu o volume.

"Você vai ao jogo sexta?", perguntou.

"Claro. Você vai jogar, né?", falei de brincadeira, abrindo um largo sorriso e piscando os olhos uma porção de vezes de forma exagerada.

Ele sorriu, aumentou o volume de novo, e recostou a cabeça no assento.

"Essa é a minha garota", falou, depois aumentou o volume mais um pouco.

O carro estava quase vibrando. Cole estava quase vibrando. Estava tenso, sem dúvida alguma. Mas tenso em um bom sentido. E, apesar de sentir essa tensão emanando dele, dessa vez não fiquei receosa.

Entramos no estacionamento do shopping e Cole estacionou. Quando desligou o carro, o súbito silêncio fez meus ouvidos zunirem. Olhei para ele sem entender. Já tínhamos ido ao shopping juntos uma dúzia de vezes. O que isso tinha de tão especial?

"Vamos lá", falou. "Quero comprar uma coisa pra você."

Saímos do carro e nos encontramos em frente à traseira, onde ele entrelaçou os dedos nos meus. E assim – de mãos dadas e felizes da vida – fomos em direção ao shopping.

Logo que entramos, ele começou a apertar o passo, me arrastando atrás dele. Cruzamos a praça de alimentação até chegar em frente a uma livraria. Ele parou e ergueu os braços como se fosse uma daquelas assistentes de palco de programa de auditório apresentando um prêmio.

"A livraria?", perguntei, olhando para o letreiro. "Quer me dar um livro?"

Ele baixou os braços, revirou os olhos e foi para trás de mim, me empurrando loja adentro.

"Não é um livro qualquer."

Dentro da livraria, ele mais uma vez me segurou pela mão e começou a me puxar. Passamos pela seção de ficção, pela de culinária e pela de autoajuda até chegarmos no fundo da loja, onde enfim paramos.

"Viagem", falou. Passou os dedos pelas prateleiras. "Kansas, Nebraska... á-rá! Aqui." Tirou um livro da prateleira e estendeu-o para mim.

Li o título em voz alta.

"Frommer's Colorado", falei.

Ele fez que sim. "E achei esse aqui também." Tirou outro livro. A *alma das rochosas.*

Desta vez, não li o título em voz alta. Não consegui. Estava emocionada demais para falar qualquer coisa. Em vez disso, tirei-o das suas mãos e comecei a folheá-lo.

As fotos quase me deixaram sem ar. As montanhas eram tão lindas, tão mágicas. Era como se pudesse sentir a mamãe na textura do papel sob os dedos. Sentei-me no chão com as costas para a prateleira, sem conseguir desgrudar os olhos das fotos.

Já tinha visto fotos do Colorado antes. Mas isso era bem diferente de olhar minúsculas imagens no notebook de Bethany. Estas imagens eram tão vívidas e nítidas, tão coloridas, que quase senti como se estivesse lá. Dava para imaginar alguém querendo ir até lá só para ver as montanhas. Dava para imaginar alguém querendo ir até lá só pela beleza.

Cole se sentou ao meu lado.

"Quando encontrei esse livro, escondi para ninguém comprar antes de eu conseguir trazê-la aqui. Assim que vi as fotos, sabia que você ficaria louca por elas." Ele passou o dedo pela imagem de uma montanha coberta de neve, o céu ao fundo tão azul que me fez querer respirar mais fundo. "Você vai achar as respostas que procura, gatinha. Posso sentir."

"Cole", falei, mas não sabia como continuar. Ele sempre tinha dito que entendia o porquê dessa viagem, mas Bethany e Zach diziam o mesmo. E eu nunca sabia ao certo, com todos aqueles papos sobre coelhinhas da *Playboy*, celebridades e novos looks, se Bethany e Zach de fato entendiam o que as montanhas significavam para mim. Se de fato entendiam que não se tratava apenas de uma obsessão boba ou de tirar umas férias.

Mas agora eu sabia. Sabia que pelo menos uma pessoa entendia. Cole entendia. Ele entendia perfeitamente.

"Ah, e tem mais umas coisas que quero te dar", falou. Levantou-se e foi até a outra ponta da prateleira enquanto eu continuava folheando o livro, voltando para o começo e olhando de novo as fotos que já tinha visto. Ele voltou e largou dois mapas no meu colo: um do Colorado e um do Kansas. "Acho que vocês não vão se perder, mas nunca se sabe. Esses são dos bons, a prova d'água e tudo."

Segurei os mapas com uma das mãos e, com a outra, fechei o livro que estava folheando, depois apanhei o guia de viagens *Frommer's* e o coloquei no colo.

"Adorei", falei.

"Ah, e tem mais um." Ele enfiou a mão atrás de uns guias do Walt Disney World e tirou um desses livros de bolso: Emily Dickinson.

"Sabe como é, caso se sinta inspirada pelas montanhas e queira escrever uns poemas", falou.

Apanhei o livro e o segurei contra o peito, sem saber ao certo o que dizer.

Fomos para o caixa. Enquanto Cole pegava a carteira e entregava um punhado de notas de vinte ao funcionário, percebi que era por isso que tinha ficado com ele mesmo quando as coisas não estavam bem. Era por isso que alguns hematomas não importavam. Porque ele me entendia como ninguém jamais havia entendido antes. Porque éramos perfeitos um para o outro.

Fiquei atrás dele enquanto o funcionário lhe entregava o troco e guardava os livros em uma sacola. Encostei a testa nas suas costas, me sentindo a pessoa mais sortuda do mundo.

"Te amo", sussurrei, a boca roçando o tecido da sua camiseta.

31

Os Bearcats, o time de basquete do colégio, vinham fazendo um campeonato desastroso, e só o fato de terem conseguido se classificar para a segunda fase já tinha sido um milagre. Dava para sentir a tensão nas arquibancadas, emanando dos pais, que estavam na expectativa de uma grande vitória. Os alunos presentes na torcida só estavam ali para se mostrar uns para os outros. Desfrutar de um pouco de liberdade. Ficar à toa pelo colégio. Namorar um pouco. Brigar um pouco. Passar um pouco de tinta na cara.

Eu estava ali sozinha. Não via Bethany fazia dias, desde o fim de semana em que tinha ido à casa de Zach para ajudá-lo a ensaiar e passei o tempo todo me sentindo como se estivesse sobrando. A meu pedido, Cole tinha parado de implicar com Bethany, mas, em vez de ficar agradecida, ela havia reagido me excluindo ainda mais. Durante a noite inteira, mal tinha me dirigido a palavra – não que estivesse zangada, mas como se não soubesse o que dizer. Na companhia de Bethany e Zach, essa tinha sido a primeira vez que me sentia como uma intrusa. Sempre havíamos sido os Três Terríveis ou o Monstro de Três Cabeças. Agora, eram os dois de um lado... e eu do outro.

Imaginei que, em vez de estar no jogo, era provável que ela estivesse de novo ajudando Zach a decorar as falas. Ou que os dois tivessem ido ao cinema. Sei lá, só sabia que, de um jeito ou de outro, não estava mais por dentro do que rolava com eles.

Mesmo nas aulas de reforço, Zach e eu praticamente só estudávamos. Não havia mais intimidade alguma entre nós. Ele não fazia mais piadas e apenas ficava lá sentado, respondendo às minhas perguntas com a maior seriedade.

Se fosse escrever um poema sobre nossa amizade, teria de usar a palavra *desconfortável*. E *artificial*. E *mudada*.

Ou seja, estava sim decepcionada por resolverem me excluir bem quando finalmente tinha conseguido convencer Cole a aceitar a nossa amizade. Além disso, não tê-los ao meu lado significava que, se quisesse ver Cole jogar, teria de fazer isso sozinha. Aliás, nos últimos tempos, parecia que fazia cada vez mais coisas sozinha.

Para completar, o jogo não ia nada bem. No intervalo, o placar era de 42-12 para o time adversário. No começo do segundo tempo, os Bearcats conseguiram acertar um ou outro arremesso, mas o placar final foi de 62-23, e mais um vexame na conta dos Bearcats.

Quando deixou a quadra, a torcida chegou até a vaiar o time. Dava para ver a frustração nos ombros caídos dos jogadores. Quer dizer, de todos menos um. O número 12. Cole, cujos ombros se mantinham erguidos e firmes sob o uniforme. Ele tinha jogado tão mal que o técnico o havia deixado no banco pelos últimos oito minutos do jogo.

Eu sabia que ele precisaria de um tempo sozinho para esfriar a cabeça, ainda mais que tínhamos combinado de ir a uma festa na casa de Trent depois do jogo. Ele precisaria de um tempo para se acalmar, entrar em um clima de festa. E as coisas andavam tão bem entre nós. Tinha aprendido que, em certos momentos, o melhor a fazer era deixá-lo sozinho. Este, sem dúvida, era um desses momentos.

Sendo assim, fiquei sentada na arquibancada pensando no que lhe diria para animá-lo um pouco quando saísse do vestiário.

De uma hora para outra, a fileira da arquibancada em que eu estava sentada ficou vazia e, quando olhei em volta, me dei conta de que quase todo mundo já havia ido embora.

Levantei-me, e foi então que os vi: Zach e Bethany, sentados só meia dúzia de fileiras para cima, as cabeças quase encostadas uma na outra, dividindo um par de fones de ouvido. Será que haviam estado ali o tempo todo? Como é que não tinham ido falar comigo?

"Ei!", gritei, e os dois levantaram a cabeça e olharam na minha direção.

"Alex!", Zach gritou de volta. "Não vi você aí!" Mas, quando falou isso, reparei que Bethany virou o rosto um pouco para o lado, tentando esconder um sorrisinho malicioso. Mentira. Sabiam que eu estava ali e tinham me ignorado. De propósito.

"Claro que não", falei em um tom irônico. "Caso contrário, teriam me dado oi, certo?"

Bethany revirou os olhos, mas, antes que pudesse dizer alguma coisa, uma garota que eu já tinha visto conversando com Bethany junto ao seu armário, mas cujo nome não sabia, cutucou-a no ombro. Bethany se virou e, na mesma hora, sua expressão carrancuda deu lugar a um sorriso. Ela se levantou, abraçou a garota e as duas começaram a bater papo na maior descontração.

Quando foi que isso aconteceu? Quando foi que minha melhor amiga começou a me evitar, e quando foi que ficou tão íntima dessa garota com a qual conversava da mesma forma que sempre tinha conversado comigo?

Zach foi descendo pela arquibancada, pulando de fileira em fileira até chegar onde eu estava.

"E aí?", falou. "Escuta. Tenho quase certeza de que a Bethany vai te perguntar se você se importa que a Tina vá com a gente na viagem."

"Quem diabos é Tina?", perguntei, mas então me dei conta de que ele estava falando da nova amiga de Bethany. "Ela?", perguntei, apontando na sua direção.

Zach fez que sim.

"Você vai gostar dela."

"Não", falei, enfiando com raiva as mãos dentro das mangas do casaco. "De jeito nenhum."

"As duas agora são como unha e carne", falou, apontando na direção delas com a cabeça. "A Tina é uma figuraça."

"Não tô nem aí, Zach", falei, me dando conta, tarde demais, de que estava falando muito alto. "Caso tenham se esquecido, em meio a todo esse papo de trailers e tatuagens e dinheiro extra para comprar autênticas bugigangas indígenas, não estou indo viajar para me divertir."

Ele estendeu as mãos como se quisesse capturar as ondas sonoras à medida que saíam da minha boca, impedindo que chegassem aos ouvidos de Bethany. Mas era tarde demais. Tina e ela já estavam olhando para nós, a mesma expressão pasma no rosto das duas.

"Calma", falou. "Não precisa ficar nervosa. A gente sabe muito bem qual o motivo da viagem."

"Não parece", resmunguei, descendo uma fileira para sair da sua frente. "Como se eu fosse querer passar o momento pelo qual esperei a vida toda com a 'figuraça' da Tina!" Fiz um irônico sinal de positivo para ele. "Ótima ideia, pessoal. Muito boa mesmo!"

Apressei o passo em direção às escadas que davam acesso à arquibancada.

"Volta aqui, Alex, deixa disso", falou Zach às minhas costas.

Fiz menção de me virar – não era sempre que Zach se mostrava vulnerável, e comecei a me sentir culpada –, mas, ao ouvir Bethany dizer em uma voz toda ofendida: "Deixa, azar o dela", desisti e saí andando ainda mais rápido.

Mas, em vez de dobrar à direita no corredor que dava acesso ao vestiário masculino e esperar por Cole do lado de fora, como sempre fazia, dobrei à esquerda e saí pelas portas que davam no estacionamento. Nesse momento, não conseguia aguentar as luzes fluorescentes do colégio ou a umidade e o mau cheiro do ginásio. E não conseguia nem pensar na possibilidade de dar de cara com Zach e Bethany... e Tina... de novo. Então fui até o carro de Cole e fiquei por ali andando de um lado para o outro.

Apesar do péssimo jogo, havia um monte de gente reunida pelo estacionamento, tirando cervejas de caixas de isopor que traziam no banco traseiro dos carros. Havia garotas sendo carregadas nos ombros. Garotos tentando consolar os amigos à medida que estes saíam do vestiário com frases de incentivo como: "Puxa, cara, o time deles era muito bom, mas vocês lutaram até o final. Lutaram mesmo".

Todos os pais já tinham deixado o estacionamento, carregando nos ombros os filhos pequenos, quase adormecidos, e arrastando pela mão os um pouco mais velhos, elétricos de tanto comer doces. E assim, à medida que entravam nos carros e partiam pela rua principal em direção ao centro da cidade, os faróis traseiros sumindo na distância, o estacionamento mais uma vez voltava a ser só dos adolescentes.

Mas Cole demorou tanto que, quando saiu do vestiário, até os adolescentes já tinham ido embora, deixando marcas de pneu no asfalto e gritando, pendurados para fora das janelas, qualquer coisa só pelo gostinho de gritar com os rostos voltados para o céu escuro. Só sobraram os carros de Cole e do Sr. Dample, o técnico do time, que sempre permanecia por muito tempo após o término dos jogos, saindo apenas depois de todos terem ido embora.

Ao que parecia, quase todo mundo estava indo para a festa na casa de Trent. Fiquei me perguntando se Bethany e Zach estariam lá. Ótimo. Para piorar, era bem provável que levassem a "figuraça" da Tina junto.

Só de pensar, senti uma nova onda de raiva e desespero. Por quê? Por que tudo tinha de ser sempre tão complicado?

Andei de um lado para o outro mais um pouco, pensando. Talvez desse para resolver as coisas com uma boa conversa. Talvez pudesse fazê-los entender que essa viagem era algo pessoal demais para ser compartilhada com alguém que eu mal conhecia, ainda que tivesse certeza de que a garota era gente boa.

Talvez pudesse fazê-los entender que, agora que estava com Cole, precisava mais do que nunca fazer essa viagem. Precisava descobrir o que havia de tão importante lá nas montanhas. Precisava provar para mim mesma que, fosse lá o que tivesse atraído a mamãe, não poderia ser mais importante do que eu, ora bolas. Precisava pôr um ponto final nessa história de uma vez por todas – deixar de ser Alex, a garota abandonada pela mãe, carente e instável, e começar a ser Alex, a garota segura de si mesma. Precisava fazê-los entender isso. Precisava fazê-los entender o quanto, nos últimos tempos, me sentia insignificante e que, aos meus olhos, esse sentimento tinha tudo a ver com o dia em que a polícia estava lavando a estrada por onde o cérebro da mamãe tinha se espalhado. Precisa fazê-los entender que a insignificância que eu havia sentido naquele dia, embora tanto tempo já houvesse se passado, estava diretamente ligada à que senti no dia em que deixei a casa de Cole com um olho roxo. Queria muito poder lhes contar que Cole havia me agredido. Talvez assim entendessem o porquê de eu precisar provar a mim mesma que não era insignificante.

Mas, para poder falar tudo isso, precisaria revelar meu segredo. E, logo agora que tinha me acertado com Cole, isso estava fora de cogitação. Estava decidida a não ser a garota que era maltratada pelo namorado. E também estava decidida a não fazer de Cole o garoto ciumento que descontava sua frustração batendo na namorada. Ele nem sempre era assim, mas ninguém jamais entenderia isso.

Quando vi Cole sair pela porta lateral do colégio, já estava cansada de tanto zanzar de um lado para o outro. Tinha conseguido me acalmar um pouco, o suficiente para começar a sentir frio. Tinha fechado o casaco até o queixo e recolhido os braços por dentro das mangas, passando-os em volta da cintura para me esquentar, como fazia quando era pequena. Sei que parecia uma idiota andando para lá e para cá toda encolhida dentro do casaco, mas ajudava a espantar o frio.

"Achei que ia me esperar lá dentro", disse Cole, cruzando o estacionamento com passos longos e apressados. Estava tão escuro que mal conseguia ver seu rosto, mas reparei que tinha os punhos cerrados junto ao corpo. Ele ainda não tinha esquecido o jogo.

"Desculpa", falei. "Queria tomar um pouco de ar puro."

"Ahã", falou, e apertou o botão da chave para destravar o carro.

"Escuta, sinto muito pelo jogo", falei, tremendo de frio. "Era para vocês terem ganhado."

Ele estava estendendo a mão em direção à maçaneta da porta, mas, quando falei isso, se deteve.

"Ah era, é?"

A expressão no seu rosto me serviu de alerta. Sem dúvida alguma, esta seria uma daquelas noites em que precisaria ter muito cuidado com o que dizia. Ele estava com um ar ameaçador e, por experiência própria, sabia quais eram as consequências que isso poderia ter para mim.

"Só estava tentando...", comecei a falar, mas parei no meio e mordi o lábio. Minha cabeça estava a mil por hora. O que deveria dizer? O que poderia deixá-lo mais calmo? "A gente não vai pra festa do Trent?"

"Não", falou, esticando o braço e me segurando pelo ombro. Não estava apertando com força, mas ainda assim não pude deixar de sentir um calafrio percorrer o corpo. Só conseguia pensar naqueles dois socos e no rosto latejando. Só conseguia pensar no torcicolo de tanto ficar deitada na mesma posição por dois dias, fingindo estar doente para não ter de aparecer diante das pessoas com o rosto inchado e cheio de hematomas. Não podia passar por aquilo de novo.

"Vamos ficar aqui mesmo até você me explicar como é que era pra gente ter ganhado. Já que entende tanto assim de basquete." Em seguida, me empurrou de leve, me fazendo dar um passo para o lado. Depois, me empurrou de novo mais três ou quatro vezes, lembrando um urso brincando com a presa antes de devorá-la. "Hein?", repetia. "Me explica. Como é que era pra gente ter ganhado?"

Não abri a boca. Para falar a verdade, tentei esboçar o mínimo de reação possível, torcendo para ele deixar essa história de lado e entrar no carro para que pudéssemos ir logo para a festa do Trent, onde quem sabe ele poderia tomar uma cerveja e se acalmar.

Mas ele insistiu.

"Ei, pessoal!", gritou, como se falasse com alguém. Olhei em volta, mas o estacionamento parecia vazio. "Escuta essa! Além de achar que é poeta, a vagabunda da minha namorada agora também entende tudo de esportes! Ela vai nos ensinar tudinho sobre como ganhar um jogo de basquete!"

"Cole", falei baixinho. "Não estava tentando te ensinar nada. Só estava..."

"O quê? Você estava 'só' o quê? Hein? Desembucha. Está todo mundo esperando."

Ele me empurrou de novo, dessa vez um pouco mais forte, me obrigando a dar um passo para trás. Olhei em volta, apreensiva. Não havia "todo mundo" algum esperando para ouvir o que quer que fosse. Estávamos completamente a sós. Em outras palavras, ele poderia fazer comigo o que bem entendesse. Ao me dar conta disso, senti um frio na espinha.

"Pelo amor de Deus, Cole", falei, balbuciando as palavras com a voz trêmula. Senti ódio de mim mesma por soar assim — como se estivesse implorando pela vida —, mas, de certo modo, não deixava de ser verdade. "Será que não podemos esquecer essa história e ir logo pra festa?"

"Será que não podemos esquecer essa história e ir logo pra festa?", falou, me imitando com uma vozinha fina, carregada de desprezo. *Empurrão*. "Será que não podemos esquecer essa história e ir logo pra festa? Pelo amor de Deus, Cole." *Empurrão*.

A cada novo empurrão, eu dava um novo passo para trás, sem fazer qualquer menção de me aproximar dele. Em vez disso, era ele quem se aproximava de mim. *Empurrão. Passo para trás. Empurrão. Passo para trás.* A essa altura, já estávamos a uma boa distância do carro e cada vez mais perto da escuridão das árvores que cercavam o estacionamento.

Eu estava implorando para ele parar, apertando cada vez mais os braços em volta do corpo. Queria passá-los de volta por dentro das mangas, mas tinha medo que ele pensasse que eu estava querendo me defender, ou, pior ainda, que estava querendo revidar os empurrões. Jamais havia tentando revidar as agressões de Cole, e não tinha a menor intenção de começar agora. Tinha medo só de pensar no quanto iria me bater forte se eu fizesse isso.

"Deixa isso pra lá, Cole, vamos embora de uma vez", falei, tentando manter a voz grave e firme, para evitar que ficasse me gozando. Para não deixá-lo irritado. Mas não adiantava. Ele já estava irritado.

Empurrão. Passo para trás.

"Sabe de uma coisa, Alex? Você é tão idiota que chega a dar pena." *Empurrão. Passo para trás.* "Você acha que sabe tudo, isso é o que mais me impressiona. Acha que tem todas as respostas. Escreve um poeminha ridículo e fica se achando grande coisa." *Empurrão. Passo para trás.* "Não tem nada pior do que uma namorada vagabunda e idiota tentando... te dizer..." *Empurrão. Passo para trás.* "O que fazer!"

Na palavra "fazer", ele deu um empurrão bem mais forte que os anteriores. Tentei manter o equilíbrio, mas, com os braços ainda recolhidos dentro do casaco, não havia como. Era certo que ia cair.

Dessa vez, não dei um pio. Estava apavorada demais e tudo aconteceu muito rápido. No entanto, enquanto caía, me virei de costas para ele pensando que assim, se conseguisse tirar os braços de dentro do casaco a tempo, poderia usar as mãos para amortecer a queda. Mas não consegui. Caí de frente na calçada de concreto que circundava o estacionamento, um dos ombros absorvendo uma parte do impacto, mas, ainda assim, o rosto batendo com força no chão.

E ele riu.

Riu de verdade. Riu alto. Riu com gosto.

Afinal, consegui passar os braços por dentro das mangas do casaco e levei as mãos ao rosto. Senti algo molhado e, ao tirar as mãos do rosto e examiná-las no escuro, vi que os dedos estavam manchados de alguma coisa preta. Sangue. O ombro doía, mas não parecia nada muito grave. Conseguia mexê-lo. Não estava quebrado ou coisa do tipo. Mas o queixo, assim como os lábios, ardia bastante. Senti uma coisa dura se mexendo dentro da boca e a cuspi na palma da mão. Um pedaço de dente. Com a língua, senti a superfície serrilhada do dente da frente na parte em que tinha quebrado. Uma lasca e tanto.

A muito custo, me levantei do chão, revoltada demais para chorar, assustada demais para dizer qualquer coisa, e, mais uma vez, me sentindo dormente. Dormente dos pés à cabeça, como se alguém tivesse puxado o cabo que me conectava à tomada e me guardado de volta na caixa. Cheguei à conclusão de que me sentir assim era um péssimo sinal. De que havia uma porção de coisas que deveria estar sentindo no lugar da dormência, e de que o fato de não as estar sentindo era preocupante.

Cole continuava rindo, as mãos na barriga como se fosse a coisa mais engraçada que já tinha visto na vida. Passei por ele com as mãos no rosto, fui até o carro, abri a porta do passageiro e me sentei.

Tinha pensado que, se ficasse longe de Zach e Bethany, Cole ficaria satisfeito. Se fizesse Zach parar de me fazer cócegas. Se parasse de abraçar meus amigos. Tinha pensado que, se não tocasse no nome deles ou me comportasse como se fossem uma parte importante da minha vida, conseguiria evitar que Cole perdesse a cabeça. Se sempre o apoiasse e concordasse com ele quando reclamava de Brenda. Se tentasse ser positiva quando ele perdia um jogo. Se lhe mostrasse que estava sempre ao seu lado. Mas nada deu certo.

Pela primeira vez, vi tudo com clareza. Não havia nada que pudesse fazer para evitar que Cole perdesse a cabeça. Nada que pudesse dizer ou deixar de fazer ou fazer melhor. Eu não tinha o menor controle sobre o que estava acontecendo entre nós. O controle era todo de Cole. Toda e qualquer guinada no relacionamento era orquestrada por ele. Era ele quem estava no comando. Era ele quem ditava as regras e dava as ordens. Eu não passava de uma marionete, me movendo ao sabor da sua vontade.

Um tempo depois, ele foi até o carro, abriu a porta do motorista e também entrou. O sangue tinha parado de escorrer pelo meu rosto, mas o braço e o queixo, e agora o dente, estavam doendo muito. Fiz força para segurar o choro. Fiz força para não pensar em quanto devia estar horroroso o dente quebrado. Fiz força para não pensar no que o papai diria quando o visse.

"Preciso ir pra casa", falei enquanto ele dava a partida.

Ele fez que não com a cabeça.

"Vamos pra festa do Trent, lembra? Um minuto atrás você estava louquinha para ir. Agora vai ter o que queria."

Fiquei olhando para ele pasma. Ele esperava mesmo que eu fosse a uma festa nesse estado? Eu estava um caco.

"Meu dente quebrou", falei.

O clima no carro ficou pesado, e ele se virou para mim. "Sério? Deixa eu ver."

Mostrei-lhe o dente, odiando-o até o último fio de cabelo mas me sentindo fraca demais para fazer algo a respeito, e ele examinou a minha boca. "Puxa vida, Alex. Você não devia ficar andando por aí com as mãos para dentro do casaco daquele jeito", falou. Como se não bastasse o que tinha feito, teve a cara de pau de dizer isso em um tom de voz sério, como se estivesse preocupado de verdade.

"O que quer dizer com isso?", exclamei com raiva, sem conseguir mais me segurar. "Não estava 'andando por aí'. Você estava me empurrando."

"Aquilo lá?", perguntou, apontando com o polegar na direção da parte do estacionamento em que tínhamos estado há pouco. Riu alto de novo. "Aquilo era só brincadeirinha. Foi você que tropeçou."

Então era assim que a coisa funcionaria dali em diante. Ele não pretendia parar de me agredir; simplesmente começaria a negar. Bom, ainda estava para nascer o dia em que me sujeitaria a isso. Mesmo que ele me comprasse um milhão de livros ou que me conhecesse melhor do que ninguém, não podia aceitar. Não podia deixá-lo me agredir e fingir que a culpa era minha. Eu amava Cole, mas, naquele momento, com a ponta da língua sendo espetada pelo dente quebrado e sangue pingando do queixo, o ódio que sentia por ele era muito maior do que o amor.

Pela primeira vez desde que toda essa loucura tinha começado, me dei conta de que ele jamais pararia de me agredir. Não havia como evitar que ele perdesse a cabeça. Não havia como fazê-lo parar.

Como se ele quisesse confirmar o que eu estava pensando, pressionou minhas costelas com o nó dos dedos de uma das mãos.

"Você é burra mesmo, né, Alex?", falou. "Se eu quisesse te machucar, não o faria em um lugar público."

Ficamos olhando fixo um para o outro por um bom tempo, eu fazendo de tudo para não acusar a dor nas costelas, que aumentava a cada segundo à medida que ele pressionava cada vez mais.

"Vamos pra festa do Trent", falei, sem conseguir tirar da cabeça aquele fato novo do qual tinha tomado consciência e que me enchia de tristeza e medo.

Cole era um agressor. Eu era a vítima.

E as coisas entre nós jamais seriam melhores.

32

A casa de Trent estava lotada. Claro. Se naquela noite eu estivesse linda, era certo que não haveria ninguém na festa. Mas foi só aparecer com uma cara de quem tinha acabado de passar por um moedor de carne e pronto: uma multidão de pessoas. E, como não poderia deixar de ser, Renee Littleton estaria parada bem na entrada. Como ela era a dona da voz mais estridente do mundo, qualquer pessoa em um raio de cem quilômetros conseguia ouvir cada palavra que saía da boca dela.

"Meu Deus, Alex! O que aconteceu com seu rosto?", gritou assim que Cole e eu entramos na casa e, sem exagero, a festa inteirinha se virou para mim. Até a música pareceu diminuir de volume.

Olhei para Cole, que estava com uma cara de quem tinha uma história hilária para contar.

"Caí no estacionamento", murmurei.

"A tonta estava com as mãos dentro do casaco", disse Cole, mostrando as mãos bem abertas.

Senti o rosto esquentar, em parte pela forma como Cole estava colocando a culpa em mim, e em parte pelos olhares cravados nele. Renee se aproximou tanto que deu para sentir o álcool no seu hálito.

"Nossa", gritou. "Você está um caco."

"Eu sei", falei, pensando: *Muito mais do que você imagina, Renee. Muito mais do que você imagina.* "Onde fica o banheiro?"

Ela levou as mãos ao rosto para cobrir a boca e arregalou os olhos.

"Meu Deus, Alex! O seu dente!"

Cole fez que sim, balançando exageradamente a cabeça.

"É disso que estou falando. Quem consegue a proeza de quebrar um dente em um estacionamento? Ô!", gritou para Ben Stoley, que estava na sala de jantar perto de uma caixa de isopor cheia de cervejas. "Aqui!" Ele posicionou as mãos como quem se preparava para receber um lançamento e uma latinha voou pelo ar, aterrissando no meio do seu peito com um ruído seco. Várias pessoas que estavam por perto gritaram comemorando o passe completo e, para minha sorte, esqueceram que eu existia. Inclusive Renee Littleton, que estava ocupada falando – aos berros, claro – para o garoto ao seu lado sobre a viagem que tinha feito havia pouco tempo para a ilha Padre.

Aproveitei para cair fora, mantendo o rosto o mais abaixado que conseguia e tentando evitar qualquer contato olho no olho.

Entrei em um corredor que ficava do outro lado da cozinha. Com certeza haveria um banheiro por ali. As primeiras três portas que abri davam para quartos, dos quais dois estavam ocupados (um por uma turma de umas dez pessoas jogando Twister e se matando de rir, e o outro por um casal que estava rapidamente passando da etapa dos beijos para outra mais apimentada). O terceiro quarto parecia uma suíte, por isso decidi entrar para dar uma olhada e, conforme tinha suspeitado, havia um banheiro.

Entrei no banheiro, fechei a porta e liguei a luz. Olhei-me no espelho.

Como que por reflexo, minhas mãos foram ao encontro do rosto e dei um suspiro tão alto que soou quase como um grito. Tinha ficado com muito receio de me olhar no espelho do carro de Cole – estava com medo de ver o estado em que o meu rosto estava e cair no choro, e não queria lhe dar o prazer de me ver chorando. Mas, puxa vida, estava muito pior do que tinha imaginado.

Ao que parecia, o nariz também tinha sangrado, embora nem sequer o tenha sentido bater no chão. Havia uma crosta de sangue seco em volta dele e da boca, se destacando contra a pele clara e dando a impressão de que eu tinha beijado um palhaço. Havia um pedacinho de pele pendurado no queixo e o lábio superior estava inchado.

Abri a boca e, na mesma hora, voltei a fechá-la. Como suspeitava, o dente não estava só um pouquinho quebrado. Estava quebrado quase na metade, na diagonal, deixando-o com uma ponta afiada. Arreganhei os dentes para vê-lo melhor, encostei a língua na parte quebrada e a recolhi na mesma hora de tanta dor que senti no dente. Com ele doendo daquele jeito, não daria nem para comer.

Tentando me manter calma, abri a água quente da pia e comecei a lavar o rosto. Se limpasse um pouco os machucados, talvez não parecessem tão feios. Talvez quem olhasse para o meu rosto veria apenas um leve arranhão aqui, um lábio um pouco inchado ali. Talvez disfarçasse um pouco.

Mas o dente... isso não tinha como disfarçar.

Neste momento, a dormência que até então eu estava sentindo passou e comecei a chorar, me olhando no espelho enquanto esfregava de leve o rosto para tentar limpar o sangue e descobria que quase nada saía. O rosto inteiro era um grande machucado. Não era à toa que ardia tanto. Estava todo esfolado.

E eu chorava, mas era um choro baixo. Um choro de desistência. Naquela altura, não tinha ideia do que fazer. Queria deixá-lo, mas tinha medo. Queria amá-lo, mas não queria ser o tipo de pessoa que amava alguém capaz de fazer isso com ela.

Ouvi uma leve batida na porta e, em seguida, ela se abriu, primeiro só uma fresta, revelando os óculos de Bethany.

"A Renee disse que você se machucou", disse ela. "Posso entrar?"

Senti um arrepio, mas fiz que sim e ela entrou no banheiro.

"Ui", falou baixinho, pegando uma toalha de rosto que estava pendurada ao seu lado e umedecendo-a na água da torneira. "O que aconteceu?"

A tristeza era tanta que não consegui falar. Não sabia como explicar. Não sabia se ainda era seguro dizer qualquer coisa para Bethany. Abri a boca para ver se saía alguma coisa, mas era como se tudo estivesse entalado, preso em algum lugar bem no fundo de mim mesma. Era uma sensação idêntica à que tinha experimentado naquela noite com Geórgia no pátio da lanchonete e eu sabia que, se naquela ocasião não tinha saído, então ali, no banheiro do quarto dos pais de Trent, é que não sairia.

"Tomei um tombo", falei afinal. "No estacionamento do colégio."

Ela parou de passar a toalha no meu queixo e olhou para mim com um olhar desconfiado.

"Tomou um tombo", falou, mas não era uma pergunta e sim uma afirmação. Uma afirmação incrédula. Talvez Cole até tivesse razão quando dizia que eu era burra como uma porta, mas jamais poderia dizer o mesmo de Bethany.

"No meio-fio perto do carro", falei. "Eu estava..." Disse a primeira coisa que me veio à cabeça. "Correndo."

Ela piscou, usou o pulso para ajeitar os óculos no nariz e, em seguida, voltou a passar a toalha pelo meu rosto.

"Correndo de alguém?", perguntou em uma voz desanimada.

"O que quer dizer com isso?", falei, e me retraí quando tocou com a toalha em um ponto dolorido.

Ela deu um suspiro, largou a toalha na pia e me olhou nos olhos.

"Escuta, Alex, não me leva a mal, mas... o Zach e eu temos conversado sobre você e..."

Endireitei-me.

"Que legal. Agora também estão falando de mim pelas costas? A Tina também está participando?"

Ela estendeu a mão e acariciou o meu ombro com delicadeza. A diferença entre a ternura do seu toque e a frieza com que Cole me segurou pelo ombro havia pouco era tão drástica que não pude evitar de me encolher.

"Não fala assim", disse ela. "Não é nada disso. Estamos preocupados."

Peguei a toalha da pia, torci e passei no espacinho entre o nariz e o lábio superior.

"Bom, vocês não têm com o que se preocupar", falei. "Tomei um tombo. Nada de mais."

"Não é o que parece, olhando daqui", falou em um tom ríspido. Depois, recuperando a calma, pegou a toalha da minha mão e voltou a passá-la no meu rosto. "Alex, somos seus melhores amigos. Quase seus irmãos, para ser mais precisa. Se aquele babaca está te machucando..."

Recuei de forma brusca, balançando a cabeça. Bethany ficou me olhando pelo espelho, mão segurando a tolha no ar, onde meu rosto tinha estado até um segundo atrás.

Na minha cabeça, estava pensando: *É agora*. Essa era minha chance de enfim abrir o jogo. Essa era minha chance de contar para Bethany o que vinha acontecendo comigo. Essa era a minha chance de ter alguém para me ajudar.

Mas, então, me lembrei do que tinha ocorrido no jogo. *Deixa, azar o dela*, Bethany tinha dito. *Deixa, azar o dela*, enquanto abraçava e jogava conversa fora com Tina e fazia planos para ela ir conosco para o Colorado. Eu amava Bethany, mas não tinha mais certeza se podia confiar nela. Fazia meses que vinha me dedicando exclusivamente a Cole, e não sabia mais com quem podia contar.

Além do mais, fazia meses que Cole e eu vínhamos guardando esse segredo. Era nosso segredo. Se contasse a Bethany que ele tinha me empurrado e quebrado meu dente, teria de contar dos socos no quarto dele. E do pulso na aula de reforço. Eram muitos segredos. Segredos demais. Ela ficaria uma fera por eu ter escondido todas essas coisas até agora. Ela contaria a outras pessoas. Eu teria de repetir as histórias um milhão de vezes, enquanto todos ficavam bravos e decepcionados comigo. Seria tão humilhante.

Comecei a me sentir tonta.

"Alex", disse Bethany, em uma pose meio estranha com a mão parada no ar daquele jeito. "Você pode me contar qualquer coisa."

Mas continuei recuando, as mãos massageando as têmporas e pensando: *é agora. Este deve ser o momento em que fico mais louca que uma cabra.* De tanto ir para trás, bati com as pernas na cama e caí sobre ela, mas me levantei depressa.

"Pelo amor de Deus", falei. "Pelo amor de Deus, não fala nada para ninguém."

Ela se aproximou um pouco.

"Então é verdade? Você tem que contar para alguém."

Senti meus olhos se encherem de lágrimas.

"Não", falei, apontando para ela com uma das mãos, a outra ainda na têmpora. "Ele não tá... por favor, não fala nada para ninguém, Bethany. Estou implorando. Está tudo sob controle."

Ela se aproximou um pouco mais, mas eu fugi em direção à porta.

"Alex", falou em um tom de súplica, e reparei que ela também estava chorando. Fiquei me perguntando qual era o motivo para ela estar chorando. Não era ela que tinha perdido todas as pessoas a quem já tinha amado na vida. Não era ela que tinha perdido a mãe em um acidente de carro antes de ter idade o suficiente para pelo menos se lembrar dela. Não era o seu pai que tinha se enfiado em um buraco mental do qual nunca mais tinha saído. Não era ela que tinha tomado socos na cara do garoto que amava. Não eram seus melhores amigos que a tinham abandonado. Por que diabos estava chorando? Ela continuava tendo tudo, e eu continuava tendo nada. Exatamente como tinha sido por toda a nossa vida. "Vamos te ajudar", falou, a voz embargada pelo choro.

"Não preciso de ajuda", falei, ou talvez tivesse gritado, pois, agora que a porta estava aberta, a música, como se já não bastasse todo o resto, também estava martelando na minha cabeça, e eu não conseguia prestar atenção em nada além do barulho.

Saí do quarto deixando-a lá, parada sobre o carpete branquinho dos pais de Trent, segurando uma toalha que pingava sangue, enquanto lágrimas escorriam pelo seu rosto, e a torneira corria no banheiro atrás dela. Prometendo ajudar uma amiga que já não confiava mais nela. Prometendo ajudar uma amiga que insistia não precisar de ajuda alguma.

Encontrei Cole no porão da casa, jogando sinuca com Trent e outros dois garotos do time de basquete. Só estavam os quatro ali embaixo, nada de música, nada de Renee Littleton, nada de Bethany. Ali dava para raciocinar melhor.

"Ei, aí está ela!", disse Cole ao me ver. Tomou um longo gole de cerveja.

Não dei bola para ele e fui direto me sentar no sofá, ligando a TV. Estava passando um antigo filme em preto e branco. Fiquei ali sentada olhando para a tela sem prestar a menor atenção, pensando que, quanto mais entediante estivesse ali embaixo, menor seria a chance de alguém, que eventualmente aparecesse, querer ficar.

Em dado momento, acabei pegando no sono, acordando mais tarde quando alguém se atirou no sofá ao meu lado, passando o braço por cima do meu ombro machucado. Abri os olhos. Era Trent, e ele estava podre de bêbado. Ao sentir seu bafo, franzi o rosto e, na mesma hora fui, lembrada de o quanto estava esfolado, pois, só de franzi-lo, tive a sensação de que estava sendo cortado por navalhas.

"E aííí, Alex?", falou arrastando as palavras. "A sua cara está horrorosa."

Olhei para trás do sofá. O jogo de sinuca tinha acabado, e todos os outros garotos tinham ido embora.

"Cadê o Cole?", perguntei, a voz embargada pelo sono, depois limpei a garganta e me sentei direito.

Trent riu na minha cara, quase me asfixiando com o bafo, e se recostou em mim.

"Você tropeçou e *paf* com ela no chão?", perguntou, e então riu mais um pouco.

Dei um jeito de me desvencilhar dele, deixando-o afundar no sofá, ainda rindo da própria piada. Com sorte, logo cairia no sono. Nada melhor para curar a bebedeira. Com sorte, as pessoas não destruiriam a casa enquanto ele ficava ali embaixo, dormindo com a cara enfiada no sofá.

Subi as escadas e voltei para a festa, que parecia não estar mais tão lotada. De acordo com o relógio, eu já tinha passado da hora de estar em casa. O que, em outras palavras, significava que precisava dar um jeito de chegar antes que Célia percebesse e acordasse o papai.

O problema era que não conseguia achar Cole em lugar algum. Olhei em todos os quartos. No pátio. Seu carro também não estava mais lá.

Ótimo. Abandonada. Muito legal.

Parecia impossível, mas a noite estava ficando cada vez pior.

Sentei-me na varanda da frente para pensar no que fazer. Pessoas passavam por mim trocando os passos, entravam nos seus carros e saíam roncando o motor. Em breve, pensei, não restaria mais ninguém ali. Só Trent e eu, roncando no sofá do porão, o meu dente quebrado apodrecendo e eu sendo colocada de castigo pelo resto da vida por não ter voltado para casa.

Encontrei Bethany e Zach em um quarto jogando Playstation em uma enorme TV. Pelo som ensurdecedor de motores roncando, era algum jogo de corrida e, quando cheguei, Bethany tinha acabado de ganhar, e se levantou para fazer uma dancinha em comemoração.

Ao me ver, desfez o sorriso e parou de dançar.

"Você ainda está aqui?", falou.

Zach se virou, o controle ainda na mão.

"Ei, e aí, Alex? Achei que já tinha ido embora."

"Peguei no sono lá embaixo", falei. "O Cole foi embora."

Eles trocaram um olhar cujo significado não fui capaz de decifrar; depois, Zach se inclinou para frente e desligou o Playstation.

"Eu já estava mesmo a fim de ir embora. Não aguento mais ganhar da Beth."

Ela lhe deu um tapa no ombro, mas largou o controle no chão e saiu do quarto dizendo algo sobre procurar sua bolsa.

No carro de Zach, a caminho de casa, fui sentada sozinha no banco de trás, fingindo não ouvi-los brincando um com o outro na frente. Fingindo não reparar que nenhum dos dois falou uma mísera palavra para mim ao longo de todo o trajeto. Fingindo não me sentir aliviada quando enfim estacionamos na entrada da casa de Zach, de onde era só cruzar os pátios para entrar na escuridão da minha casa e poder ficar sozinha.

33

Meia hora depois, eu estava de banho tomado, com curativos feitos e deitada na cama, olhando para as luzes que entravam pela janela e se projetavam no teto.

O queixo continuava ardendo, ainda mais agora que tinha arrancado o pedacinho de pele que estava pendurado. O nariz também estava dolorido, e o dente, apesar de não estar mais doendo tanto, volta e meia espetava a língua.

Ainda assim, não conseguia mantê-la longe dele. Enquanto ficava ali deitada pensando, apertava a língua contra a ponta afiada do dente de novo e de novo. *Espetada. Espetada. Espetada.* Algo na dor parecia familiar e, por mais estranho que pareça, bom.

Porque pelo menos aquela dor era previsível. Era esperada. *Espetada.* Dor. Ponta afiada. *Espetada.* Ai! Bom. Sabia que isso aconteceria. Podia prever e compreender a dor da espetada na língua.

O resto da minha vida... nem tanto.

Como era que tudo tinha saído tanto do controle? O que eu faria agora? Estava com medo de encarar todo mundo.

Devia ter passado um bom tempo ali pensando, pois, em dado momento, comecei até a cogitar a ideia de, naquela noite mesmo, fugir sozinha para o Colorado e não voltar nunca mais. Não contar a ninguém para onde tinha ido. Sumir e virar apenas uma vaga lembrança na cabeça das pessoas. Tinha dinheiro o suficiente para ir até lá. Tinha um carro. Chegando, precisaria arrumar um emprego, só isso. Tudo o que tinha de fazer era dar no pé e deixar a dor para trás.

Quando enfim comecei a pegar no sono, uma gritaria do lado de fora me acordou.

Sentei-me na cama e olhei pela janela. Não dava para ver nada, então me levantei da cama e abri bem as cortinas.

O carro de Cole, ainda ligado, estava parado por cima do meio-fio, a porta do motorista escancarada. Ele estava no gramado da minha casa, gritando algo para alguém que se encontrava na escuridão da varanda da casa de Zach.

Não dava para entender direito o que ele estava gritando. Estava com a fala arrastada e havia uma vidraça entre nós. Mesmo assim, não precisava ser um gênio para deduzir do que se tratava.

"Vou falar com ela e pronnnto... vozzzê não tem nada a ver com izzzo... ela não é sssua namorada..."

Pasma, levei a mão à boca, sem saber ao certo o que fazer. Uma luz se acendeu na casa da frente, e vi os vizinhos levantarem a persiana para espiar. Deus do céu, se Cole continuasse com aquele barraco acabaria acordando o papai, e a última coisa de que precisava era ter que explicar o porquê de o meu namorado, tão bêbado que mal conseguia ficar em pé, estar gritando no gramado da nossa casa às três da madrugada. *Ah, e por falar nisso, será que você pode marcar uma consulta no dentista para mim, tipo, o quanto antes?*

Tentei destravar a janela para poder abri-la e, com sorte, fazer Cole calar a boca, mas a trava estava emperrada e, antes de os meus dedos conseguirem puxá-la, ele começou a gritar de novo.

"Falar é fázzzil, quero ver fazzzer", e então um vulto de calça jeans cruzou o gramado como um raio e, em um piscar de olhos, Cole estava no chão rolando de um lado para o outro com Zach, os dois desferindo socos loucamente.

Luzes se acenderam em uma outra casa do outro lado da rua, e alguém apareceu na varanda da frente e gritou:

"Ei!".

Puxei a trava com toda força e enfim consegui abrir a janela, abrindo-a em seguida de uma só vez. O ar frio invadiu o quarto e pude ouvir claramente os grunhidos e o ruído dos socos. Mas me dei conta de que não sabia o que dizer.

Para ser sincera, Cole não tinha a menor chance contra Zach, que era no mínimo do mesmo tamanho que ele e estava sóbrio. Para cada soco que Cole lhe acertava, Zach devolvia uns cinco e, em um dado momento, Cole parou de revidar e se virou de barriga para baixo, passando apenas a proteger a cabeça com os braços. Zach virou Cole de barriga para cima de novo e agarrou-o pela camiseta, levantando sua cabeça do chão e depois deixando-a cair. Zach relaxou os braços.

"Se tocar nela de novo", gritou na cara de Cole, ainda montado sobre ele, "arrebento seu corpo inteirinho".

Ele se levantou e caminhou de volta para casa, lançando um rápido olhar na direção da minha janela, onde eu me encontrava com as mãos na tela e a boca aberta. O seu lábio estava sangrando um pouco e ele estava ofegante, mas, fora isso, parecia estar bem.

Cole, por outro lado, estava um caco. Nariz sangrando. Boca sangrando. Sangue escorrendo pelo queixo.

Estava parecido comigo.

Depois que Zach entrou em casa e bateu a porta, Cole rolou um pouco no chão, depois se levantou e cuspiu sangue na grama.

A essa altura, vários vizinhos estavam do lado de fora de suas casas, um deles com um telefone na orelha.

Cole cambaleou até o carro, resmungando e parando a cada dois ou três passos para cuspir, entrou e foi embora, segundos antes de a polícia aparecer. A viatura parou em frente à casa de Zach, mas os policiais deviam ter decidido que, qualquer que fosse o problema, já tinha sido resolvido, pois nem saíram do carro e foram embora sem fazer barulho.

Voltei para a cama e recomecei a apertar a língua contra a ponta afiada do dente, sem conseguir tirar da cabeça a expressão no rosto de Zach quando olhou para minha janela.

Jamais entenderia o que havia se passado naquela noite, que tinha começado com o garoto que eu amava, e que em tese deveria ser meu melhor amigo, me machucando, e agora terminava com o melhor amigo que eu tinha machucado no jogo de basquete, me defendendo.

Zach tinha olhado em direção à minha janela como se soubesse que eu estava lá. Como se soubesse que eu tinha visto ele dar uma lição em Cole. Como se estivesse deixando bem claro, tanto para Cole quanto para mim, que não tinha medo de encará-lo se fosse preciso, independentemente de eu gostar ou não da ideia.

Além disso, havia mais uma coisa no seu olhar. Uma coisa que parecia dizer que ele não assistiria calado enquanto eu era devorada por Cole. Uma coisa que parecia me assegurar de que ele sempre esteve ao meu lado, e de que agora não seria diferente.

Talvez não estivesse tão sozinha quanto pensava. Talvez tivesse enfim chegado a hora de abrir o jogo.

34

"Deixa eu ver", disse Bethany quando me sentei ao seu lado. Era a noite de estreia de "A lua para mim e para você", e eu tinha acabado de sair do dentista, por isso não pude me encontrar com ela antes. A sala estava lotada. Eu estava nervosa por Zach, embora soubesse que ele provavelmente estava atrás do palco fazendo palhaçadas, sem um pingo de preocupação.

Abri um largo sorriso, exibindo a nova coroa dentária.

"Linda", disse ela. "Doeu?"

"O que doeu mesmo foi a ida até o consultório", falei, fechando os lábios e passando a língua pelos dentes de cima para limpar eventuais manchas de batom. Revirei a bolsa atrás de um espelho para ver como estavam.

"Teve que ouvir uma ladainha, é?"

Fiz que sim.

"Bota ladainha nisso." Achei o espelho e o levantei na luz, aproveitando para examinar também o rosto. As casquinhas dos machucados no nariz, lábios e queixo já tinham caído fazia tempo. As cicatrizes que haviam ficado eram discretas e, com maquiagem, dava para escondê-las quase por completo. "Não tenho condições de ficar pagando para arrumar seu dente cada vez que você decidir fazer baderna em um estacionamento", falei, engrossando a voz para imitar o papai. "Já estava a ponto de falar: 'deixa pra lá, vou ficar com a coroa provisória para sempre'. Já estava mesmo começando a me acostumar com ela. Com essa aqui, meu dente parece enorme na boca."

Na cabeça, repeti a cena da conversa entre o papai e eu na ida para o consultório do dentista. Tinha sido mais do que uma simples ladainha.

"Aquele garoto anda deixando rosas no seu carro de novo", disse o papai, sem contanto perguntar qual era o motivo por trás daquilo.

"Pois é", falei, sem saber ao certo o que falar.

"A coisa entre vocês é séria?", perguntou.

Encolhi os ombros. Não fazia ideia de como responder a essa pergunta. Nem sabia mais o que "a coisa" entre Cole e eu de fato era. Na segunda-feira daquela semana, ele tinha aparecido no colégio todo arrebentado, mas fingindo que não havia acontecido nada entre nós. Ele tinha voltado a deixar rosas no para-brisa do meu carro, com bilhetinhos carinhosos que me chamavam de Emily Dickinson e dizendo que estava muito arrependido, e implorando que eu o perdoasse. Como de costume.

Só que agora... sentia um frio na espinha toda vez que ele me tocava. Ficava irritada toda vez que ele abria a boca. Morria de medo dele. Mas não o tinha deixado. A essa altura, nem sequer sabia como fazê-lo.

"Sei lá", falei para o papai, olhando as árvores ficarem para trás pela janela. Passamos pelo vertedouro, e senti um frio na barriga. *Se ao menos conseguíssemos recuperar aquele período mágico*, pensei. *Se ao menos eu pudesse recuperar um monte de coisas.* E, antes mesmo de me dar conta do que estava fazendo, deixei escapar: "Pai, por que a mamãe foi embora?".

Em um primeiro momento, ele não falou nada. Ficou apenas olhando para frente, as mãos na parte inferior do volante. Silêncio, como sempre. Nada de respostas, só... silêncio. Esfreguei a testa com a palma da mão, esperando por nada além de mais silêncio.

Mas, para minha surpresa, bem quando avistamos o consultório do dentista, o papai falou:

"Ela se envolveu com um cara que se dizia um curandeiro espiritual." Ele balançou a cabeça, dando uma risada sarcástica. "Ele não passava de um carteador de vinte-e-um desempregado. Mas ela caiu direitinho na história."

Endireitei-me no assento.

"Eles tiveram um caso?" Meus dedos estavam gelados, e não conseguia acreditar no que estava ouvindo.

Mas o papai fez que não com a cabeça, entrando no estacionamento e manobrando o carro para entra em uma vaga. "Não", respondeu. "Não era um caso." Com a mão no colo, ficou balançando de leve a chave entre os dedos. "Alex", falou, dando um suspiro. "Você sempre foi a que mais sentiu a falta dela. Mas você precisa entender. Sua mãe estava doente. Da cabeça. E, além disso, na noite em que foi embora, estava bêbada. Tudo não passou de um grande e triste acidente."

Ele abriu a porta e saiu do carro, mas eu fiquei imóvel no assento. Não fazia sentido. O que a mamãe queria com um curandeiro espiritual? Se não era um caso amoroso, então qual era a relação entre os dois? E por que a mamãe abriria mão de toda a sua vida para ficar com ele? Havia mais um monte de perguntas que queria fazer ao papai, mas ele estava parado em frente à traseira do carro, enfiando a chave no bolso, e eu sabia que a conversa tinha terminado.

Queria contar a Bethany e Zach o que o papai tinha dito. Ver se por acaso tinham mais respostas do que eu. Ver se para eles a história fazia algum sentido. Mas, depois de tudo que havia acontecido, ainda estava reaprendendo a falar com meus melhores amigos. Não sabia mais ao certo em que estavam interessados. Nem mesmo se continuavam interessados em fazer a viagem. Comigo junto, pelo menos.

"Bom, acho que ficou como novo", disse Bethany, me trazendo de volta à realidade. "Tomara que esse não seja quebrado. Pensa no que seu pai vai dizer se tiver de pagar por uma nova restauração."

Coloquei o espelho de volta na bolsa e fechei o zíper com vontade.

"Bethany, pelo amor de Deus. Nem começa. Sei o que você acha, mas eu estava mesmo com as mãos enfiadas dentro do casaco e, se não estivesse, teria conseguido amortecer a queda. A culpa foi minha. Sério."

Ela ergueu as sobrancelhas.

"Eu sei. Só disse que estou torcendo pra que você não caia outra vez de cara no chão, mais nada. Todo os anos morre um monte de gente por causa de quedas assim. Só não quero que você vire uma estatística." Não precisava ser um gênio para entender o que ela queria dizer. Ela acreditava que havia sido "só uma queda" tanto quanto acreditava que eu podia voar.

Levantamo-nos para que um casal pudesse passar e chegar aos seus lugares.

"Vai ficar tudo bem", falei depois de nos sentarmos de novo. "Será que dá para vocês esquecerem essa história?"

Ela ergueu as mãos.

"Tá bom", falou. "Mas se precisar de ajuda para terminar tudo com..."

Enquanto as luzes da sala diminuíam, fiquei me perguntando se, de fato, era só uma questão de contar com alguém para me ajudar a terminar o namoro. Talvez não estivesse apenas com medo do que Cole faria comigo ou Bethany ou Zach se terminasse com ele; talvez também estivesse com medo de perdê-lo. Talvez ficar com alguém que me maltratava fosse melhor do que voltar a ficar sozinha.

E, antes que pudesse pensar duas vezes, as palavras escapuliram da minha boca:

"Às vezes, acho que... sei lá, tipo... acho que mereço."

Ela estendeu a mão e a colocou sobre meu pulso que estava em cima do braço da poltrona.

"Alex", sussurrou, mas as luzes se apagaram de vez e a orquestra começou a tocar a música de abertura, quebrando seja lá qual fosse o feitiço sob o qual me encontrava. "Alex", sussurrou de novo, mas então hesitou quando o homem sentado na fileira à frente olhou feio para ela.

Balancei a cabeça e apontei para o palco, onde Zach tinha surgido com um terno estilo anos 1950, cantando algo sobre o dia de pagamento do salário.

No intervalo, as luzes voltaram a se acender. Nós duas aplaudimos e vibramos muito com a atuação de Zach na primeira metade do musical, que tinha sido melhor do que qualquer atuação de Mickey Hankins. Mas, mesmo com todo o entusiasmo, ainda havia um quê de apreensão nos nossos olhares.

Talvez pudéssemos ter retomado o assunto. Talvez pudesse ter lhe contado sobre a noite em que Cole tinha me dado os dois socos na cara. Talvez pudesse ter ido com ela ao banheiro feminino e lhe contado sobre as tentativas de suicídio de Brenda e sobre o pai de Cole, que, ao que parecia, também batia em Brenda. Talvez pudesse ter contado sobre meu pulso e sobre Cole me chamando de vagabunda sempre que perdia a cabeça. Talvez, comovida com a cantoria de Zach e com a mão suave de Bethany no meu pulso, pudesse ter aberto o jogo.

Mas as luzes estavam acesas de novo, e a claridade da sala fez com que me sentisse exposta. A família ao lado se levantou para sair da fileira, e a plateia em peso, incluindo Bethany e eu, saiu em direção aos banheiros, cortando o clima.

Bethany foi direto para a fila do banheiro, mas eu só queria mesmo era pegar algo para beber, então me dirigi à barraquinha montada pelos alunos da oficina de culinária e pedi um refrigerante. Depois de pagar, me virei, tomando um gole, e quase dei com a cara no peito de Cole.

"Aqui está ela, minha linda donzela", exclamou, me beijando na orelha. Na mesma hora, senti o familiar frio na espinha. Nos últimos tempos, experimentava essa sensação toda vez que ele me tocava. Dei um sorrisinho discreto. "Você está um arraso. Não sabia que as pessoas se produziam tanto para o musical do colégio."

Meu coração estava tão acelerado que eu mal conseguia absorver o que ele estava dizendo, muito menos responder. Será que ele insinuaria que tinha me produzido para agradar Zach? Se a conversa tomasse esse rumo, eu já estava cansada de saber onde terminaria. Continuei tomando o refrigerante como quem não queria nada.

"Então, queria te fazer uma surpresa", continuou ele, passando o braço em volta da minha cintura e me levando para um canto vazio. "Mas cheguei aqui muito em cima da hora e você já estava na sala. Parecia que você e a Bethany estavam tendo uma conversa bem séria lá dentro."

Ele fez uma pausa, deixando bem claro que esperava uma resposta, e não tive escolha senão engolir o refrigerante que tinha na boca e dizer alguma coisa. Preparei-me para um empurrão, uma cutucada ou um beliscão que significasse: *Eu sei muito bem sobre o que estavam falando*. Fiz que não com a cabeça.

"Só estávamos falando do meu novo dente. Está vendo?"

Mostrei os dentes, e o rosto de Cole se iluminou.

"Agora sim, essa é a boca que conheço e amo." Ele se curvou e me deu um beijo, depois estalou os lábios com gosto. "Humm... docinho!" Aproximou o rosto e sussurrou ao pé do meu ouvido: "O refrigerante também não é de se jogar fora". A nossa velha brincadeirinha.

Aos poucos, comecei a relaxar. Esse era o velho Cole, o carinhoso Cole. O que estava fazendo de tudo para ser legal com Zach e Bethany. O Cole que me chamava de linda ao pé do ouvido, deixava flores no para-brisa do meu carro e me assegurava de que teríamos uma vida tranquila e maravilhosa pela frente, cheia de lindos filhinhos. Por que ele não podia ser sempre *esse* Cole?

As luzes bruxulearam, e a multidão começou a se encaminhar de volta para a sala.

"Ô, olha só", disse Cole, tirando duas entradas do bolso de trás. Mostrou-as para mim. "Tenho dois lugares."

Olhei na direção de Bethany, que, enquanto se encaminhava para a sala com o resto das pessoas, estava me olhando com o rabo do olho, de modo apreensivo. Depois do que lhe tinha dito, ela jamais, nem em um milhão de anos, entenderia como eu podia me prestar a chegar perto dele, muito menos a me sentar ao seu lado, em vez de ao lado dela, por toda a segunda metade de um musical.

Talvez inclusive tentasse me convencer a voltar para o lado dela. Fizesse uma cena. Chamasse atenção de todo mundo. Acabasse me obrigando a desmentir tudo o que tinha dito. Acabasse me obrigando a fazê-la de boba para salvar minha própria pele.

No entanto, por mais que me preocupasse com o fato de Bethany não entender o porquê de não me sentar com ela, sabia que Cole ficaria uma fera se eu recusasse seu convite e fosse me sentar com Bethany. E, dos dois, Cole era de longe o que eu mais temia.

"Tá bom", falei, pegando-o pelo braço. "Vamos lá."

No fim das contas, nos sentamos poucas fileiras atrás de Bethany, que, com os olhos, ficou vasculhando todos os cantos da sala à nossa procura até as luzes começarem a diminuir.

Afinal, quando começaram a se apagar de vez, ela me achou.

Mesmo com as luzes apagadas, não foi difícil perceber a tristeza e a decepção nos seus olhos.

35

Assim que Cole dobrou na estrada que ia em direção ao lago, sabia para onde estávamos indo. Desde o musical, essa era a primeira vez que de fato ficávamos sozinhos. Não porque nesse meio-tempo Cole não tivesse tentado, mas porque eu tinha feito de tudo para evitar que isso acontecesse.

Tinha medo de ficar a sós com ele. Medo de que me machucasse de novo. Medo de que me visse obrigada a terminar tudo e o levasse a cometer alguma loucura. Tinha medo porque havia outras partes do meu corpo para serem quebradas além do dente. Partes internas, por exemplo, onde as marcas não apareceriam. Tinha medo de que ele encontrasse essas partes e as fizesse em pedacinhos.

Mas, por mais que achasse necessário e por mais que Bethany insistisse, não conseguia terminar com ele. Havia algo de familiar em Cole. Eu o amava. Eu o entendia. Nós dois nos entendíamos. E isso era raro. Se desistisse da minha alma gêmea... se a deixasse escorrer pelos dedos... será que algum dia seria amada de novo? Não sabia dizer, e tinha medo de descobrir a resposta.

Enquanto passávamos de carro pelo bosque, quase não conversamos. Estava segurando a mão de Cole no meu colo, nossos dedos entrelaçados. Ele cantava junto com o rádio; eu olhava pela janela para os galhos desfolhados das árvores contra o céu limpo de começo de primavera. As coisas pareciam estar bem entre nós.

Afinal, Cole entrou na estrada coberta de grama alta e seca que dava no familiar portão de ferro e estacionou. Saímos do carro, pulamos o portão e nos embrenhamos pelo já conhecido arvoredo, chegando ao outro lado, onde ficava a borda de concreto do vertedouro.

Cole, como sempre, foi avançando sem pensar duas vezes, mas, quando ergui o pé para acompanhá-lo, senti a habitual onda de medo. Fazia tempo desde a última vez que tínhamos estado ali. Era tão alto. Tão perigoso. E, desde a última vez, muita coisa tinha se passado. Cole, por exemplo, tinha se tornado bem mais perigoso.

"Vem, Emily Dickinson", disse, estendendo os braços para mim. "Não se preocupa, não vou te empurrar lá para baixo." Ele riu como se tivesse contado uma piada engraçadíssima, mas meus joelhos tremeram quando me dei conta de que era isso mesmo que eu temia.

"Não consigo", falei, e fiz força para soltar uma risadinha. Estava batendo os dentes. "Já faz tanto tempo."

Cole revirou os olhos e foi ao meu encontro.

"Medrosa", brincou. Então, bem como tinha feito no nosso primeiro encontro, me segurou pelos cotovelos e, andando de costas, me conduziu até a borda do vertedouro.

"Tá vendo como consegue, medrosa?", falou. Ele se sentou com as pernas penduradas na borda e foi um pouco para trás, dando tapinhas no chão entre suas pernas como da primeira vez. "Vem. Senta aqui." Quando viu que fiquei parada no lugar, os braços cruzados para me proteger do vento frio, o corpo inteiro tremendo, ele revirou os olhos de novo. "Alex, não vou deixar nada acontecer com você. Vem. Senta aqui. Quero te contar uma coisa."

Com muito, mas muito cuidado mesmo, me sentei entre suas pernas, as minhas também ficando penduradas na borda, empurrando pedrinhas soltas de concreto, que caíam na água lá embaixo. Recostei-me em Cole, inspirando aquele perfume tão familiar, sentindo com as costas o formato do peitoral que, a essa altura, eu já conhecia de cor, fechando os olhos e sendo invadida por tantas lembranças ao mesmo tempo que a cabeça chegava a doer.

Ele encostou o rosto na minha orelha.

"Ontem, falei para os meus pais que não quero mais saber de esportes", falou.

"Sério?", perguntei, me virando, a testa roçando no seu queixo.

Ele fez que sim.

"Fiquei com medo de te perder." Ele levantou a mão e segurou meu queixo, levantando-o de leve para olhar nos meus olhos. "Não posso te perder. Te amo demais." Ele inclinou a cabeça e me beijou com carinho. "Tudo aquilo que aconteceu, Alex, é passado. Nunca mais vai se repetir."

Baixei a cabeça, o queixo apertando a sua mão.

"Não é a primeira vez que você diz isso", murmurei.

Ele inspirou fundo, e senti o seu peito inflando e depois desinflando quando soltou o ar.

"Eu sei. Mas agora é diferente. Fui a um psicólogo ontem. Estou tentando mudar. Por você, Alex. Estou tentando mudar porque te amo."

Senti uma onda de alívio. Não era a primeira vez que Cole falava em mudar, mas agora parecia diferente. Nunca tinha falado em procurar um psicólogo. Contra minha própria vontade, comecei a me convencer de que desta vez ele estava falando sério. Virei o tronco inteiro para poder ficar cara a cara com ele. Não sabia o que dizer. A partir de agora, tudo poderia ser diferente. Tudo poderia voltar a ser como no começo. Poderia estar ganhando o velho Cole de volta, de uma vez por todas. A alegria era tanta que tinha vontade de chorar.

Cole tirou minha mão da sua coxa e segurou-a entre as suas, acariciando de leve os meus dedos.

"Quero me casar com você, Alex", falou. "Quero ficar com você para sempre."

E, em um piscar de olhos, encontrei a minha voz.

"Eu também", falei, e fiquei surpresa com o quanto estava sendo sincera. Apesar de tudo que tinha acontecido, também queria esse futuro ao seu lado. E acreditava que ele era possível.

Cole foi um pouco mais para trás, me puxando junto. Quando já estávamos a uma distância relativamente segura da borda, me virei de frente para ele, passando as pernas em volta da sua cintura, e nos beijamos, deixando o medo de lado. Deixando de lado a altura do vertedouro e o fato de que o menor escorregão poderia nos levar rampa abaixo.

36

As coisas estavam correndo bem. Cole estava indo ao psicólogo e, mais do que nunca, parecia estar se esforçando para fazer o nosso relacionamento dar certo. Ele tinha voltado a me chamar de Emily Dickinson, a me comprar presentes e a fazer com que todo mundo achasse que formávamos um casal perfeito. Era como se fôssemos uma planta que tinha sobrevivido a um rigoroso inverno e que, agora, em sintonia com a chegada da primavera, estivesse voltando a florescer.

Ele estava se esforçando tanto para melhorar as coisas que até me permiti voltar a ter um pouco de fé no nosso amor. E depois um pouco mais. E depois, passado um mês sem que ele tivesse perdido a cabeça, passei a sentir que todos aqueles incidentes eram parte do passado e que conseguiríamos ser felizes.

Certa noite, deitados no chão do seu quarto, ouvindo o ruído da TV que vinha do corredor, decidimos que não fazia sentido que Cole não fosse junto para o Colorado. Ele jurou que estava arrependido de ter jogado pela janela os papéis que Bethany lhe entregou. Falou que, em momento algum, tinha perdido a vontade de ir. Falou que me conhecia tão bem quanto Zach e Bethany – talvez até melhor – e que seria a oportunidade perfeita para nos aproximarmos ainda mais um do outro.

Eu sabia que Zach e Bethany seriam contrários à ideia. No entanto, toda vez que me imaginava nos braços de Cole, em frente à lareira de uma choupana, fechando as feridas do passado e depois fazendo amor sobre um colchão de plumas, decidia que valia a pena enfrentá-los. Era exatamente disso que Cole e eu precisávamos.

Além disso, Cole falava cada vez mais em passar o resto da vida comigo. Talvez pedisse minha mão e nos casássemos por lá mesmo. Já teríamos 18 anos. Um casamento no topo de uma montanha. Seria de cair o queixo.

Decidi que, da próxima vez que encontrasse Bethany e Zach, falaria com eles sobre isso. Afinal de contas, eles tinham sugerido que Tina fosse junto. Cá entre nós, a ideia de que Cole fosse junto fazia muito mais sentido.

Esperei até que estivessem juntos na casa de Zach. Passei os dias de olho, à espera, e, assim que vi o carro de Bethany parando em frente à casa de Zach, vesti o casaco e saí correndo para lá.

"Oi", falei quando a mãe de Zach abriu a porta. "Eles estão em casa?"

"Alex!", exclamou, mais alto do que o normal. Tive a impressão de detectar algo, ainda que não soubesse bem o quê, de diferente na sua voz. O quanto Zach tinha lhe contado a respeito de Cole? Ela tinha ficado sabendo da briga dos dois no gramado da frente? "Puxa, querida, faz tanto – entra – o Zach e a Bethany estão ali embaixo – Zach, a Alex está – acabei de preparar um lanchinho – você quer alguma coisa?"

Fiz que não com a cabeça e disse:

"Vou ali embaixo falar com eles." E, antes que ela pudesse dizer mais alguma coisa, cruzei e sala de estar e comecei a descer as escadas que levavam ao porão.

Como era de se esperar, Zach e Bethany estavam sentados de pernas cruzadas no chão em frente à TV, jogando o mesmo jogo de corrida da festa de Trent. Quando cheguei, Bethany pausou o jogo.

Sentei-me sobre a máquina de lavar roupa que ficava bem ao lado da TV e cruzei os tornozelos, batendo de leve, como quem não queria nada, com os calcanhares na máquina de lavar – *bum, bum, bum* –, bem como tinha feito bilhões de vezes nos últimos dezessete anos.

"Quem está ganhando?", perguntei.

"Começamos agora", disse Bethany. "Quer jogar?" Estendeu o controle para mim.

"Não", falei. "Só queria conversar com vocês. Sobre a viagem para o Colorado."

Eles se entreolharam... de novo... como tantas outras vezes nos últimos tempos. Como se dissessem um ao outro que tudo que tinham para falar sobre mim já havia sido dito e que não fazia sentido perder tempo repetindo.

"Ah é?", disse Bethany, apertando o botão para recomeçar o jogo. O porão voltou a ser tomado pelo ruído de carros acelerando.

"Ahã", falei, e respirei fundo. Não havia um jeito fácil de dizer aquilo. O negócio era não ficar enrolando. "Estava pensando que o Cole poderia ir junto."

Zach deu uma risada – um único "rá" –, mas continuou jogando. Bethany, por outro lado, largou o controle no colo e tirou os óculos.

"Você está de brincadeira, né?", falou. Não olhou para mim. Zach continuou jogando, o "rá" como a sua única contribuição para a conversa.

"Não", falei. "Escuta, sei que não gostam dele, mas ele prometeu que vai fazer de tudo para se dar bem com vocês e... acho que ele talvez me peça em casamento lá."

"Meu... Deus... do céu", disse Bethany, pegando o controle do colo e atirando-o para o lado. Dessa vez, Zach pausou o jogo e ficou olhando para mim enquanto Bethany se levantava e ia até a geladeira enferrujada que ficava do outro lado do porão. "Você não pode estar falando sério."

Saí de cima da máquina de lavar.

"Se quer saber, estou sim. A gente já vai ter 18 anos. Por que não poderíamos nos casar?"

Ela abriu a geladeira e tirou uma latinha de refrigerante de laranja, abriu e tomou um gole.

"Bom, para começo de conversa, porque ele bate em você, Alex." Recuei, piscando os olhos. Era a primeira vez que ouvia ela dizer com todas as letras aquilo que eu sequer conseguia dizer para mim mesma.

"Isso nunca mais se repetiu", falei, o que era verdade. "E, se nos casarmos, vai ser diferente, porque daí ele não vai mais ter que aguentar a pressão dos pais e do colégio e tudo mais. Ele está até indo a um psicólogo para tentar melhorar. Por nós. Pelo nosso futuro."

Zach riu de novo – desta vez um "rá-rá" –, mas a sua cara era de quem não estava achando a menor graça.

"Você é uma idiota", falou.

"O que foi que disse?"

"Ele tem razão", disse Bethany. "De qualquer forma, já tinha até desistido da viagem. Você nunca mais demonstrou um pingo de interesse por ela. Mas, se vai levar o Cole junto, tô fora. Quero distância daquele cara."

"Idem", disse Zach.

Podia sentir a raiva subindo à cabeça.

"É exatamente isso que vocês querem, né?", esbravejei. "Não veem a hora de cortar relações comigo de vez, como vêm tentando fazer desde que conheci o Cole. Talvez vocês devessem viajar sozinhos, só os dois. Ou, melhor ainda, talvez devessem levar a 'figuraça' da Tina junto. Ouvi dizer que ela é de matar!"

"Eu não esperava que você fosse tão mal-agradecida", disse Bethany, apontando com a latinha de refrigerante na minha direção.

"Eu sou mal-agradecida?" Dessa vez, fui eu que ri, uma risada áspera.

"Sim", disse ela. "O Zach quase foi preso tentando te defender daquele babaca. Quase foi suspenso por te defender no vestiário. E está com a boca toda machucada. Tudo por você, Alex."

"Ah", falei. "Agora entendi. Você está com ciúmes. Porque não foi você que ele defendeu."

Ela voltou ao lugar onde estava sentada antes e colocou a latinha no chão.

"Não. Na verdade, tenho andando tão ocupada ficando chateada porque minha melhor amiga vem me tratando como lixo que nem tenho tempo para pensar em qualquer outra coisa."

"Ó, puxa, perdão por não estar me dedicando o suficiente à Vossa Majestade. Perdão por ter um namorado e você não, porque nem tem coragem de falar com o garoto de que gosta, muito menos fazer alguma coisa para tentar sair com ele. Ou talvez você não fale com o Randy Weston porque, na verdade, é apaixonada pelo Zach. Puxa, Zach, por que não para de enrolar e dá um trato nela de uma vez, quem sabe assim ela fica um pouco menos tensa."

Os dois me lançaram um olhar pasmo, como se não conseguissem acreditar no que tinham ouvido. A expressão de Zach ficou cinzenta como o concreto do chão. O corpo inteiro de Bethany ficou vermelho. Até eu estava chocada com as palavras que tinham saído da minha boca. Fiquei parada, ofegante e sem saber ao certo o que fazer a seguir.

Eu tinha acabado de soar... como Cole.

Deus do céu. Estava ficando igualzinha a ele.

"Vai pra casa, Alex", disse Zach. Ele apertou o botão para recomeçar o jogo, e mais uma vez o ronco dos motores tomou conta do porão.

Bethany limpou os óculos na barra da camiseta e os colocou de volta no rosto, depois pegou o controle e recomeçou a jogar.

De uma hora para outra, era como se eu não conseguisse mover as pernas. Como se tivesse desaprendido a colocar um pé à frente do outro e caminhar. Fiquei ali parada com as mãos na cintura, tentando recuperar o fôlego, tentando entender o que tinha acabado de acontecer.

"Vai pra casa, eu falei", repetiu Zach. Sem gritar. Sem ser agressivo. Sem um pingo de emoção. Como se estivesse falando com um estranho. Ou com um cachorro.

"Beleza", falei, tentando soar durona. Tentando manter o último resquício de dignidade. Tentando soar como se não estivesse para lá de arrependida do que tinha dito. Saí marchando em direção às escadas. "Mas se não querem saber do Cole, então também não querem saber de mim. Não fazem mais parte da minha vida."

"Você que sabe", disse Bethany. Em seguida, resmungou algo que não consegui entender e Zach murmurou uma resposta.

Arrastei-me escada acima e, assim que cheguei ao topo, dei de cara com a mãe de Zach, esperando por mim. Ela parecia arrependida. Mais ou menos como uma fada madrinha que tinha se confundido e, em vez de mandar a garota ao baile do príncipe, tinha a mandado para uma câmara de gás.

"Vem cá, meu bem", falou, estendendo a mão para acariciar os meus cabelos. "Vem cá, tenho certeza de que eles – vocês brigaram? – as coisas vão se – Zach e aquele garoto simplesmente não – ah, querida, queria poder fazer alguma coisa para ajudar."

Havia algo de tão maternal naquele seu jeito de falar que, de uma hora para outra, não queria mais vê-la nem pintada de ouro. *É tudo culpa sua*, pensei comigo mesma. *Se não tivesse sido tão boazinha comigo todos esses anos, talvez nem tivesse sentido a falta da mamãe. Talvez tivesse me tornado durona como Célia e Shannin e jamais tivesse me metido em toda essa encrenca.* Afastei a cabeça do alcance da sua mão.

"Mas não pode", falei saindo porta afora, mergulhando na noite fria e enevoada, cruzando o gramado, entrando em casa e indo para o quarto, onde podia fingir que tudo fazia sentido.

37

Quando era pequena, costumava olhar as fotos do papai e da mamãe sempre que tinha chance. Após tê-las resgatado do lixo, toda vez que me sentia triste ou sozinha pegava a caixa e ficava olhando as fotos até memorizar cada milímetro granulado delas.

Inventava histórias sobre elas. Conversas com a mamãe que aparecia nelas. Dizia-lhe o quanto estava linda. Ficava imaginando como seria a próxima foto deles se o fotógrafo tivesse tirado mais uma e mais uma e mais uma, fazendo-os ganhar vida como nos filmes.

Tinha as minhas favoritas – aquela dos dois sentados de frente um para o outro, com as pernas cruzadas entre as árvores, tocando os joelhos; aquela da mamãe tendo os braços puxados em direções opostas pelas amigas, um sorriso radiante no rosto; aquelas em que dava para ver estampado no rosto do papai o amor que sentia por ela. Maior que qualquer outra coisa.

Eu costumava me ajoelhar ao lado da cama e ficar tentando organizá-las no que imaginava ser a ordem certa, começando por aquela deles sentados nos degraus de concreto, o papai com uma camiseta havaiana cafona, e chegando à dos dois na montanha-russa, a mamãe com uma cara péssima de quem estava prestes a vomitar.

Ficava segurando na mão a única foto do casamento deles (por que só uma?) e tentando decidir em que posição colocá-la. Como se, ao desvendar a ordem, mais fotos fossem, de uma hora para outra, aparecer na caixa. Fotos de coisas que nunca tiveram chance de acontecer porque a mamãe tinha morrido. Fotos de coisas que só aconteceriam sem a presença dela. Natais, aniversários, casamentos e nascimentos. Ou, quem sabia... puxa vida, sei lá... fotos de qualquer outra coisa. Algo que indicasse que essa vida também era importante para ela. Não só a que existia no Colorado, mas esta aqui. A que existia bem embaixo do seu nariz.

Ao meu lado.

A *minha* vida.

O que não teria dado por uma mísera foto da mamãe com uma cara alegre, me segurando no colo ou brincado comigo.

Depois da briga com Bethany e Zach, entrei no quarto, fechei a porta e me ajoelhei ao lado da cama. Remexi atrás de livros e velhos estojos da época do ensino fundamental até que minhas mãos tocaram o conhecido papelão da caixa de sapatos. Apanhei-a e me sentei na cama com ela no colo.

Fazia tanto tempo que não olhava as fotos. Será que as expressões no seu rosto continuavam as mesmas? Ou será que, ao abrir a caixa, descobriria que, na verdade, a mamãe nunca tinha sido feliz? Que a expressão no seu rosto sempre havia sido a de alguém preso em um carrinho de montanha-russa, disposto a qualquer coisa para cair fora.

Devagar, tirei a tampa da caixa. A respiração presa. Ali estavam eles, bem como me lembrava. Olha, a mamãe sorrindo. Olha, os dois de mãos dadas. Olha, eles eram felizes sim, e foi só depois de Shannin, Célia e eu começarmos a aparecer nas fotos que ela passou a ter aquele olhar distante. Foi só depois de começarmos a aparecer nas fotos que ela começou a pensar no Colorado.

Segurei uma foto com a mão trêmula. Lembrava-me bem dessa, claro. A mamãe parada no acostamento de uma estrada, uma pochete em volta da cintura. Ela estava sorrindo com uma cara de brincalhona, os braços levantados segurando uma flor para parecer que estava brotando do topo da sua cabeça. Lembrava-me de cada um desses detalhes. Mas, pela primeira vez, reparei no que havia ao fundo. Azul escura, encoberta, gigantesca. Uma montanha.

Olhei mais de perto, estreitando os olhos à procura de alguma pista. Onde havia sido tirada? Onde, mamãe? Para onde você estava indo? E seu amigo, o tal curandeiro espiritual, estava junto?

Jamais saberia. Agora, graças a Bethany e Zach, ou graças a Cole ou, diabos, sei lá, provavelmente graças a mim mesma, jamais descobriria.

Revirei a caixa, escolhendo uma foto ao acaso e examinando-a, depois colocando de volta e escolhendo outra.

Nem me dei conta de que estava chorando até Célia irromper no quarto.

Assustada, me apressei para esconder a caixa. Mesmo depois de todos esses anos, queria que essa vida em meio às fotos da caixa de papelão continuasse sendo só minha. Célia e Shannin não a mereciam. Levantei-me segurando a caixa contra os quadris, mas ela escorregou e caiu no vão entre a cabeceira da cama e a parede. Pude ouvir o ruído do papelão raspando na parede e o ruge-ruge das fotos roçando uma na outra enquanto se espalhavam pelo chão.

"O que você quer?", perguntei, enxugando o rosto com a camiseta.

"O Zach me contou o que aconteceu na casa dele", falou.

"Que bom pra você. Dá o fora", falei, pensando: *Nossa, ele não perdeu tempo para espalhar a notícia. Por que não estampa em um outdoor?*

"Agora você não vai mais para o Colorado", falou. "Pelo menos não com eles."

"Pois é", falei, pegando uma revista do criado-mudo e abrindo-a, tentando parecer que não estava nem aí. Ao pegar a revista, um papel dobrado caiu no chão. Curvei-me para pegá-lo. "Já pode ir embora."

"Hã... não está se esquecendo de nada?", perguntou, parada sobre o tapete no meio do quarto, com as mãos na cintura.

"Não", falei de novo. "Tchau, tchau."

"Tá sim", retrucou, balançando a cabeça. "Do bolo. Você esqueceu de encomendar o bolo do papai."

Levei a mão à testa. O bolo! Claro. A festa era no dia seguinte, e eu tinha me esquecido completamente do bolo.

"As vovós foram lá buscar", continuou ela, a voz carregada de desdém. "E, pra surpresa delas, o bolo nem sequer tinha sido encomendado."

"Puxa vida", exclamei. Dei um suspiro. "Me esqueci. Desculpa." Comecei a me sentir cada vez mais culpada. Agora, se a festa do papai não desse certo, a responsável seria eu. Era como se eu não conseguisse fazer nada direito. Tinha decepcionado minhas irmãs, meus amigos, o papai, todo mundo.

Mas Célia não deixaria passar a chance de me torturar.

"Como? Como conseguiu a proeza de se esquecer? Você teve meses para fazer a encomenda, e eu lembrei você, tipo, um bilhão de vezes. Meu Deus do céu, Alex, você é inacreditável."

"Já pedi desculpas", falei. "Vou encomendar hoje mesmo. Vou dizer que é uma emergência ou coisa parecida. Não é o fim do mundo, Célia."

"As vovós já encomendaram. A Shannin está uma fera, só para você saber."

Revirei os olhos, fechando a revista com força.

"Claro. Afinal de contas, agora virou moda brigar comigo. Não estou nem aí, tá bom? Tenho assuntos mais importantes para resolver. Por que não chama a Shannin, o Zach, a Bethany e o resto todo do mundo e organiza uma festa em comemoração ao quanto vocês me odeiam, hein? Só... me deixa em paz."

Levantei-me da cama e juntei as calças do uniforme de trabalho que estavam no chão. Depois, fui até o armário pegar uma camiseta, enfurecida.

Enquanto revirava o armário atrás de camiseta, calcinha e sutiã limpos, Célia não abriu a boca. Então, bem quando me virei para ir ao banheiro me aprontar para o trabalho, ela disse:

"Você vai mesmo se casar com ele, Alex?"

Virei-me para ela.

"O Zach te contou?"

Ela fez que sim. Ela continuava parada naquela pose de indignada, mas seus olhos estavam arregalados e marejados. Embora já estivesse no ensino médio, de uma hora para outra voltou a parecer uma criancinha.

"Ele também me contou umas outras coisas sobre o Cole. É verdade mesmo que ele bate em você? O que vai fazer a respeito disso?"

Um milhão de imagens, pensamentos e lembranças passaram pela minha cabeça ao mesmo tempo, tudo tão rápido e de modo tão intenso que quase não consegui me manter em pé.

Afinal, dei de ombros.

"Não sei", respondi. Talvez a coisa mais sincera que tinha dito nos últimos tempos.

"Bom, alguma coisa tem que ser feita", falou baixinho, depois se virou e saiu do quarto, fechando a porta sem fazer barulho.

Atirei as roupas no chão do banheiro, depois desdobrei o papel que tinha caído do criado-mudo quando peguei a revista.

Não consigo engolir seus olhos de aço
Cegos para meu coração apertado
Para meu peito em ruínas
Para meus ombros caídos...

O poema. Como tinha ido parar em cima do criado-mudo? Não me lembrava de tê-lo colocado ali. Ainda que a essa altura já o soubesse de cor, reli-o de novo, sentindo um aperto no peito ao me lembrar daquele dia em que Cole tinha cantado a música inspirada nele pela primeira vez, nós dois sentados no meio-fio em frente ao Bread Bowl. Um soluço escapou dos meus lábios. O que eu não daria para ter aquele momento de volta.

Ergui os olhos para a parte de cima do papel, fungando. Nunca tinha chegado a lhe dar um título.

Virei-me e remexi na gaveta em que guardava a maquiagem, tirando um velho lápis de olho. Debruçada sobre o balcão do banheiro, rabisquei "Amor amargo" na parte superior do papel. Cole tinha razão – o título caía como uma luva.

Em seguida, amassei o poema e atirei-o no lixo.

Ao erguer a cabeça, me deparei com o meu rosto refletido no espelho. Olhei no fundo dos meus olhos por um bom tempo à procura daquele olhar perdido e vazio que a mamãe tinha nas fotos. Será que já estava ali, também nos meus olhos?

38

A única boa notícia do dia foi que, quando cheguei ao Bread Bowl, Dave já tinha passado por lá e ido embora. Desde que ele tinha começado a dar as caras, nunca tinha visto Geórgia tão bem-humorada, e até Jerry parecia animado, aumentando o volume do rádio da cozinha e cantando junto quando a lanchonete estava vazia.

Eu estava precisando espairecer um pouco. Ou, melhor dizendo, muito. Então entrei na onda, cantando com Jerry, brincando com Geórgia e até mesmo fazendo uns horrorosos bonequinhos de couve-flor e dizendo que eram os membros da família Pé-no-Saco.

Geórgia tinha recebido uma ótima notícia. Lily tinha sido aceita em uma escola para crianças portadoras de necessidades especiais, e Geórgia estava convencida de que era a melhor coisa que poderia ter acontecido na vida da filha. Para comemorar, comemos os últimos biscoitos com gotas de chocolate que haviam na bandeja.

Tudo parecia uma grande festa, e era bem disso que eu estava precisando. Quanto maior a festa, melhor.

O que explicava o porquê de ter sido pega tão de surpresa quando a garota que eu estava atendendo, do nada, me segurou pelo pulso e puxou o meu braço, se debruçando para ver a parte interior do bíceps, uma expressão assustada no seu rosto.

Puxei o braço para trás, fazendo-a me soltar, meu rosto esquentando. Ela me parecia familiar, mas eu não conseguia me lembrar direito de onde a conhecia.

"O que...?", comecei a dizer, mas, antes de conseguir terminar a pergunta, ela interrompeu:

"Você continua com ele?"

Em um primeiro momento, não fazia nem ideia do que ela estava falando. Aí a ficha caiu. Ela estava olhando as marcas de beliscões na parte de dentro do meu braço, das quais duas apareciam um pouco quando as mangas curtas do uniforme subiam alguns centímetros. No dia anterior, Cole havia me beliscado forte o bastante para deixar marcas, me dizendo "só estou brincando" e "relaxa um pouco, nem tudo precisa ser sempre um drama de novela".

"Você continua com o Cole?", repetiu ela, apontando para o meu braço.

E, de uma hora para outra, me dei conta de onde a tinha visto antes: no cinema.

A Maria não bate bem da cabeça, dissera Cole. *É pirada.*

"Você é aquela garota de Pine Gate", falei, e ela fez que sim. "Maria, né?" Incomodado com a demora, o homem esperando atrás dela na fila passou o peso de uma perna para a outra e suspirou.

"Sou a ex-namorada do Cole", falou, espiando com o rabo do olho como se esperasse vê-lo bem atrás dela. "Você continua com ele."

O homem atrás de Maria limpou a garganta.

"Preciso atender os fregueses", falei. Mas, assim que falei, sabia que, naquele momento, não queria que Maria fosse embora. Eu tinha perguntas a lhe fazer. Precisava de respostas. Certas coisas que não faziam sentido naquele dia em que fomos ao cinema, quando tudo ainda estava às mil maravilhas entre Cole e eu, agora se encaixavam com perfeição. Naquela vez, ao vê-lo no cinema, ela parecia prestes a sair correndo. Ela parecia... estar com medo.

A Maria não bate bem da cabeça, tinha sido a explicação de Cole. *Nossos pais são amigos. Quer dizer, eram.* Por que "eram", Cole? Por que no passado? Agora, pensei, sabia qual era a resposta a essa pergunta.

Ela se dirigiu a outra ponta do balcão, onde Jerry já tinha colocado a bandeja com o pedido dela.

"Tenho uma pausa daqui a quinze minutos", falei. Ela assentiu com a cabeça e se dirigiu a uma das mesas do fundo, perto da porta que dava para o pátio.

Quando enfim todos na fila haviam sido atendidos, avisei Geórgia que ia fazer uma pausa e cruzei às pressas o salão. Maria já tinha acabado de comer, mas continuava sentada, tomando refrigerante e lendo um livro.

"Na verdade, eu nem deveria estar tocando nesse assunto", falou, sem tirar os olhos do livro. Puxei a cadeira em frente a ela e me sentei. Ela colocou um pedaço de papel entre as páginas do livro para servir de marcador e guardou-o no bolso do casaco. "Por conta do processo."

"Não sei do que você está falando", respondi. "Ele disse que os pais de vocês eram amigos."

Ela deu uma risada irônica.

"Não é bem isso", falou. "Na verdade, os meus pais queriam que os pais dele pagassem a conta do hospital depois de ele ter quebrado meu braço."

Como que por reflexo, levei a mão ao pulso, aquele que ele havia segurado com toda força na sala da aula de reforço. Ela estava com uma cara apreensiva.

"Então ele continua torcendo braços?", perguntou.

Não sei por quê, mas levei o meu ao colo, escondendo-o embaixo da mesa.

"Pelo jeito o meu não foi o primeiro", murmurei.

"Não", falou. "Quando namorava uma garota lá do colégio chamada Jillian, ele também costumava bater nela. Ela acabou lhe dando um pé na bunda e ele passou um bom tempo atormentando-a por conta disso. Ela precisou de uma ordem judicial para mantê-lo afastado. Só fiquei sabendo disso depois que... bom, você sabe." Ela me mostrou o braço.

"Então foi por isso que ele se mudou para cá?"

Ela fez que sim.

"Como somos todos menores de idade, nada disso saiu nos jornais. Mas, sabe como é, as pessoas falam. E rapidinho todo mundo ficou sabendo. Ele passou a sofrer ameaças e coisas do tipo."

Fiquei ali sentada, sem saber o que dizer. Nunca tinha me passado pela cabeça que outras garotas além de mim haviam sido maltratadas por Cole. Sempre me perguntei sobre isso, lutando contra aquela parte de mim que insistia que ele só agia dessa maneira porque eu era uma pessoa com a qual era difícil conviver. Aquela parte de mim que insistia que ele só fazia essas coisas porque eu vivia tirando-o do sério, exigindo coisas demais, desrespeitando-o.

"Não consigo acreditar", falei, tão baixinho que parecia um sussurro.

"Escuta, eu mal te conheço e, se você quiser continuar com ele, não é da minha conta. Mas achei que, por ter visto as marcas no seu braço, precisava alertá-la de que as coisas só tendem a piorar. Até ter ido parar no hospital, eu tinha certeza de que ele me amava. Na verdade, cheguei a chorar quando meus pais me fizeram terminar com ele. Ele sempre se mostrava tão arrependido. Era sempre tão romântico. Ele também deixou rosas no para-brisa do seu carro?" Quando não respondi, ela balançou a cabeça. "Pois é. Mas um dia ele vai acabar matando alguém. E se eu puder evitar que esse alguém seja você, então talvez eu não tenha passado pela pior experiência da minha vida à toa. Quem sabe a terapia que o juiz o mandou fazer também ajude."

Fiquei ali sentada, pasma e sem acreditar no que tinha ouvido. Um juiz tinha ordenado que ele fosse a um psicólogo. Cole não estava fazendo isso porque queria se tornar uma pessoa melhor para mim, mas porque tinha de pagar pelo que tinha feito com Maria.

Ela se levantou, pegou a bolsa do chão e tirou a chave do carro do bolso do casaco. Recolhi sua bandeja.

"Boa sorte", falou. "Se decidir continuar com o Cole, vai precisar."

39

Não precisava ser um gênio para perceber o quanto meu humor tinha mudado depois da pausa. Quando voltei ao trabalho, estava chocada e comovida, querendo distância da cantoria de Jerry e das brincadeiras de Geórgia. Joguei todos os membros da família Pé-no-Saco que tinha feito com couves-flores no lixo.

Só conseguia pensar em uma coisa: Maria e eu não éramos as únicas. Ele tinha batido em outras garotas além de nós. O que significava que Cole tinha um problema. E eu também, se pretendia continuar com ele.

Deus do céu, deveria ter algo de muito errado comigo para, depois de tudo isso, ainda estar considerando a possibilidade de continuar com ele. *Garotas.* Plural.

O movimento do jantar foi grande e durou um bom tempo, fazendo com que me distraísse um pouco, mas, assim que passou, voltei a ficar a sós com os pensamentos na minha cabeça. Cenas se sucediam uma atrás da outra. Cenas das vezes em que ele tinha me feito sentir diminuída. Das vezes em que me fez eu sentir medo. Das vezes em que tinha me machucado.

E, no caso da Maria, tinha sido ainda pior.

Um dia ele vai acabar matando alguém, ela havia dito e, quase na mesma hora, pensei nos dedos dele apertando meu pescoço com toda a força enquanto me dava socos com a outra mão.

E pensei em tudo que havia colocado em segundo plano para poder ficar com ele. Célia não queria me ver nem pintada de ouro. Shannin estava uma fera porque a tinha deixado na mão. E as vovós com certeza sabiam que eu estava metida em alguma encrenca.

Isso para não falar em Bethany e Zach, meus quase irmãos que, até pouco tempo atrás, sempre haviam me entendido. Agora, de uma hora para outra, tinham virado uma dupla. E tinham deixado isso bem claro, me dizendo para ficar longe, me obrigando a escolher entre Cole e eles. E quem eu havia escolhido?

Um dia ele vai acabar matando alguém.

Eu tinha até magoado Geórgia, deixando-a sozinha no pátio quando tentou me ajudar.

E foi então que a ficha caiu. Geórgia. Claro.

Precisava falar com Geórgia. Já não era mais segredo. Maria sabia. Zach e Bethany também. Até a mãe de Zach, talvez. Tinham contado até para Célia. Logo, logo, o papai também ficaria sabendo, e o que eu iria dizer para defender as decisões que tinha tomado? Como iria convencê-los de que ainda precisava daquele garoto? Agora, com tudo que tinha acontecido, havia alguma chance de não estar tudo acabado entre Cole e eu?

Precisava abrir o jogo com Geórgia. Precisava chorar com o rosto contra seu peito e ouvi-la dizer que não era tarde demais, que tudo ficaria bem e que, apesar de tudo, essa história não me definiria.

Depois que a lanchonete fechou, fiz a faxina com a maior calma do mundo, dando a Jerry tempo de sobra para limpar a cozinha e deixá-la pronta para o dia seguinte. Varri cada centímetro do chão. Limpei as janelas. Um por um, enchi cada saleiro e pimenteiro. Reabasteci o balcão de condimentos com guardanapos, molho de raiz-forte e sachês de ketchup, mostarda e maionese.

Quando terminei tudo, Geórgia estava parada atrás do caixa, olhando na direção do salão, os braços cruzados na frente do peito.

"Puxa", falou. "O Geoffrey não vai ter que mexer um dedo amanhã de manhã."

Não falei nada, só guardei o que havia sobrado de volta no armário embaixo do balcão de condimentos.

"Vamos lá", disse ela. "Por hoje chega." E então, quando continuei sem abrir a boca, acrescentou: "Terra chamando Alex. Terra chamando Alex. Responda, Alex".

Fechei o armário e desabei no chão. E assim, sem mais nem menos, me senti como se tivesse sido soterrada por uma avalanche. Como se estivesse presa sob metros e metros de neve e rochas sem conseguir respirar. Sem conseguir falar. Sem conseguir me mover.

Só conseguia chorar.

Meses de sofrimento, angústia, confusão e segredos, tudo pesando sobre os ombros, me impedindo de levantar. Aquele caroço que tanto me esforcei para manter preso no fundo da garganta tinha enfim se libertado.

"Ei", ouvi Geórgia dizer e, em seguida, ouvi seus passos se aproximando. "Ei", falou de novo, se agachando ao meu lado. "O que foi? Aconteceu alguma coisa?"

Era um daqueles choros que parecia não ter fim, como se todo o ar tivesse desaparecido dos meus pulmões. E, quando enfim consegui tomar um pouco de ar, quase engasguei, uma enxurrada de lágrimas escorrendo pelo rosto descontroladamente.

"Querida", começou Geórgia, mas não completou, se sentando ao meu lado no chão e passando o braço por cima dos meus ombros.

E eu deixei que me abraçasse. Deitei a cabeça no seu ombro. Puxa, como precisava dela. Apertei o rosto contra seu ombro, agarrei seus braços com mãos que mais pareciam garras e me desfiz em lágrimas até não restar uma só gota.

Ficamos assim por um bom tempo e, quando comecei a me sentir tonta de tão exausta, Geórgia continuou.

"Venho suspeitando há tempos que ele anda batendo em você. É verdade, não é?"

De novo, uma longa pausa. Acho que ela estava esperando eu dizer alguma coisa, mas me faltavam forças. Só me restava ficar sentada em meio aos meus próprios escombros e esperar.

"Aquele moleque desgraçado", resmungou. "O quanto ele tem te machucado, querida?"

Virei o rosto para o lado, o ar frio contra o nariz, mas continuei de olhos fechados.

"Maldito seja ele", falou. "Sabia que devia ter feito alguma coisa. Alex, querida, fale comigo. Pode confiar em mim. Vou te ajudar. Faço qualquer coisa que você precisar, mas precisa abrir o jogo comigo."

Ela baixou a cabeça para olhar no meu rosto – pude sentir o movimento –, mas eu não conseguia abrir os olhos. Não conseguia admitir que sim, ela estava certa. Não conseguia admitir que agora sabia que deveria ter ficado com ela no pátio naquela noite. Deveria ter deixado que me alertasse sobre ele.

"Você vai pensar que sou uma idiota", falei.

Dessa vez, senti-a mover o corpo inteiro, me segurando com os dois braços de modo a me fazer sentar direito e abrir os olhos. Ela estava pálida, como se tivesse visto assombração ou acabado de sair do túmulo.

Ela fez que não com a cabeça.

"É isso que ele quer que você pense. Mas eu a conheço, Alex. Você não é idiota. Você só se enfiou em uma encrenca grande demais para conseguir sair sozinha. Deixa eu ajudar."

Ela esticou os braços, pegou um guardanapo do balcão acima da nossa cabeça, estendeu-o para mim, depois pegou outro e enxugou o canto dos próprios olhos. Segurei o guardanapo que tinha me dado no colo e pisquei os olhos.

"Não sei o que fazer", falei, as lágrimas brotando de novo, dessa vez aos poucos, sem tanto desespero.

"Se afasta agora enquanto ainda dá tempo", falou. "Manda ele pastar."

"E se eu não conseguir?"

Ela estendeu a mão e pousou-a no meu braço.

"Você o ama."

Fiz que sim, assoando o nariz no guardanapo e dobrando-o até virar um quadradinho.

"Ah, meu bem", disse ela, estendendo os braços e me abraçando de novo. "Eu sei", sussurrou. "Eu sei."

Conversamos por mais ou menos uma hora, Geórgia preparando chocolate quente exatamente como da outra vez e pegando um biscoito do pote para cada uma de nós. A única diferença é que, nessa ocasião, em vez de nos sentarmos no pátio, ficamos sentadas no chão, as costas apoiadas nas portas do armário do balcão de condimentos.

Contei para ela tudo o que havia acontecido. Falei do vertedouro e das promessas que ele tinha feito. Falei dos socos que tinha me dado, do dente quebrado e dos beliscões no braço. Expliquei o motivo pelo qual Bethany e Zach não apareciam mais por ali e falei que sentia como se tivesse perdido para sempre meus melhores amigos. Falei do quanto Cole era carinhoso depois que me batia, me dando flores, pedindo perdão e dizendo que me amava, e falei que uma parte de mim acabava acreditando e sentindo pena dele. Confessei que, mesmo machucada, não deixava de amá-lo. Falei das fotos. Falei do Colorado e do quanto queria ir até lá para encontrar o espírito da mamãe, e que não conseguia explicar melhor do que isso, e ela disse que entendia. E falei que sempre a enxerguei como uma mãe e ela chorou um pouco, mas também riu e falou: "Bom, nesse caso, jovenzinha, ordeno que se afaste já desse garoto ou então vai se ver comigo."

E, quando terminamos de lavar as canecas, varrer os farelos de biscoito, desligar as luzes e trancar as portas, deixando tudo brilhando para o pessoal da manhã, eu tinha decidido.

Era hora de dar adeus a Cole.

40

Assim que saímos da lanchonete, Geórgia se lembrou de que precisava voltar e deixar um bilhete para o gerente do turno da manhã, dizendo algo sobre um relatório que precisava ser entregue a Dave até o fim do dia seguinte, então fui indo na frente para o estacionamento dos funcionários, colocando o casaco por cima dos ombros.

Eu estava com o nariz entupido, os olhos coçando e o peito doendo. Estava com medo. Mesmo assim, fazia tempo que não me sentia tão aliviada. Como se tivesse tirado um peso das costas. Estava decidida a fazer o que já deveria ter feito havia séculos. Seria sincera. Não perdoaria. Não pensaria duas vezes. Eu era capaz de fazer isso. Era forte. Estava confiante de que conseguiria. Era só me preparar direito que, na próxima vez em que visse Cole, saberia exatamente o que fazer.

Mas não tive a menor chance de me preparar.

Cheguei ao estacionamento dos funcionários e dei de cara com ele, recostado no para-choque dianteiro do meu carro.

"Estava boa a festa?", perguntou, e, pelo tom da voz, já dava para perceber que estava furioso. "Que demora. Faz séculos que estou esperando."

"Tive que ajudar a fechar", falei, me aproximando decidida – mais decidida do que em qualquer outra ocasião, ainda que estivesse tremendo de medo. Até minha voz tremia.

"Vi você falando com a Maria", disse. "Mais cedo."

Comecei a tremer ainda mais. Ele estava ali havia quanto tempo? Minha boca se movia tentando articular palavras, mas não saía nada.

"Deixa eu tentar adivinhar sobre o que vocês duas estavam conversando", falou. "Sobre o tempo?" Riu da própria piada, uma risada áspera. Tirei a chave do carro do bolso do casaco e apertei o botão para destravar as portas. Ele tirou a chave da minha mão e apertou para travá-las de novo.

"Cole", falei, "me devolve a chave. Estou indo pra casa."

Em um piscar de olhos, esticou o braço e me agarrou pelos cabelos. Soltei um gemido, mas ele puxou ainda mais forte, virando minha cabeça para que eu olhasse no seu rosto.

"Aquela vaca inventou um monte de coisas sobre mim?", perguntou.

Tentei balançar a cabeça.

"Não", falei. "A gente só estava conversando. Me solta."

Na mesma hora, me odiei por ter voltado a ser aquela pessoa que dizia e fazia o que fosse preciso para não contrariar Cole. Como se a conversa com Geórgia havia pouco nem sequer tivesse acontecido. Como se nada tivesse mudado. Por um momento, me bateu um desespero ao pensar que jamais seria capaz de terminar tudo com ele. Ao pensar que sempre voltaríamos a nos encontrar em uma situação como essa, sempre com Cole no comando.

Cole soltou meus cabelos e me encarou.

"Mentirosa", falou. "Você não passa de uma mentirosa, Alex."

"Cala a boca", falei, tão baixo que mal deu para ouvir.

Ele ergueu uma sobrancelha e inspirou fundo.

"O que você disse? Desculpa, por acaso a vagabunda da minha namorada acabou de me mandar calar a boca? Ela não se atreveria. Ela está careca de saber que eu acabaria com ela só por pensar em falar uma coisa dessas."

Nesse momento, ele se desencostou do para-choque e se aproximou de mim, me fazendo recuar com passos incertos cada vez mais para longe do carro.

"Não encosta em mim", falei, tremendo tanto que chegava a bater os dentes.

As pupilas dos seus olhos brilhavam, e cada músculo do seu corpo estava prontinho para dar o bote. Desviou o olhar do meu rosto para o pescoço e, por um instante, pensei que ia me estrangular.

"Achei que já tinha te falado para parar de usar essa porcaria", rosnou, agarrando o apanhador de sonhos da mamãe e puxando-o com toda força. Senti a tira de couro se arrebentar e, pela primeira vez desde os 8 anos de idade, estava sozinha, exposta, com a barreira que me protegia dos pesadelos posta abaixo.

Ele segurou o colar arrebentado em frente ao meu rosto e depois o atirou longe. Na escuridão, não vi onde foi parar. Desapareceu. Tudo de importante na minha vida estava ruindo, desmoronando. Tudo estava desaparecendo.

A partir daquele momento, algo estalou dentro de mim. Endireitei-me, a tremedeira passou na mesma hora, e, com as duas mãos, empurrei-o com todas as forças. Ele cambaleou para trás, batendo as costas no espelho retrovisor do meu carro, e o tirou do lugar. Em seguida, com um ruído seco, voltou para onde estava.

"Você o quebrou!", gritei, pois não sabia o que mais gritar. "Está tudo acabado entre nós. Sai de perto de mim. Nunca mais chegue perto de mim."

Ele desatou a rir, como se o que eu havia acabado de dizer tivesse sido a coisa mais engraçada que já ouviu na vida. Como se meu empurrão lhe tivesse feito cócegas. Ele jogou a cabeça para trás e, com o rosto virado para o céu escuro, continuou rindo, com risadas ásperas e demoradas.

E então se endireitou e foi para cima de mim de forma tão repentina que nem vi o que aconteceu até voltar a abrir os olhos e descobrir que estava no chão ao lado do pneu do carro.

Meu rosto doía, mas não como da outra vez. Dessa vez era diferente. Ele doía e formigava, ardia e parecia dormente. Quando levei a mão às sobrancelhas, um dos dedos tocou um corte profundo e a mão voltou cheia de sangue. Também tinha mordido a língua e sentia gosto de sangue na boca. Engasguei e cuspi, tentando entender o que havia acabado de acontecer.

"Você acha que agora pode fazer o que bem entender, é isso? Só porque falou com aquela vaca louca, agora acha que pode me empurrar e dizer que está tudo acabado? Nunca vai acabar, Alex, está me ouvindo? Levanta! Levanta de uma vez!"

Virei o corpo de lado, tentando achar um jeito de me levantar. Estava tonta e nada fazia o menor sentido para mim. Devo ter demorado mais do que devia, pois vi os tênis de Cole se aproximando a passos largos, depois um deles saindo do chão e, quando dei por mim, estava sem ar, o bico do tênis enfiado na minha barriga.

Não conseguia respirar, mas Cole, ainda esbravejando que eu só podia estar louca se pensasse que ele deixaria Maria e eu ficarmos espalhando boatos sobre ele, não deu a menor bola. Ele se curvou e agarrou meu braço, torcendo e puxando para cima de forma tão brusca e violenta que senti algo sair do lugar. Dei um berro, fiz um esforço tremendo e consegui me levantar.

"Pelo amor de Deus", choraminguei, igualzinho àquele dia no seu quarto. "Me solta, pelo amor de Deus."

"Dói, né?", perguntou, batendo duas vezes com o nó dos dedos na parte de trás da minha cabeça.

"Cole", choraminguei. "Por favor. Me deixa ir pra casa."

"Pra casa do Zach?", gritou na minha cara, torcendo ainda mais o meu braço. Dei um berro e ele me empurrou com tanta força que me senti leve, como uma pluma flutuando, antes de aterrissar de cabeça na calçada.

Não sei por quanto tempo ele continuou me batendo. Só sei que, em dado momento, me virei de lado e me encolhi como uma bola, seus pés chutando cada centímetro do meu corpo que podiam alcançar: as costelas, o cóccix, a maçã do rosto, a orelha.

É agora, pensei. *Maria tinha razão. Ele vai acabar matando alguém e esse alguém sou eu. Dei muita sopa para o azar. A culpa é toda minha.* E, bem quando estava começando a me acostumar com a dor e a pensar em outras coisas, ele parou.

"Ei!", gritou uma voz. Abri um dos olhos o máximo que pude e vi Geórgia correndo na nossa direção, deixando sua bolsa, a bolsa de dinheiro e a chave caírem na calçada enquanto corria. "Sai de perto dela! Sai de perto dela!"

Cole deu um passo para trás e levantou as mãos, como se dissesse que não estava fazendo nada, e Geórgia se enfiou entre nós dos dois, abrindo os braços para me proteger.

Eu só conseguia abrir um dos olhos. Mas, mesmo com um olho só, pude ver a expressão de Cole, uma expressão que nunca antes tinha visto no seu rosto. Uma expressão enlouquecida.

Ele vai matar nós duas, pensei, e lamentei profundamente ter envolvido Geórgia nessa história.

Mas não foi o que aconteceu.

"Tá bom, tá bom!", exclamou ele, com a respiração pesada, como se ter me espancado tivesse exigido esforço demais. "Você vai voltar para mim rastejando, vagabunda", falou, mas não respondi. Estava muito ocupada fechando os olhos e me transportando para um mundo no qual meus ossos não estavam quebrados e meu sangue não estava escorrendo pelas rachaduras do chão do estacionamento. Um mundo no qual não me sentia como um saco de areia rasgado, com os grãos espalhando-se pelo asfalto. Um mundo no qual não estava certa de que jamais voltaria a me mover.

Fiquei flutuando nesse mundo sombrio e imaginário que existia atrás das pálpebras enquanto, ao fundo, ouvia Geórgia vociferando o endereço do Bread Bowl ao celular e me dizendo baixinho que tudo ficaria bem. Também a ouvi dizer algo como "Sua filha está machucada", e fiquei me perguntando se a coisa era grave a ponto de fazer com que alguém tivesse de vir recolher os pedaços do meu cérebro da calçada. E ouvi sirenes e vozes falando comigo e, em dado momento, senti que estava sendo carregada, o tempo todo sem abrir os olhos.

E, por mais sombrio que fosse o mundo atrás das pálpebras, nem de longe parecia tão sombrio quanto o mundo com o qual me depararia se voltasse a abri-las.

41

Muitas pessoas apareceram para me visitar no hospital. Colegas de aula. Primos que havia séculos não via. Vizinhos. Bethany e Zach, que, com expressões tristes e abatidas, tentaram contar piadas, mas ficaram pouco tempo. Queria que tivessem ficado mais. Mais do que nunca, sentia a falta deles.

E Brenda, que entrou no quarto de cabeça baixa, carregando um vaso de flores, tão vibrantes em contraste com sua pele que parecia uma daquelas fotografias toda em preto e branco, mas com um único elemento colorido. Ela colocou o vaso no parapeito da janela e depois, esfregando as mãos, ficou olhando para mim.

"Ele foi preso", falou, tão baixo que mal pude ouvir.

Eu continuava sem conseguir me mexer muito – mal abria os olhos, de tão inchados –, mas fiz que sim com a cabeça. Já sabia disso. Ao abrir os olhos no hospital pela primeira vez, tinha dado de cara com Geórgia ao lado da cama, e essa foi a primeira coisa que me falou.

Brenda coçou a região do braço em que as flores tinham encostado e, mais uma vez, fiquei pasma com sua magreza.

"Ele disse que você o empurrou primeiro", falou. Em seguida, balançou a cabeça e olhou pela janela, como se tivesse se arrependido do que tinha acabado de dizer. E então, sem mais nem menos, foi embora. E nunca mais voltou. Achei que ela precisava ver com os próprios olhos o estrago que o filho tinha feito daquela vez. Imagino que devia ter sentido dor só de olhar para mim.

Célia também tinha aparecido. Com Shannin, o papai e as avós. Eles trouxeram o bolo de aniversário do papai e, para desgosto de Célia, fizemos uma festinha de família no quarto do hospital. Ela parecia tão frustrada que chegou a me dar um aperto no peito, mas, depois, quando o papai e Shannin e as avós desceram até a lanchonete do hospital para tomar um café, ela voltou ao quarto com um livro embaixo do braço.

Estendeu-o para mim. Era um álbum de fotos.

Olhei para ela, examinando seu rosto, e, em seguida, mostrei meu braço quebrado.

"Não consigo...", falei.

Por um momento, pareceu indecisa, sem saber se saía ou não do lugar. Depois, se aproximou da cama, se sentou ao meu lado, bem como fazíamos quando éramos pequenas, e abriu o álbum na nossa frente.

Fiquei sem respiração, levando a mão que estava boa à boca. As fotos. Estavam todas ali.

"Onde foi que você..."

"Dormi no seu quarto ontem à noite", falou. "Achei que você ia morrer. Nos deixar como a mamãe. E eu... e eu por acaso vi a caixa no vão entre a cabeceira da cama e a parede. Nem sabia que essas fotos ainda existiam."

Ela virou as páginas – *flap, flap, flap* – e ali estavam eles: o papai e a mamãe, lindos, alegres e juntos.

"O papai colocou tudo em ordem", disse Célia. "Ontem à noite. E adicionou essas aqui que ele vinha guardando no armário dele."

Ela virou mais algumas páginas e abriu o álbum na nossa frente de novo. Fotos do casamento. Dezenas delas. Página após página após página. A mamãe e o papai tão felizes. Tão apaixonados. Tão perfeitos.

Virando mais algumas páginas, havia outras fotos que tinham sido adicionadas: fotos de Shannin, de Célia e minhas quando éramos bebês. A mamãe com cara de cansada e de apaixonada. O papai com cara de orgulhoso. Fotos dos nossos primeiros anos de vida, da gente na escola, da gente em uma horta em meio a abóboras e outras da gente no escorregador e comemorando aniversários. Estavam todas ali – as provas de que a mamãe nos amava.

Provas de que eu estava certa desde o começo.

Mais tarde, quando as avós levaram Célia para jantar, o papai se sentou ao lado da cama e ficou folheando o álbum em silêncio. Mais do que nunca, parecia estar com o coração partido.

Quando chegou à foto da mamãe segurando a flor acima da cabeça no acostamento da estrada, só deu uma risadinha, com os dedos tocando a foto.

"Onde foi isso pai?", perguntei. "Que montanha é essa?"

Com os dedos, percorreu a imagem da montanha ao fundo.

"É a montanha Cheyenne", falou. "Em Colorado Springs. Foi lá que passamos a lua de mel."

Montanha Cheyenne.

"Ela sempre dizia que a última vez que tinha se sentindo feliz de verdade foi quando estávamos nas montanhas."

"É por isso que ela queria voltar pra lá? Para reviver a lua de mel?"

Puxa vida, não podia ser isso, pensei. Ela não podia ter se matado só para voltar às montanhas por meras razões sentimentais.

Ele fez que não com a cabeça e fechou o álbum.

"Alex", falou, olhando no fundo dos meus olhos. "Sua mãe tinha um distúrbio mental. E, depois que vocês nasceram, ela só piorou. Ela não estava raciocinando direito. Dizia que amava tanto vocês que, toda vez que choravam, sentia como se estivesse perdendo um pedaço de si mesma. Ela estava convencida de que não era uma boa mãe."

"Mas não entendo", falei. "Por que o Colorado? Por que um curandeiro espiritual? Não faz sentido."

O papai balançou a cabeça.

"Não, não faz mesmo. Ele tinha convencido sua mãe de que, se ela voltasse ao lugar onde tinha se sentido feliz pela última vez, ficaria curada e se tornaria uma mãe melhor. Parece loucura, e era mesmo. Mas ela engoliu a história."

Senti a cabeça girar. Ela não estava indo embora porque não nos amava. Pelo contrário, estava indo embora porque nos amava muito. Sua ideia era se curar e depois voltar para nós, feliz outra vez. Sua ideia era se curar para poder nos amar melhor.

Não consegui deixar de me perguntar o quanto esse último ano poderia ter sido diferente se eu tivesse ficado sabendo disso antes. Melhor dizendo, o quanto toda a minha vida poderia ter sido. O que custava o papai ter me contado isso antes? Por que não podia ter deixado a própria dor de lado por um mísero segundo e me contado justamente a coisa que mais precisava ouvir – que a mamãe me amava? Que eu fazia diferença. Que eu era importante.

Que a morte da mamãe não passava de um grande e triste acidente.

Depois que papai saiu do quarto, me virei sobre o lado esquerdo do corpo, que doía menos que o direito, me encolhi toda na cama e chorei. A mamãe estava morta, e nada que fizéssemos poderia trazê-la de volta.

Mas eu estava viva. No meu caso, ainda restava um fio de esperança.

42

Fazia quatro horas em ponto que eu havia chegado em casa do hospital quando ele começou a me ligar no celular.

As primeiras ligações eu ignorei. Fiquei deitada embaixo das cobertas tremendo, como se tivesse sido transportada de volta para aquela noite. Também ignorei as mensagens de voz que ele deixou.

Mas ele não desistiu. Continuou ligando a cada cinco minutos, e o número do seu celular aparecia na tela do meu. Ele já tinha saído da cadeia. Já estava de volta em casa.

Só de pensar nisso, sentia um frio na espinha.

Mas eu estava curiosa. Mesmo depois de tudo o que havia acontecido, eu estava curiosa. E fiquei me perguntando o quanto tinha sido difícil para ele. O quão difícil ainda seria. Será que teria de comparecer ao tribunal? Será que papai iria lá para vê-lo? Será que papai tentaria processar a família dele?

No fim do dia, a curiosidade falou mais alto. Quando ligou de novo, atendi.

"Alex", disse ele, com a voz abafada, como se estivesse com a boca encostada no telefone. "Minha Emily Dickinson."

Não falou mais nada. Eu também não abri a boca. Só fiquei ali sentada na cama, e o chiado da ligação preencheu o vazio entre nós.

E então me dei conta de que só curiosidade não era o suficiente. A verdade era que... não tinha mais nada a dizer a ele.

"Puxa vida, me desculpa", falou afinal, e eu afastei o celular do ouvido, desliguei na sua cara, desliguei o aparelho, e o guardei na gaveta do criado-mudo.

E dali ele não saiu nunca mais.

Epílogo

Esperamos um ano. Parte desse tempo era para os pontos cicatrizarem, os ossos voltarem a se fortalecer e para eu aprender a conviver com as cicatrizes interiores que levaria comigo para o resto da vida. Parte desse tempo era para poder trabalhar – voltar a levar uma vida normal, ou, pelo menos, o mais normal possível depois de ter passado pelo que passei. Parte desse tempo era para desabafar – visitar o maior número possível de colégios para contar aos alunos minha história. Todos os psicólogos tinham dito que isso me faria bem. Acho que tinham razão. Sei lá, de qualquer maneira, parecia a coisa certa a fazer. Mesmo que às vezes me sentisse uma aberração, às vezes sentisse falta de Cole e, às vezes, terminada a visita, ficasse chorando no carro sem saber ao certo se conseguiria voltar para casa.

E parte desse tempo era para Bethany e Zach me perdoarem.

Falando assim, podia parecer que estavam tão zangados e ofendidos, que não queriam me ver nem pintada de ouro, o que estava longe de ser verdade. Estavam magoados, isso sim. E eu não podia culpá-los. E levou um tempo para essa mágoa passar e para eles voltarem a sentir que... bom, que eu pertencia a eles de novo. Cole tinha me roubado e eles tinham me recuperado, mas, agora que o cabo-de-guerra tinha chegado ao fim, era como se não soubessem ao certo o que fazer comigo.

Além disso, a vida seguiu em frente. Para aqueles que não estavam estirados em uma cama vivendo à base de analgésicos, franzindo o rosto cada vez que tentavam mudar de posição e tentando com todas as forças esquecer as qualidades do cara que havia menos de uma semana ainda estava segurando sua mão, a vida seguiu em frente.

Chegou o dia dos exames finais, da entrega dos diplomas, da festa de formatura. Chegaram as férias de verão, com sessões de cinema, de minigolfe e dos encontros. Chegou o primeiro dia de aula na faculdade. A vida seguia em frente, e eu assistia a tudo de fora. Não por falta de condição física, mas sim emocional. Às vezes, passava o dia inteiro sem sair da cama, não por causa dos hematomas e das cicatrizes, mas porque a ideia de me levantar e encarar o mundo mais uma vez parecia assustadora e sem sentido. De uma forma estranha, Cole me deu algo que, por muito tempo, tinha desejado com todas as forças. Graças ao que ele fez comigo, enfim pude entender o porquê de a mamãe ter feito o que fez. Graças a ele, aprendi o verdadeiro significado do desalento. Do desespero. Da tristeza.

Bethany foi para a faculdade, como sempre tinha dito que faria. Agora, morava a três estados de distância, o que, às vezes, parecia ser do outro lado do mundo. Ela fez novos amigos, começou um relacionamento sério com um cara chamado Bryce e entrou para um grupo de ativistas ambientais e para um clube formado por alunas – "com fins acadêmicos, claro. Você me conhece", disse ela, mas, pelo tom animado da sua voz, tive a sensação de que não eram fins tão acadêmicos assim.

Zach arrumou um emprego em um navio de cruzeiro "como garçom, por enquanto", disse, mas estava dando duro para conseguir um papel em um dos espetáculos que eram apresentados aos viajantes. No caso de Zach, às vezes ele estava mesmo do outro lado do mundo, literalmente. E quase nunca ligava para dar notícias.

Mas, quando ambos apareceram para as férias de Natal, fomos juntos ao shopping e, ao nos sentarmos na praça de alimentação para tomar *smoothies*, perguntei a eles se não era hora de fazer a viagem e, embora tenham trocado os mesmos olhares hesitantes que eu os havia visto trocar tantas outras vezes, toparam.

"É o nosso presente de formatura para nós mesmos, lembram?", eu tinha falado, embora o que quisesse mesmo era pôr um ponto final naquela história. Minhas perguntas sobre a mamãe tinham sido respondidas. Agora, era hora de fechar de vez as feridas, e uma parte de mim precisava dessa viagem para finalmente poder dizer que tinha feito o que por tanto tempo disse que faria. Para poder sentir que tinha pelo menos um pouco da determinação de Bethany.

A viagem foi idêntica às que se viam nos filmes em que um grupo de adolescentes resolvia pôr o pé na estrada. Nós três chacoalhando estrada afora, espremidos na cabine do trailer que o avô de Zach havia alugado para nós, nos matando de rir, brincando de bingo com os números das placas dos carros, comendo pacotes e mais pacotes de batatinhas chips e pescando atrás do volante.

Assim que cruzamos a fronteira do Colorado, paramos no estacionamento de um posto e preparamos uns sanduíches, depois fomos para a parte do trailer onde ficavam as camas, fechamos a cortina que a separava do resto e ficamos comendo e cochichando, bem como tínhamos feito centenas de vezes nos armários dos nossos quartos quando éramos crianças.

"Quando você quer ir até a montanha?", perguntou Bethany, empurrando um pedaço de sanduíche boca adentro. "Assim que chegarmos? Ou...?"

Tomei um gole de refrigerante, enfiando os dedos dos pés descalços no vão entre o colchão e a parede do trailer e fazendo uma careta de dor quando o ombro com a tatuagem recém feita raspou nela. Abri um sorriso. Ainda não conseguia acreditar que, no fim, Zach tinha nos convencido a fazer as tais tatuagens. Quando Geórgia descobrisse, ficaria uma fera.

"Para mim tanto faz", disse Zach, respondendo à pergunta de Bethany. "A Alex é que manda."

"Não sei bem", falei. "Agora que estou aqui, tipo... sei lá..."

"Você quer desistir", disse Zach. Uma afirmação, não uma pergunta. "Está com medo."

Fiz que sim, com os olhos se enchendo de lágrimas.

"E se eu não senti-la lá em cima?"

Ninguém respondeu. Apenas continuamos comendo os sanduíches, com os rostos sombreados pela cortina de algodão, as pernas por cima umas das outras, as costas contra a parede do trailer. Nunca, durante todos os anos de amizade, tínhamos nos perguntado o que aconteceria se a viagem fosse um fracasso.

No fim das contas, bastou a montanha – invisível em um minuto e, no dia seguinte, tão imensa que não se via outra coisa – aparecer em frente ao para-brisa, cintilando na meia-luz do crepúsculo, para que todas as dúvidas desaparecessem da minha cabeça.

Ficamos todos de queixo caído. E, em seguida, loucos para vê-la mais de perto. Tivemos que nos convencer a entrar no estacionamento do hotel e ir fazer o check-in; tudo o que queríamos era continuar dirigindo, continuar chacoalhando pela estrada que subia em direção à montanha até ficarmos com a cabeça perto das nuvens. Após fazer o check-in, subimos aos quartos e fui direto para a varanda, enquanto Bethany pedia uma pizza.

Olhei na direção da montanha. Esperei. Inspirei fundo enquanto os cabelos esvoaçavam ao vento, caindo por cima do rosto. Procurei por ela. Tentei senti-la.

Nada.

Um tempo depois, a porta contígua entre nossos quartos se abriu e Zach irrompeu, cantando a plenos pulmões uma música do filme A *noviça rebelde*. Bethany riu, juntando-se a ele e cantando The Hills Are Alive, mas eu não conseguia sair do lugar. Não conseguia tirar os olhos da montanha. E se tivesse deixado algo escapar? E se a mamãe tivesse aparecido e eu não a tivesse visto? Era como se estivesse olhando para minha vida inteira, brotando do chão bem na frente dos olhos. Não conseguia nem piscar. Quem conseguiria?

Ouvi o ruído da porta de correr se abrindo às minhas costas, depois senti o braço de Bethany em volta do meu.

"Está tudo bem?", perguntou.

Fiz que sim, mas foi só quando Zach se aproximou pelo outro lado e, com o polegar, enxugou uma lágrima que escorria pelo meu rosto, que me dei conta de que havia passado tanto tempo sem piscar que os olhos estavam lacrimejando.

"Sim. Não", falei. "Ela não está aqui. A gente percorreu todo esse caminho, mas... ela não está aqui."

Bethany deu um suspiro e deitou a cabeça no meu ombro. Ao sentir o cheirinho de maçã dos seus cabelos, pensei comigo mesma que essa era só mais uma dentre as tantas mudanças pelas quais Bethany tinha passado desde que tinha ido para a faculdade. Mas a sensação dos seus cabelos tocando o meu rosto era muito gostosa. Muito aconchegante.

"Ela está aqui sim", sussurrou. "Fica tranquila que você vai acabar encontrando."

Zach passou o braço pela minha cintura, me puxando para perto.

"Além do mais, nós estamos aqui. Estamos sempre aqui", falou, e as palavras saíram espremidas ao redor do palito de dente.

"Não precisamos subir até lá", disse Bethany. "Podemos apenas voltar pra casa."

Minha mão que estava livre foi ao encontro do pescoço e tocou a familiar tira de couro do apanhador de sonhos, que Célia tinha encontrado no estacionamento do Bread Bowl um dia depois de Cole ter me deixado lá sangrando, e consertado, colocando um fecho na parte arrebentada.

Bethany estava errada. Precisávamos sim. Precisávamos sim subir até lá. E não só eu. Todos os três. Porque, de uma forma bem concreta, todos nós tínhamos sido vítimas da morte da mamãe. Todos tínhamos sofrido as consequências. Todos nós precisávamos subir até lá e ver que a montanha não passava de uma montanha, e que a mamãe não estava lá, assim como não estava em nenhum outro lugar. Precisávamos nos dar conta de que não poderíamos apagar o que tinha acontecido com ela... ou o que tinha acontecido comigo... escalando uma montanha, assim como a mamãe também não teria conseguido se curar fazendo o mesmo.

Cerrei o punho em volta do apanhador de sonhos, sentindo as pequenas plumas na palma da mão. E, pela primeira vez na vida, tinha certeza do que iria fazer.

Subiria, com as feridas abertas, até o topo da montanha Cheyenne. E deixaria o apanhador de sonhos lá. Pendurado em uma árvore, talvez. Ou em cima de uma pedra. Ou talvez o seguraria à beira de um penhasco e o deixaria cair.

E desceria de volta com as feridas fechadas, pronta — não só eu, mas todos os três — para uma nova fase.

Alguém bateu à porta — era a pizza chegando — e Bethany foi atender, deixando Zach e eu ali fora sozinhos. Olhei para ele. Ele olhou para mim. Com muito carinho, sorriu e me puxou mais para perto. Em seguida, estendeu a mão, afastou uma mecha de cabelo da frente dos meus olhos, depois tirou o palito da boca, se curvou e beijou de leve o topo da minha cabeça.

"Quer ver quem chega primeiro lá em cima?", perguntou.

Sorri.

"Você não tem a menor chance."

Ele riu.

"O peixe morre pela boca, hein? Tem certeza de que está pronta pra isso?"

"Estou pronta pra qualquer coisa", falei. "É só por fora que estou cheia de pontos, como o Frankenstein. Por dentro, estou tinindo, meu caro." E, ao terminar de falar, quase fiquei surpresa com o quanto era verdade. Se ainda tinha feridas abertas, tanto por fora quanto por dentro, estar ali pelo menos fazia eu sentir que finalmente estava pronta para fechá-las. Todinhas.

Com a mão, ele afastou outra vez uma mecha de cabelo da frente dos meus olhos.

"Você é a pessoa mais forte que já conheci na vida", disse ele, e algo no jeito como falou fez com que aquilo se tornasse verdade.

"A pizza chegou", disse Bethany, voltando para a varanda, passando o braço em volta do meu e voltando a deitar a cabeça no meu ombro, como tinha feito havia pouco.

Nenhum de nós deu a mínima para a pizza. Em vez disso, ficamos ali parados, com os braços entrelaçados, os olhos fixos na montanha Cheyenne, até que a noite caiu, mergulhando-a na escuridão.

Agradecimentos

Em primeiro lugar, gostaria de agradecer à minha maravilhosa agente, Cori Deyoe, por estar sempre ao meu lado, encorajando-me e aconselhando-me. Você me faz acreditar em mim mesma.

Um muito obrigada à minha editora, Julie Scheina, por todo o esforço e entusiasmo e por sempre me obrigar a examinar as coisas mais a fundo. E obrigado a todos da editora Little, Brown, por terem se esforçado tanto para fazer deste o melhor romance possível, incluindo Jennifer Hunt, Diane Miller e Barbara Bakowski. Obrigada também a Erin McMahon pela capa.

Um obrigada especial ao meu amigo T. S. Ferguson pela ideia do romance e pela ajuda com os primeiros capítulos.

E obrigada à jovem revisora particular que tenho em casa, minha filha Paige, por chamar minha atenção para alguma palavra que os adolescentes não usam, ou para algum apelido "nojento" que dava a um personagem, e por sempre estar disposta a ler os rascunhos. Só para constar: também acho que a Alex e o Zach deveriam ficar juntos.

Um muito obrigada às "Debutantes de 2009" (debut2009.livejournal.com) por toda ajuda e apoio e por sempre segurarem minha mão quando sinto que sou um fracasso, em especial a Michelle Zink, Malinda Lo, Saundra Mitchell e Sydney Salter.

Como sempre, obrigada a Cheryl O'Donovan, Laurie Fabrizio, Nancy Pistorius, Susan Vollenweider e Melody O'Grady, por nunca se cansarem (ou, pelo menos, nunca demonstrarem se cansar) de ouvir a minha incessante ladainha sobre os horrores da vida de escritor.

Por fim, obrigada à minha família, em especial ao meu marido, Scott, e aos meus filhos, Paige, Weston e Rand, pela paciência e amor, e por fingirem não ter me visto chorar quando recebi a prova do romance cheia de marcações. Amo muito vocês.

Nota da autora

Na faculdade, me formei em psicologia. Sempre tive um enorme interesse pelo pensamento e comportamento humanos. Sempre quis entender por que as pessoas faziam o que faziam, agiam ou deixavam de agir de uma determinada maneira.

Durante o primeiro ano do curso, me matriculei em duas disciplinas sobre psicologia da mulher. Uma delas era presencial e a outra, prática, envolvia desenvolver um projeto de pesquisa que cada aluno elaborava por conta própria; nela, pude escolher o tema sobre o qual queria me debruçar ao longo do semestre. Escolhi violência doméstica.

Queria aprender sobre o ciclo da violência, sobre o que acontece em termos emocionais e cognitivos com uma mulher vítima de violência. Meu objetivo era encontrar a resposta para a pergunta mais comum nesses casos: por que ela simplesmente não rompe o relacionamento?

Inúmeras vezes ouvi a mim mesma dizendo coisas como: "Jamais permitiria que alguém abusasse de mim. Agrida-me uma única vez e eu caio fora!". Na verdade, ouvi várias mulheres dizerem coisas parecidas. "Se algum dia um cara me agredir...", costumamos dizer, e, em seguida, completamos a frase com uma porção de fortes e veementes ameaças. Às vezes, ficava me perguntando quantas mulheres, que continuaram reféns de um relacionamento abusivo por não terem a menor ideia de para onde ir ou do que fazer, tinham um dia dito: "Jamais permitiria..." ou "Se algum dia um cara me agredir...".

Então, passei o semestre inteiro aprendendo sobre o ciclo da violência. Aprendi sobre suas três diferentes fases: a fase da evolução da tensão, a fase do incidente de agressão e a fase do comportamento gentil e amoroso, também chamada de fase "lua de mel". Aprendi tudo sobre a sensação de impotência e a síndrome da mulher maltratada. Sabia tudo de cor e salteado. Sabia exatamente o que se passava na cabeça de uma mulher que não conseguia romper com o homem que a agredia. Mas, e o que se passava no seu coração? Onde estava o coração naqueles livros de psicologia?

Afinal de contas, na maioria das vezes, não mergulhamos em relacionamentos amorosos por motivos puramente racionais. Da mesma forma, na maioria das vezes, também não é por motivos racionais que permanecemos neles. *Amamos* e, por amarmos, a coisa pode se tornar muito mais complicada do que uma simples questão de "permitir".

Acho que Alex não é muito diferente de muitas outras mulheres por aí, reféns de um relacionamento com um cara ótimo, que tinha tudo para ser perfeito, não fosse por essa única e terrível coisa que ele vive fazendo. Alex amava Cole, e ele lhe dava inúmeras razões para isso. Ela amava o relacionamento que tinham. Amava os bons momentos ao seu lado. Amava o modo como ele a fazia se sentir especial. E, por amá-lo muito, estava sempre disposta a perdoá-lo, a inventar desculpas para seu comportamento violento, a sentir pena dele.

E, também como no caso de muitas outras mulheres, é a capacidade especial que Alex tem para amar que faz com que seja tão importante conseguir escapar das garras do agressor o mais rápido possível, antes que perca a capacidade de sentir qualquer coisa.

De certo modo, acho que esse romance, essa exploração do lado "amoroso" de um relacionamento abusivo, é a conclusão de um projeto que teve início com aquele trabalho de pesquisa sobre violência doméstica há mais de uma década. E Alex me ajudou a entender que, se não experimentarmos uma coisa dessas na pele, talvez não tenhamos a menor ideia do que faríamos no lugar de alguém nessa situação.

Como sempre, obrigada, leitor, por embarcar comigo nessa jornada.

Perguntas sobre abuso

P: Quais são as características de um agressor?

R: Agressores podem ser emocionalmente possessivos e manipuladores, ciumentos, cruéis, implacáveis, desprovidos de empatia ou escrúpulo. Um agressor pode fazer a vítima se sentir insegura, culpada, indigna, confusa e intimidada, e pode tentar aliená-la dos seus amigos e família. Um agressor também pode representar uma ameaça física; homens tem uma maior probabilidade de serem fisicamente abusivos do que mulheres.

Uma vez que uma pessoa tenha revelado um lado violento, maldoso ou abusivo, ela é capaz de fazê-lo de novo. A vítima não é culpada pelo comportamento agressivo; ele ocorre independentemente dela, do que significa para o agressor e do que faz ou deixa de fazer. O comportamento agressivo é resultado de um problema do próprio agressor, ainda que ele venha a pôr a culpa na vítima ou em circunstâncias exteriores. Se a vítima tolerar esse tipo de comportamento, minimizá-lo, fingir que não aconteceu, ou inventar justificativas para ele, a tendência é piorar.

Muitas vezes, a maldade de um agressor é marcada muito mais pela frieza do que pela raiva (ou seja, ele é abusivo de uma forma desprovida de emoção, mecânica, desprendida ou indiferente). Agressores cuja agressividade é marcada pela frieza podem ser muito mais perigosos do que agressores cuja agressividade é marcada pela emoção. Em ambos os casos, a vítima deve traçar um plano para romper o relacionamento o mais rápido possível.

P: Tenho a impressão de que uma amiga está sendo vítima de violência. Como posso ajudá-la?

R: Fale para ela sobre sua suspeita e pergunte de forma direta (e particular) se algo ruim está acontecendo. Se, em um primeiro momento, sua amiga disser que não está acontecendo nada e que "está tudo bem", faça perguntas mais específicas. Você também pode dizer algo como "estou preocupada com você" ou "você parece estar infeliz (ou tensa)". Se ela não disser nada, mas também não negar, espere alguns dias e pergunte de novo. Enquanto continuar percebendo algo de estranho, continue perguntando.

P: Alguns casais brigam o tempo todo e, durante as brigas, algumas pessoas falam coisas da boca para fora ou fazem coisas sem pensar direito. Como posso saber se estou sendo vítima de violência ou simplesmente tendo uma briga feia?

R: Faça as seguintes perguntas a si mesma:
1. Como você caracterizaria essas situações caso estivessem acontecendo com sua melhor amiga?
2. Você hesita em falar sobre o que está acontecendo com outras pessoas?
3. Você se sente nervosa e apreensiva quando está prestes a se encontrar com a pessoa que pode estar sendo violenta?
4. Você se sente culpada por ficar relevando o comportamento da pessoa que pode estar sendo violenta?
5. Essa pessoa diminui sua autoestima?

Além disso, você pode compartilhar o que está acontecendo com um profissional. Ver "Com quem posso falar?", a seguir, para obter uma opinião especializada.

P: Mas e se sinto que a culpa é minha, e que sou sempre eu quem começa as brigas?

R: Às vezes, pessoas violentas e com algum transtorno psicológico – em especial as que são exigentes e manipuladoras – podem fazer a vítima se sentir tão desconfortável e amedrontada que ela reage de forma agressiva. Sua reação pode ser uma forma de protesto, de se proteger um pouco ou de se sentir mais forte diante da pressão exercida pelo agressor. Se você tem uma tendência a começar brigas, pode ser que esteja assustada, magoada, frustrada, ou se sentindo ameaçada, e, nesse caso, precisa procurar ajuda de alguém. Pessoas felizes não provocam brigas.

P: Não consigo entender como me meti nessa enrascada. Como faço para sair?

R: A primeira coisa a fazer é tomar atitudes no sentido de romper o relacionamento abusivo. Depois, a uma distância mais segura, você pode tentar entender melhor como foi que se meteu nessa enrascada. Aqui estão algumas sugestões de providências que você pode tomar para romper o relacionamento abusivo:
1. Escreva tudo que aconteceu.

2. Procure alguém com mais autoridade (seus pais ou os pais de um amigo(a), um delegado de polícia ou diretor do seu colégio, por exemplo) e conte o que anda acontecendo, e fale sobre sua intenção de pôr um fim ao relacionamento com o agressor.
3. Bole, e escreva em um papel, dois planos:
   Como romper o relacionamento com o agressor: Tente interromper todo o tipo de contato. Se o agressor precisar de uma mensagem mais definitiva, escreva uma carta ou um e-mail. Não dê sinais de que está com medo. Deixe claro que contou sobre o ocorrido a outras pessoas. Se sofrer qualquer tipo de ameaça, por menor que seja, entre imediatamente em contato com as autoridades. Sob circunstância alguma se encontre a sós com o agressor.
   Como garantir minha segurança depois de terminado o relacionamento: Você vai precisar de um plano emergencial para o caso de o agressor persegui-la, confrontá-la ou incomodá-la após o término do relacionamento. Para bolar esse plano, também é aconselhável que você procure ajuda das autoridades.

As perguntar foram respondidas por Daniel C. Claiborn, PhD, psicólogo forense que trabalha em uma clínica particular em Overland Park, Kansas. Ele é terapeuta há quarenta anos e há vinte presta aconselhamento e treinamento para a Metropolitan Organization to Counter Sexual Assault (MOCSA) [Organização Metropolitana de Combate à Violência Sexual], em Kansas City, Missouri. O Dr. Claiborn lecionou psicoterapia, terapia familiar, avaliação psicológica e hipnose na Universidade do Estado de Iowa e na Universidade de Missouri-Kansas City e deu palestras por todo o país sobre psicoterapia, psicologia forense e sobre a mente criminosa.

Com quem posso falar?

Ninguém merece ser refém de um relacionamento abusivo. Se você está sofrendo abusos, é essencial entrar em contato com alguém que possa lhe ajudar:
- um professor;
- o psicólogo do seu colégio;
- um delegado de polícia;
- seu médico;
- um religioso;
- seus pais ou os pais de um amigo(a) em quem você confia;
- seu terapeuta;
- a Delegacia de Defesa da Mulher da sua localidade.

LEIA TAMBÉM

A Lista do Ódio
Jennifer Brown
Tradução de Claudio Blanc

E se você desejasse a morte de uma pessoa e isso acontecesse? E se o assassino fosse alguém que você ama? O namorado de Valerie Leftman, Nick Levil, abriu fogo contra vários alunos na cantina da escola em que estudavam. Atingida ao tentar detê-lo, Valerie também acaba salvando a vida de uma colega que a maltratava, mas é responsabilizada pela tragédia por causa da lista que ajudou a criar. A lista com o nome dos estudantes que praticavam bullying contra os dois. A lista que ele usou para escolher seus alvos. Agora, ainda se recuperando do ferimento e do trauma, Val é forçada a enfrentar uma dura realidade ao voltar para a escola para terminar o Ensino Médio. Assombrada pela lembrança do namorado, que ainda ama, passando por problemas de relacionamento com a família, com os ex-amigos e a garota a quem salvou, Val deve enfrentar seus fantasmas e encontrar seu papel nessa história em que todos são, ao mesmo tempo, responsáveis e vítimas. A *lista do ódio*, de Jennifer Brown, é um romance instigante, que toca o leitor; leitura obrigatória, profunda e comovente. Um livro sobre bullying praticado dentro das escolas que provoca reflexões sobre as atitudes, responsabilidades e, principalmente, sobre o comportamento humano. Enfim, uma bela história sobre auto-conhecimento e o perdão.

Mil Palavras
Jennifer Brown
Tradução de Cristina Sant'Anna

Kaleb, namorado de Ashleigh, está prestes a partir para a faculdade, e Ash está preocupada que ele se esqueça dela enquanto está fora. Então, em uma das melhores festas do final do verão, as amigas de Ashleigh sugerem que ela tire uma foto de si mesma – sem o biquíni – e envie para ele. Sem pensar duas vezes, Ashleigh avança para o banheiro, enquadra uma foto de corpo inteiro no espelho e clica em "enviar".

Mas quando o namoro de Kaleb e Ash termina, o ex-namorado se vinga encaminhando a foto para toda a equipe de beisebol. Logo a foto viraliza, atraindo a atenção do conselho escolar, da polícia e da imprensa local. Enquanto seus amigos e familiares tentam se distanciar do escândalo, Ash se sente completamente sozinha. Mas tudo muda quando ela conhece Mack no serviço comunitário ordenado pelo tribunal, encontrando amizade e apoio no lugar mais improvável.

Neste romance, a aclamada autora Jennifer Brown traz aos leitores uma narrativa emocionante sobre honestidade, traição, redenção e amizade. E mostra que uma imagem pode valer mais do que mil palavras... Mas nem sempre conta a história inteira.

Este livro foi composto com tipografia Bembo e impresso
em papel Off-White 70 g/m² na Gráfica Paulinelli.